公元787年，唐封疆大吏马总集诸子精华，编著成《意林》一书6卷，流传至今
意林：始于公元787年，距今1200余年

青春最美，梦想出发
中国式好看轻小说优鲜品牌

幻世倾城 ①

画尽时光难画你

问鱼

北方妇女儿童出版社
·长春·

版权所有　侵权必究

图书在版编目（CIP）数据

幻世倾城.1,画尽时光难画你/问鱼著.——长春：北方妇女儿童出版社,2017.11

（意林·轻文库.美少年系列）

ISBN 978-7-5585-1721-1

Ⅰ.①幻… Ⅱ.①问… Ⅲ.①长篇小说-中国-当代 Ⅳ.①I247.5

中国版本图书馆CIP数据核字(2017)第262740号

幻世倾城①画尽时光难画你
HUANSHI QINGCHENG①HUAJIN SHIGUANG NAN HUA NI

出版人	刘　刚
总策划	阿　朱
特约策划	师晓晖
执行策划	张　星
责任编辑	吴　强　王　婷　孟健伊
图书统筹	凉小葵
特约编辑	杨　宁
绘　图	E.Pcat
书籍装帧	胡静梅
美术编辑	张云丽
开　本	700mm×1000mm　1/16
字　数	300千字
印　张	14
版　次	2017年11月第1版
印　次	2017年11月第1次印刷
印　刷	北京市兆成印刷有限责任公司
出　版	北方妇女儿童出版社
发　行	北方妇女儿童出版社
地　址	长春市人民大街4646号 邮编：130021
电　话	0431-85678573
定　价	25.80元

如发现印装质量问题，请与印务部联系退换，电话：010-51908584

目录
Contents

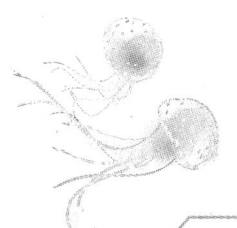

001 第一部分
{ 她是沙漠里的仙人掌，
也是开在心上的茉莉花 }

061 第二部分
{ 那个人，就算不在身边，
但也在心里 }

125 第三部分
{ 在有生的瞬间能遇到你，
竟花光所有运气 }

189 第四部分
{ 我在新年的烟花下独坐，
愿用一生为等你而蹉跎 }

第一部分

{ 她是沙漠里的仙人掌,也是开在心上的茉莉花 }

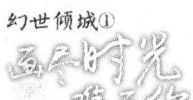

第一章
少 年

虽然已经是黄昏了,但迎面而来的风依旧像是从热锅里涌出来的蒸汽,熏得人浑身发烫。秋夏之交,D市的高温天气仍在持续。

郁心雅擦了擦额头的汗水,望了一眼跟她并肩而行的白衬衫男生:"你进去吧,我在大厅等你。"

"白衬衫"抬头看了看面前这幢十四层高的大楼,他们站在一楼大厅的入口处,大厅内人来人往,有拎着水壶的大婶,有跑来跑去不安分的熊孩子,还有推着轮椅的护士和被病人家属团团围住的医生。

这里是理爱医院的住院部。

大楼正面贴着白瓷砖的外墙有一大片都被夕阳的余晖涂成了刺眼的金色,"白衬衫"的目光上移,在和那片金色相接以后,他立刻低下头来,感到不适般眨了眨眼睛,眉头一皱:"我很快就出来。"

心雅不那么友好地挤出个笑容,说:"不用很快,你的任务就是好好开导她,她需要的话多陪陪她,陪多久我都等。"

"白衬衫"的眼神微微一转,居高临下地睨着心雅,也不那么友好地说:"那你等吧。"

这时,有个拎着果篮、怀抱鲜花的男人从心雅和"白衬衫"的后面走过来,由于怀中的鲜花遮挡了视线,男人没看清前方有人,一下撞到了"白衬衫"。

"白衬衫"微微向前一个趔趄,手一松,手里的遮阳伞便翻落在地。

这一路上,"白衬衫"都打着那把纯黑色的遮阳伞,这是下午心雅刚给他买的,作为他来医院的一个交换条件。

这天下午,来医院之前,"白衬衫"跷着二郎腿坐在心雅家客厅的沙发上,墙上的时钟指向三点十分。他看了看时钟,又扭头盯着窗外烈日下那栋有点儿泛白的高楼,不悦地皱起了眉头。他最讨厌烈日了!

沉默片刻之后,他缓缓地说:"那先给我买一把遮阳伞吧,我要纯黑色的。"态度还有点儿傲慢。

他的侧脸很好看,轮廓如刀削斧砍般立体,无论是鼻梁的弧度、腮骨的弧度,还

第一部分

{她是沙漠里的仙人掌，也是开在心上的茉莉花}

是眼角微微上翘的弧度，都是刚刚好。

当他发现心雅只是继续靠坐在电视机柜上，两手撑着柜子边缘，还在饶有兴致地打量他，显然并没有打算出门给他买伞的时候，他颇为冷傲地抬了抬下巴，扫了一眼心雅的指缝里夹着的那支绿漆外皮、顶端是一片宝蓝色细长鸟羽的墨水笔，然后又把视线慢慢上移，直到跟心雅的目光相对。

眼神微微一用力，不怒自威，仿佛在问：你到底去不去？

心雅也不输，弯腰从脚边的矮柜里拿了一把碎花伞，不偏不倚地扔进他怀里："用我的吧。"

"白衬衫"的眉宇间似乎自带一种不容抗辩的威严，他说："我只用纯黑色的，这是我的习惯。"

心雅噘了噘嘴，不冷不淡地说："这是景檐的习惯。"

"白衬衫"接着说："我就是景檐。"

没错，眼前这个穿着白衬衫的男生，无论外貌、音色，还是神态、动作，都和他们嘴里提到的那个叫"景檐"的没有两样，可他的确不是景檐。

心雅摇了摇头，反驳道："严格来说，你不是。"

"白衬衫"并不着急，淡淡地说："好吧，我不是景檐，我既然不是，那我也不用去医院了？"

可恶！心雅的眼睛轻轻眯了眯，冲他翻了个白眼。但她知道自己有求于他，所以不得不让步，说："好吧……我去给你买伞，但你只能待在我家里，哪儿也不能去！"又说，"阿栀是我最好的朋友，我已经跟你解释清楚她的处境了，算我拜托你！"

"白衬衫"拿起遥控器，不客气地打开了电视机，懒洋洋地道："看心情吧。"

与其说"白衬衫"是心情还不错，倒不如说他是厌恶外面强烈的阳光，所以他才没有离开。他一直等到心雅买了伞回来，黄昏六点半，才跟她一起来到了理爱医院。

理爱医院住院部门前，黑色遮阳伞翻落在地，撞到"白衬衫"的男人明显心情不好，非但不道歉，还趁机撒气："眼瞎还是腿瘸呢？怎么堵门口啊，还让不让人过了？"

"白衬衫"微微一弯腰，拉起伞柄，把伞扶正收好，眼神一斜，突然间目光利得跟刀子似的，盯着那个男人，竟然把对方盯得犯怵。对方欺软怕硬，看"白衬衫"似乎不好惹，急忙抱着花溜了。

"白衬衫"收回目光，没有跟心雅打招呼，径自朝着另一个方向的电梯口走去了。

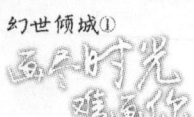

心雅怕他路上没记牢,又在背后对他喊:"喂,十楼,四号病房。"

"白衬衫"一边走,一边高举起右手,在空气中画了几笔,画出了一个大写的"F"字母。心雅立刻会了意,他应该是在嫌她啰唆,说她"烦"吧?她不满地打量着他的背影,自言自语地说:"也不知道这个人到底有什么好,这么嚣张狂妄,阿栀到底喜欢他什么?"

郁心雅有两个最好的朋友,都是她高中时的同学,去年也和她一起考入了C大。两个女孩当中,一个是戴眼镜的蘑菇头少女贝小瓷,还有一个就是现在正躺在十楼四号病房里的简阿栀。

阿栀是今天早晨八点多被校工从C大的蔚蓝湖里面救起来的。

据一名晨跑的同学说,天刚亮他就看到一个披头散发的女生坐在湖边,她抱着腿,下巴抵着膝盖,两眼直勾勾地盯着湖面,保持着那个姿势好久都没有动。过了一会儿,她人就在湖里了。因为本能,她呛水挣扎,扑腾起的水花引起了附近校工的注意,还好有校工奋力相救,阿栀才捡回了一条命。

心雅得知消息赶到医院时已经是中午了。四人间的病房里空着两个床位,阿栀的斜对床住着因工伤入院的大叔,大叔去楼下花园散步了,病房里就只剩下阿栀一个人。

阿栀瘦瘦薄薄,像个纸片人似的躺着,窗口挂的白纱帘被风吹起来,从她的身上拂过,她的眼睛只睁开了一条缝,眼球就随着白纱帘的起落移动着,她看起来麻木而悲伤。心雅本来憋了一肚子气话,但是一看见阿栀还是心软了。她问:"阿栀,你现在感觉怎么样?"

由于较长时间的缺氧,还有落水的时候头部撞到了湖岸边的石头,需要休养观察,阿栀暂时还不能出院。

阿栀翻了个身,背对着心雅,以示她并不想说话。

心雅见地上都是纸巾团,想去拿扫把扫干净,刚一转身,手腕却被阿栀抓住了。

"心雅——"她扭回头来盯着她,问,"我现在这样子,他会有一点点心软吗?心雅啊,你能不能让他来看看我?"

阿栀说的"他"就是景檐。一个在她入学不久就开始心仪的男生。

去年九月的迎新晚会上,他们俩班并排坐,在晚会互动环节的时候,工作人员朝观众席里扔小布偶,谁接到谁就上台配合互动。阿栀和景檐都接到了。

第一部分

{她是沙漠里的仙人掌，也是开在心上的茉莉花}

两个人从舞台的两侧走向中间，四目交接的刹那，景檐出于礼貌，冲阿栀笑了笑，那笑容里甚至不乏倨傲，景檐是个十分傲慢的人，但是，就是那样的笑容，也足够撞进阿栀的心里。

阿栀对景檐一见钟情。

当然，以景檐出众的外表，就那么往台上一站，又何止倾了阿栀一个人的心。再加上后来很快就有人爆出，景檐家世显赫，他的爸爸在他小时候意外去世，后来妈妈再婚，离开了景家，剩下景檐跟着爷爷一起生活。

景檐的爷爷景国霖坐拥全国十强的游乐产业之一——景乐集团，而景檐很可能就是集团未来的继承者。有了这个光环，他就更受瞩目了。对C大的很多女生来讲，景檐是个跟偶像明星一样令人神往的大人物。这很多女生里面，也包括了阿栀。但阿栀觉得自己十分平庸，每次看到景檐都紧张得满脸通红，连大气也不敢出，就更别说向他表白了。

而"表白"完全是一场意外。

当时，阿栀跟别人议论景檐，说漏了嘴，承认自己喜欢他，恰好被景檐听到了。他便缓缓走到阿栀面前，居高临下地盯着阿栀，问她："你喜欢我？"

跟景檐一起的几个男生全都大笑了起来。

"喂，我们景家的小少爷也是你这种女生可以喜欢的？"

"景檐，喜欢你的人从东大门排到西大门，别理她了，你还跟不跟我们去派对了？浪费时间……"

"唉唉，你们快看她，好像要哭了吧？"

男生们七嘴八舌，围观的人也指指点点，阿栀站在景檐面前，连抬头直视他都不敢，她真的委屈得要哭了。

阿栀虽然算不上漂亮，但是她五官清秀，也还耐看。只是刚进大学那会儿，她有点儿不修边幅，头发经常乱糟糟地披着，皮肤也比较粗糙，而且穿衣服也不讲究。再加上她总是一副拘谨自卑的样子，给人的感觉就像一只怕事的小鹌鹑，走在人群里，几乎也没有人会看她一眼。

这样的女孩，在众人眼里，跟景檐完全是两个世界的人。

景檐也没再跟阿栀说什么，懒洋洋地对他的伙伴们做了个手势——走吧。

没走两步，却听到背后传来了阿栀怯生生的声音："是的，我喜欢你。"

"哟——"在场的人一听，全都开始起哄，甚至还有人在旁边大喊："在一起！

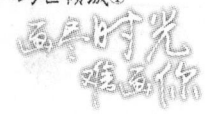

在一起！在一起！"

　　景檐一扭头，盯住了那个喊"在一起"喊得最响亮的男生，枪打出头鸟，他一步一步朝他走过去。

　　景檐的傲慢嚣张在学校里可是出了名的，亲眼见过他发脾气的人都很怕他，对他避而远之。虽然他依旧面无表情，只是目不转睛地盯着那个男生，脚下的步子很轻很缓，但那个男生却觉得有一座大山在朝自己压过来，越来越心虚。

　　景檐越靠近，那个男生就越往后退，最后他只好赔笑求饶："嘿嘿，大哥，我开玩笑的啦。"

　　景檐又扫了阿栀一眼，对那个男生说："我看……不如你跟她在一起吧？反正——"他上下打量着这个头发油腻、衣服上还有明显污渍的男生，"你们俩还挺配的……"

　　那曾是阿栀一厢情愿的付出，景檐几乎占据了她全部的精神世界。他看她一眼，她的世界就有了光，他再对她一笑，山就绿了，水就清了，花也开了。然而，他却这么厌烦她。

　　阿栀为此哭了很多天，连续失眠，食欲大减，走在街上还因为走神而差点儿被摩托车撞倒。她本来就是一个十分敏感脆弱的姑娘，而且脾气很倔，从那以后，她就开始魔怔一般的想要扭转别人对自己的印象。

　　阿栀先是找心雅借衣服穿，因为心雅是她们系里面公认的最会穿搭的女生，她有很多好看的衣服，令别的女生垂涎不已。然后她还学了化妆、仪态，把时尚杂志当教科书一样阅读背诵。听说练瑜伽能令人肢体舒展，气质提升，阿栀又跟贝小瓷去报了瑜伽班。

　　总之，所有能够把自己变美的方式，阿栀都愿意尝试。可惜这一切还是白费了，高傲如景檐，不管阿栀怎么改变自己，他连一个正眼都不屑给她。在很长一段时间里，他甚至连她的名字都记不清楚。

　　心雅和贝小瓷都觉得阿栀是在钻牛角尖，可是无论她们怎么劝她，她还是陷在自己的世界里无法自拔。

　　前几天，又因为参加学生会选举失利，阿栀还被竞争对手公开嘲笑了，说她喜欢景檐是癞蛤蟆想吃天鹅肉。阿栀气得躲起来大哭，还负气跟心雅和贝小瓷说觉得自己太失败，活着没意思。心雅还以为那都是气话，没放在心上，可没想到，这天她刚到学校，竟然就听到大家在议论历史系的简阿栀的跳湖事件了。

第一部分

{她是沙漠里的仙人掌，也是开在心上的茉莉花}

阿栀的跳湖事件发生以后，立刻就有人在校园网论坛上发帖议论，帖子一发，阅读和回复量就一直居高不下。

阿栀自己也看见那个帖子了，在被送入病房以后，心雅到来之前，她一直在看论坛的回帖。

大家都在毫无根据地揣测她跳湖的原因，不过，大部分人都对她为情所伤的这个说法很感兴趣。有人说是因为景檐拒绝了她，也有人说是因为景檐当众奚落了她，总之都把矛头指向景檐，"景檐"成了帖子里出现频率最高的两个字。

阿栀看着那些议论，觉得仿佛伤口被人撒了盐。她其实很想回帖斥责那些人，告诉他们真相。她根本没有轻生，她只是情绪不好，到湖边发呆，却一不小心踩滑，掉进了湖里，但是大家偏偏要脑补出一个精彩绝伦的理由，简直可笑至极。然而，更可笑的是，阿栀的满腔愤怒在看到其中一条回帖的时候偃旗息鼓了。

那条回帖说：那景檐要不要为这件事情负责呢？

是啊，如果因为这件事情，景檐会改变对她的态度呢？如果他能来医院看她呢？

所以，阿栀没有把实情告诉心雅，她反而哭得楚楚可怜，想求心雅去找景檐来看她，她心里虽然有羞愧，但是，那羞愧也不如她对景檐的执念重要。她从来没有这么疯狂过，疯狂到她觉得自己所做的一切都是对的，错也是对的。

于是，离开医院以后，心雅便去找景檐。

午餐时间，在高级餐厅里一个人独享双人海鲜大餐的景檐正慢条斯理地剥着虾壳。听心雅说明来意以后，他看也不看，问："安慰她？今天我安慰她了，那明天、后天呢？不会天天都要我安慰吧？你的朋友啊……"他用食指点了点手中的虾头，"可能这里……有问题。"

心雅本来就憋了一肚子火，景檐还这样说阿栀，她一时控制不住情绪，也不管自己是不是有求于他，正好看面前有个白瓷盅里装了一碗海鲜汤，她就把瓷盅一端，猛地朝景檐泼了过去……

景檐被汤里的油脂糊住了眼睛，瞬间什么都看不清了，也顾不上骂心雅，赶紧伸手去拿纸巾，本来搭在身前的纸巾此时已经掉到了地上，他只好弯了腰，低着头，用桌布去擦眼睛。只听"咔嚓"一声，心雅竟然拿手机拍下了他狼狈的一幕。

他激动地站起来，指着心雅吼："手机给我！"

他看心雅面带炫耀、岿然不动，立刻又加重了语气，吼得整间餐厅的人都听到了：

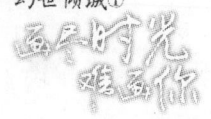

"手机,给我!"

心雅微微一笑,说:"你放心吧,我不会把你的照片乱传的。既然你不肯跟我去安慰我的朋友,那我只好给她看点儿有损你形象的东西,或许这样她就没那么喜欢你了呢?"

心雅拿着手机晃了晃,突然,从背后伸过来一只手,一下子把她的手机抢走了。她回头一看,餐厅的一名服务员讨好般的朝景檐走过去,一手递上干净的湿毛巾,一手递上手机:"景少爷。"

拿到手机以后,景檐眼睛里的煞气慢慢收敛了,最后他所有的表情都收敛了起来,他这个人,没有表情就是他最常有的表情,他恢复了惯常的冷静。

"你叫什么名字?"他问心雅。

心雅刚进餐厅就自报过家门了,但景檐刚才根本没听进去。心雅不打算再说一遍,她用一种虽然很轻但不容否定的语气对景檐说:"手机还给我。"

景檐把手机摊在掌心里掂了掂,视线往餐桌上一扫,桌子上除了刚才被心雅泼掉的海鲜汤以外,没有任何液体食物,他便朝邻桌看了看,发现邻桌的桌子中央有一碗大份的海鲜汤,他便施施然走了过去。

邻桌坐了几个男人,其中有一个男人看景檐盯着那碗海鲜汤,似乎猜到了他的意图,急忙站起来挡在他面前:"喂,这位男同学,你这么为难一个女同学,很不绅士啊?"

景檐冷冷地看了男人一眼,又回头看了看刚才帮他抢手机的服务员,那名服务员立刻过来,硬把男人拉开了。

景檐拿着手机,悬在那碗海鲜汤的正上方,手一松,"咣当"一声,手机落进汤里,撞到碗壁,发出一声脆响。接着他若无其事地转过身对那名服务员说:"结账。这一桌的账也算我的。"

男客人一听不服气,提高嗓门道:"有钱了不起啊?"

服务员挽着那位男客人的胳膊不敢松,一个劲儿小声地劝他:"先生,先生,您别惹他,就当是帮本店积福,大事化小,睁一只眼闭一只眼就过去了,好吗?"

心雅眼睁睁地看着自己的手机变成了落汤鸡,又急又气,就算她一向"泼辣",从不忍气吞声,却也有点儿慑于景檐的气场,没敢轻举妄动。

景檐走到心雅身边,平视前方说:"我只是针对那张照片,不是针对你的手机,手机我会赔给你的。"

心雅恨得牙痒痒。景檐已经是这间餐厅的高级贵宾了,以前来餐厅的时候到底发

第一部分

{她是沙漠里的仙人掌,也是开在心上的茉莉花}

生过什么事,心雅不得而知,但看服务员那点头哈腰小心翼翼的态度,她也知道那个"魔王"准是在这里上演过"大闹天宫",他们才会那么忌惮他。

经此一役,心雅知道自己是不可能说服景檐去探望阿栀了,她只好自己想办法。于是,就有了"白衬衫"的出场。

"白衬衫"去看望阿栀的期间,心雅在医院大厅休息区里面坐了一会儿,觉得无聊,就拿出手机刷微博。刚好看到一组韩国明星的机场秀照片,她突然听到旁边的咨询台里有两个护士低声惊呼:"好帅啊!"

帅?有多帅?心雅抬头一看,"白衬衫"从电梯口走了过来。

两个小护士一边对"白衬衫"捧脸观看,一边低声感叹着。

心雅十分不屑,站起来走向"白衬衫",不无责备地问道:"不是让你多陪陪她吗?这么快你就下来了?"

"白衬衫"眉头一皱,眼睛里流露出一丝惊讶:"又是你?"

这时候,心雅的视线落在了男生衣服的纽扣上。跟她一起来医院的那个人,白衬衫上的纽扣是银色的,而现在站在她面前的这个人,虽然也穿着一件款式相同的白衬衫,但他的衬衫上面的纽扣却是纯白色的。

心雅猛地意识到什么,立刻说了句"我认错人了",转身就走。

景檐却从背后追了过来,喊她:"郁心雅,你站住!"小半天的工夫,他已经打听出她的名字了。

这天是2016年9月12日。这天下午,心雅做了一件会令人觉得匪夷所思的事情。

从这天下午三点开始,未来的三天之内,这个世界上都将会有两个景檐。

一个就是现在站在心雅背后的真正的景檐,而另一个,就是还在十楼安慰阿栀的"白衬衫"。

心雅很小的时候就听外婆说过一些流传在D市的奇闻妙事,比如有一个女人在捡到了一幅名画之后,竟然拥有了跟画中人一模一样的外表;还有一个身患绝症的少年因为得到外星人的帮助而奇迹般的康复了。

心雅外婆对超自然的神秘事件很感兴趣,也喜欢讲给心雅听。小小年纪的心雅经常坐在外婆身边,虽然听得很入神,但却是一脸的不信。外婆就捏着她的鼻子说:"丫

头，外婆说的都是真的，是真的哟……"心雅为了哄外婆开心，小脑袋使劲儿地点着说："嗯嗯，是真的！是真的！"

心雅升初中那一年，外婆便去世了。那时，她看着外婆面容慈祥地躺在冰棺里，她很悲伤地想，即便她说的那些光怪陆离的事情都是假的，但以后也再没人给她讲了。她很伤心，但是，她依然没有相信过外婆说的那些故事。直到她十八岁这一年，一切才发生了改变。

2014年，十八岁的心雅在放学回家的路上摔了一跤，她刚爬起来，一脚就踩到了一个圆筒状的东西，险些摔第二跤。

她低头一看，她踩到的原来是一支式样有点儿老旧的墨水笔。

笔杆是某种金属材质，漆成了绿色，没有笔盖儿，笔的顶端有一根宝蓝色的鸟羽，细细长长的，在阳光下微微反着光。

心雅从来不会把路边捡的东西带回家，但是，她这次却很想留下这支笔。说不清是为什么，那一刻，她就觉得自己捡到的仿佛不是一支普通的复古墨水笔，而是一个迷了路的可怜小孩，用水汪汪的大眼睛看着她，牵着她的衣角说"姐姐，你收留我吧"，她爱惜地擦了擦笔杆外沾的泥土，把笔塞进了书包里。

而那天夜里，奇迹就发生了。

心雅做功课的时候，开始走神，她忽然想到了那支捡来的羽毛笔。她从书包里把羽毛笔拿出来，拧开笔套看了看，笔芯里面大概还剩下三分之一的墨水。

接着她就用那支笔写了一段英语作文，还开小差画了两只乌龟，一切正常。但是，当她用笔在书上画重点的时候，笔尖绕着历史书上印着的"九龙玉杯"这个词语画了个圈，收笔的一刹那，她突然看见自己画的这个圈里面有一团白光放射出来，她顿时吓了一跳，"噌"地丢开书和笔，从凳子上站起来，往后一退。

那团白光朦朦胧胧，并不太刺眼，像是从历史书里升起了一团云雾。

心雅惊愕地瞪着那团白光，白光很快就消散了，而在腾起白光的位置，竟然出现了一只玉做的酒杯。

酒杯呈白色，杯身四角各有双龙戏珠，把手上也有一条龙。

心雅的目光徘徊在酒杯和历史书上的"九龙玉杯"四个字之间，紧张得半晌都缓不过神来。第二天，她抵不住强烈的好奇心，拿着那个玉杯去古玩店找人鉴定去了。第一个鉴定的人说玉是假的，做出来的杯子也不值钱；可第二个鉴定的人看完后却出

第一部分

{她是沙漠里的仙人掌，也是开在心上的茉莉花}

了一身冷汗，差点儿就要打电话报警说自己找到偷国宝的人了。

那个人说，心雅拿的正是国宝九龙玉杯。九龙玉杯是康熙皇帝的随葬物，曾置于康熙的陵寝景陵之中。1945 年，盗墓者偷入景陵，盗走了九龙玉杯，尔后至今，九龙玉杯音信全无。

可是，这件失踪的国宝竟然被一个高中生明目张胆地送到古玩店里求鉴定，鉴定的人激动得面部表情都不受控制了。心雅察觉这个人神色怪异，急忙抱着玉杯跑了，要不然，她恐怕还真得被警察带回局里问话了。

心雅莫名其妙地捡了个烫手的山芋，紧张得不知所措。然而，又过了两天，当她正为如何处理九龙玉杯而发愁的时候，她竟然又亲眼看见，本来好端端放在自己面前的玉杯，杯身的光泽忽然黯淡下去，紧接着杯子还变成了半透明状。她根本来不及反应，半透明就变成了全透明，一眨眼的工夫，玉杯凭空消失了！

震惊之余，心雅慢慢地镇定下来，直觉告诉她，这件怪事和那支神秘的羽毛笔有关。她想弄清楚到底是怎么回事，于是便开始用羽毛笔做实验。

她用羽毛笔写过字、画过画，也做过符号标记，但是，并没有发生任何异常。于是她再一次翻开了历史书，看到"尽头"两个字，她用羽毛笔把这两个字圈了起来，周围风平浪静。她接着圈起"曾经""公元""大批""怒发冲冠"这几个词，还是一切如常。直到她圈起了"宫灯"这个词语，奇迹终于再次发生了，房间里真的出现了一盏宫灯！而这一次，还不到三天，两天之后，那盏宫灯就像九龙玉杯那样，消失得无影无踪了。

心雅吓得整晚睡不着，她不敢再乱用那支笔了。她必须小心翼翼地挑选某些普通的词来做实验，比如"苹果""发卡""指甲刀"等。渐渐地，她终于总结出了羽毛笔的一部分使用规则。

第一，但凡已经存在的文字，无论是雕刻、印刷，抑或是手写的，只要是一个有实体的名词，比如植物、动物、山川河岳、泥沙建筑等，被那支羽毛笔圈画起来，就会变成实实在在的物体。

所以，如果被圈画的是"故宫""秦岭"这样的名词，D 市恐怕就真的会在一夜之间轰动全国了。这令心雅感到如履薄冰，用笔的时候也异常谨慎。她没有把这支笔的存在告诉任何人，包括阿栀和那个一向对神秘事件很感兴趣的朋友贝小瓷，这是属于她一个人的秘密。

而不久后，心雅不断尝试，又总结出了神笔的第二条使用规则：被圈画的文字，应该至少存在了半年以上。

也就是说,如果心雅在白纸上写景檐的名字,然后用羽毛笔围着这个名字画个圈,景檐是不会出现在她面前的。她只能到阿栀的宿舍,从抽屉里翻出她的日记本,日记本里果然如她所想,满满的都是"景檐"。她挑了一篇早于半年前的日记,把里面的"景檐"两个字一圈,眨眼的工夫,"白衬衫"就出现了。

而且,这个"白衬衫"还很清楚自己的来历。

这也是由于羽毛笔的第三条法则:被笔圈画的人,都十分清楚自己为什么会来到这个世界。他们天生就对这支能赋予自己生命的"神笔"有一定的认知,而他们也都知道,所有因笔而生的事物,包括人,存在的时间都不会超过三天。在这三天里,他们随时有可能忽然消失。生命短则几分钟,长则七十二个小时,这也算是羽毛笔的第四条法则了。

而羽毛笔的第五条法则,是一位叫邓焯音的女士帮心雅解开的。

邓焯音是心雅外婆的名字。

在景檐之前,心雅只有过一次把羽毛笔用于人的经历,而那个人就是她的外婆邓焯音。

外婆去世以后,心雅常常陷入思念,最难过的一次,她便有了一个大胆的念头:如果羽毛笔能够令名词变为实体,那么,用在人名上会怎么样呢?她虽然很忐忑,甚至可以说有点儿恐慌,但最终还是把心一横,找出了自己的一篇旧作文,抖着手把作文里的"外婆"两个字圈了起来。

眨眼的工夫,外婆就出现了。

心雅几乎哭着扑到外婆身上,抱着她怎么都不肯松手。

花白头发的老人家爱怜地抚摸着心雅的头,有点儿于心不忍地问她:"孩子,你真觉得我是你的外婆吗?"

难道……不是吗?心雅忽然打了个寒战。

邓焯音出现的时候,手里还拿着一支生日蜡烛。

心雅冷静下来仔细地打量她以后,发现她看起来比去世的时候年轻了不少。外婆去世的时候,头发已经全白了,但她眼前出现的这个外婆的头发却是黑白相间的。外婆在七十三岁时去世,但眼前的外婆看起来却只有六十岁左右。

第一部分
{她是沙漠里的仙人掌，也是开在心上的茉莉花}

而心雅的作文正是在回忆六十岁生日那天的外婆。她是这样写的：

点蜡烛之前，我想把自己折得很丑的那顶纸皇冠给外婆戴上，她却不肯戴，说自己一把年纪了，戴着别扭。但是她鼓着腮帮子吹蜡烛的样子却很可爱，看起来还有点儿调皮，明明就是个老顽童，哪儿像她说的"一把年纪"？

她把这段文字里提到的外婆圈了起来，于是，出现的就是文字里所描绘的这个过生日的外婆。

眼前的外婆依然温柔且有耐心，她向心雅解释道："我是在七十三岁那年去世的，但是，你这篇作文里，我正在过六十岁生日，所以我是以这段文字里描绘的状态出现。你明白吗？"

她又说："也就是说，假如你用的是另外一篇作文，而作文里描写的是二十多岁的我，那我出现的时候你恐怕要吓一跳了！呵呵，二十多岁的我，你压根儿就认不出来吧？"

心雅依然感到有点儿迷茫："但是……我虽然写的是您六十岁过生日的情况，但却是以回忆的手法，我明明是在您七十岁生日的时候才写的那篇作文，难道不是以文字形成的时间为准吗？"

外婆摇了摇头，语重心长地说："作文是有语境的，复活首先会遵从语境。除非你圈画的是一个没有任何语境的名词，那才会以文字形成的时间为准……"外婆以前是小学语文老师，所以她每次跟心雅讲道理的时候，都像在教她的学生似的，特别细致有耐心，"那什么是没有语境的词呢，你知道吧？"

心雅想了想，说："如果有人在一张白纸上单独写我的名字，算吧？"

"嗯，算。"

"还有……杂志的目录页上，跟在文章题目后面的作者的署名，也算吧？"

"嗯，单独的一个词语当然就没有语境了。"老人家说话的时候，和善的态度里还隐藏了一点儿疏远，"但一般嵌在句子、段落、文章里面的名词，就是有语境的了。比如'美人鱼穿越大海来到了陆地'——这句里面被圈画出现的'美人鱼'就是已经来到了陆地上的美人鱼，而不是还生活在海里的美人鱼了。"

外婆说的就是羽毛笔的第五条法则：复活首先以语境为先，没有语境才会遵从文字形成的时间。

所以，阿栀的那篇日记虽然是在迎新晚会过后一个星期写的，但日记的内容是在回忆晚会上初见的景檐。于是，"白衬衫"就以晚会时的状态出现了。

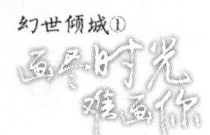

然而,"白衬衫"并不是景檐,眼前的外婆也不是心雅的外婆,即便从外貌、声音,甚至脾气喜好来辨认,再亲的人也很难分出两者之间的差别。可是,他们始终只是一个被复制出来的赝品。

为此,外婆也特别向心雅解释过:"假如这一刻我和你的外婆同时走向你,就算我们在你眼里一点儿差别都没有,但是,也许她走过来时会摸一摸你的脸,而我却会拍一拍你的肩膀,我们有各自不同的思维方式,已经变成两个独立的个体了。她是她,而我是我……而且……"

她又说:"我以六十岁的状态得到生命,来到这个世界上,我就只知道你外婆在六十岁之前的一切。而她在六十岁生日会上,从插满蜡烛的那一刻开始,往后所有的经历、所有的记忆,我都是没有的。

"所以……孩子,不要再做没有意义的事情了。通过不断地复制,只是画饼充饥,并不能制造一个人的永生。

"因为你复制出来的,始终不是原来最真的那一个。

"你的外婆已经不在了,你要接受这个现实。我之所以对你有感情,是因为我还有六十岁之前的那些记忆。因为那些基础,所以我也爱你,但是……我对你的爱,和你真正的外婆对你的爱,其实是有区别的。"

老人说着红了眼眶,心雅更是哭着跪坐在老人的脚边,脸靠在她的膝盖上,抱着她舍不得放开。

老人慈祥地摸着心雅的头,缓缓说:"心雅,就算我只能算是你的半个外婆,但我也希望你过得好。你听我一句,这支笔你不要随意使用,你每用一次,创造出原本不属于这个世界的东西,就是在向自然规律挑战,我怕终有一天你会受伤。你伤害自然,自然就会伤害你,你要记住。"

心雅也认同外婆的观点,问道:"既然是一种不应该存在的力量,那它为什么会存在呢?外婆,您知道这支笔的来历吗?"

外婆说:"我只知道,它是来自叫'幻世之境'的地方。"

心雅沉吟:"幻世之境?"

外婆说道:"嗯……我只知道,幻世之境是一个神秘的异度空间,它没有固定的形态,也不会固定存在于某个地方,但至于它究竟什么样,里面为什么会有这样一支笔,这些我就不得而知了。"

那次交谈结束的时候,外婆便消失了。在那之后,心雅没有再把羽毛笔用到任何

第一部分

{她是沙漠里的仙人掌，也是开在心上的茉莉花}

人身上，她其实连笔都很少用。这一次要不是担心阿栀，她也不会用这支笔。只要阿栀能够平安，那就什么都值得了。

"白衬衫"毕竟不是景檐，在景檐的记忆里，有着对阿栀的种种不屑和反感，对现在的"白衬衫"而言，阿栀只不过是他在迎新晚会上见过一面的校友，他对阿栀的抵触心理远比景檐小很多。而正如外婆消失前所说，真人和赝品在面对同一件事情的时候可能会有不同的反应，"白衬衫"的反应和景檐不一样，他肯答应跟心雅到医院安慰阿栀，心雅感到庆幸不已。

只是，她没有想到，偏偏在同一个时间，真正的景檐竟然也在医院里。

"郁心雅，你站住！"景檐的声音一传过来，心雅就感到头大。她停下脚步，故意没有回头看他。

景檐慢悠悠地走过来，她还在担心自己会被他怎样刁难，思考着怎样能快点儿糊弄过去，却见他用两根手指夹着一张名片伸了过来。

这样的递名片方式果然很"景檐"，没礼貌！心雅暗暗吐槽。她没好气地问："干什么？"

景檐淡淡地说："说过会赔你的手机，这是我的司机的联系方式，你打给他，他知道怎么做。"

心雅脑补了一下自己像偶像剧里那些身穷志坚的女主角一样接过名片，再优雅而愤怒地朝对方脸上一甩："你以为有钱了不起啊？我不稀罕！"然后，她也用两根手指夹住了那张名片，轻轻一拉，名片就滑离了景檐的手指。她假笑说："好啊，我会跟他联系的。"

景檐的眼神里流露出一丝满意，这种满意里面还暗含了对心雅的鄙夷，她并没有展示出如他所想的冷傲贞烈。他没再说什么，心雅也没有，她把名片草草地塞进背包口袋里就往电梯口的方向走了。

电梯门缓缓合上的时候，心雅看见景檐转身的背影逐渐走远，她暗暗松了一口气。按下十楼的按钮。

心雅决定去看看"白衬衫"和阿栀谈得怎么样了。

十楼的走廊里，有几个病人家属正在和医生激烈地争论着什么。心雅走过他们，又看见迎面拄着拐杖、被不知道是女儿还是儿媳的年轻女子搀扶着走路的老人，老人

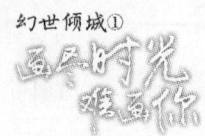

友好地冲心雅笑了笑。

心雅走到四号病房门口，病房里面很安静，什么声音都没有，她小心翼翼地推开门。

阿栀看起来像是睡着了。斜对床的病人这次也在，半躺在病床上玩手机。

但是，"白衬衫"却不在病房里。

心雅看了看睡得正香的阿栀，小声问斜对床的大叔："请问您知道刚才来探病的男生去哪儿了吗？"

大叔目不转睛地盯着手机，心不在焉道："没注意。"

这时，病房门口传来一个声音："他下楼了。"心雅一看，是刚才在走廊里冲她笑的那个老人。

老人说，他刚才看见"白衬衫"从这间病房里走出来，经过走廊中间那排休息椅的时候，"白衬衫"的目光被椅子上的一份报纸吸引了。

报纸是别人看过以后留在椅子上的，"白衬衫"的目光在扫过报纸之后就定住了。他抓起报纸，匆匆地下楼去了。

心雅这才想起她跟"白衬衫"之间没有任何联系方式，而"白衬衫"几个小时以前才两手空空地被她从文字里召唤出来，他没有通信工具，没有身份证，甚至连一分钱都没有，他会去哪里？

心雅急忙跑到走廊的休息椅那里，那份报纸还在。那是一份本地的娱乐报，有明星八卦、美容知识、旅游摄影等五花八门的内容，还有几版专门刊登当地新闻，大多是一些鸡毛蒜皮的事情。

心雅把报纸翻了翻，还是不知道抓住"白衬衫"的目光的究竟是什么内容。这时，老人又出来补充了一句："哦，对了，小姑娘，他下楼之前向我借了两块钱，说要搭公车去景乐城。"

{她是沙漠里的仙人掌，也是开在心上的茉莉花}

第二章
神 笔

景檐是景乐集团的继承者，而作为国内百强企业之一的景乐集团，除了涉及休闲会所和酒店以外，最核心的，就是它在全国好几个一线城市都建立的大型游乐王国——景乐城。

景乐集团成立二十年以来，已经建了六座景乐城，第七座景乐城目前正在紧锣密鼓地修建中。

坐落于本地，也就是 D 市的景乐城，是这七座城当中占地面积最广的，也是集团修建得最早的一座景乐城。

虽然跟令国人趋之若鹜的迪士尼乐园相比，景乐城不论规模还是设施都稍逊一筹，但它却因为自己独有的特色而备受年轻人喜爱。

每一座景乐城都依附于一处颇有特色的自然景观而建，这些自然景观有高山，有湖泊，还有峡谷丛林和原始村落。无论是游乐设施还是后起的建筑，都与这些自然景观紧密结合，景乐城比大多数现代化的游乐场所多了几分返璞归真的原始之美。

所以，景乐城里除了有现代化的大型游乐设施以外，也有可供观赏的自然风光。不少年轻人都把景乐城列为自己一生一定要去一次的地方，更有甚者，还不满足于只去一座景乐城，恨不得能把现有的六城都走遍，以至于即将竣工的第七城早在动工的时候就已经引起了社会的广泛关注。

D 市的景乐城建在离主城区二十公里左右的九瑶山风景区，和高峻奇秀的九瑶山是藤缠树的关系。

据说，景乐七城之中，九瑶山景乐城是最具神秘色彩的。

以前，心雅的外婆告诉过她一个传闻，大约在三十年以前，有一块陨石的碎片坠落在九瑶山一带。碎片带有很强的放射性，放射出的物质会侵害人体，导致人的骨骼和器官发生变异。碎片坠落的周边一千米范围以内，山民大都因为承受不住身体的变异而在几天之内就死了，而有一部分侥幸活下来的，他们的肢体和器官却变得畸形，有的人甚至拥有了一些特殊的能力，比如能用自己呼出的气令物体燃烧，或者奔跑的速度变得能和汽车持平。

这些变异的人后来在很短的时间内就消失了，有传言说，他们集体迁居隐藏，住

进了九瑶山下的一座地底城。

当景乐城竣工以后,又有了新的传闻。传闻说,地底城的入口就暗藏在景乐城里的某个地方。

这些传闻听起来很荒诞,以前的心雅是不信的,但是,自从捡到那支笔以后,亲眼见证了不可思议的事情发生,她早就开始动摇了。

九瑶山景乐城竣工于1998年,建成后不久,这里就陆续出现了一些神秘的事件。

据传,曾经有市民在景乐城后方的九瑶山峡谷里看见了巨人的脚印。后来,有一个小男孩在景乐城内失踪了七天,七天之后,他被人在一个山洞里找到了,他不仅面色红润,毫发无损,而且声称自己进入了童话仙境,跟一群半米高的矮人相处了七天。尽管很多人都不相信小男孩所言,却无法解释,一个年仅六岁的孩子如何能在荒野中安然度过这漫长的七天。

第三次神秘事件发生时,有人在九瑶山的观星台上,低头看见自己脚下的树林里出现了一群长着翅膀的白色猿猴,并且用相机拍下了那一幕。照片里的确可以模糊地看到一些白点,但是,同一时间,正经过那片树林的游客们表示,他们并没有看见任何猿猴的身影。

从那之后,神秘事件没有再发生在九瑶山和景乐城,却发生在了D市的市区里。虽然由于神秘事件的特殊性,只有一部分非主流的媒体进行了报道,但网络上有关神秘事件的消息却传得沸沸扬扬。有人觉得,所有这些神秘事件,都和当年的陨石坠落有关,也和传说中那些发生了变异的地底城人有关。但是,也有人觉得陨石坠落不可信,变异人和地底城的存在更加不可信。但不管怎样,这些传言都为景乐城蒙上了一层神秘色彩,令人对它充满了遐想。而就在2015年10月,在九瑶山,奇怪的事情再次发生了。

心雅的好朋友贝小瓷失踪了。

2015年10月,冲着九瑶山的红叶,心雅、阿栀、贝小瓷一起去了景乐城。她们先是在游乐区疯玩了一阵,然后就沿着景乐城后门的步行道向九瑶山顶进发,山顶的观星台,是俯瞰漫山红叶最好的位置。

快要爬到观星台的时候,她们发现路旁的树林里有一间小木屋。

她们三个都是本地人,景乐城和九瑶山已经来过无数回了,但是,谁都不记得树林里有一间木屋。

木屋是用一根根圆柱状的梧桐木拼砌而成的,外观十分简洁,只有门,没有窗。

第一部分
{她是沙漠里的仙人掌,也是开在心上的茉莉花}

门上面还挂了一束槲寄生,用鲜红色的丝带系着,丝带还绑成了一个漂亮的蝴蝶结形状。

出于好奇,三个女生开始朝着那座木屋移动。

贝小瓷跑在最前面,跟凡事谨慎的心雅和只关注自身的阿栀相比,贝小瓷是一个对这世界上的所有新鲜事物都充满了热情的积极分子,她对小木屋的好奇心显然比心雅和阿栀都重,最迫不及待地想看清楚木屋的就是她。

快到小木屋的时候,贝小瓷高兴得连蹦带跳地冲了过去,还不忘回头催促心雅和阿栀:"你们俩快点儿呀,到了,快点儿啊!"

心雅永远都无法忘记那天一边奔跑一边回头的贝小瓷,她的笑容比漫山的红叶还灿烂。贝小瓷终于跑到了木屋门前,抓住木屋的门把手,轻轻一拧,门开了。

贝小瓷欢天喜地地从门缝里挤了进去,她对心雅她们说的最后一句话是:"喂,我不等你们了啊。"

"贝小瓷,你等一等啊!"

等一等!

就在心雅和阿栀也走到木屋门口,正想去开门的时候,突然,那木屋轮廓一淡,瞬间消失了!

心雅本来只差一点点就要抓住木屋的门把手了,但是,等她手指一合,却抓了个空。

"啊!"

心雅没忍住,尖叫了起来,感觉自己像从悬崖坠落,吓得捂着嘴蹲了下去,脑子里一片空白!

阿栀也吓傻了,看着眼前空荡荡的一片,全身发抖。

不但小木屋不见了,就连进了木屋的贝小瓷也跟着消失了。而直到今天,贝小瓷都没有再出现过。

虽然心雅和阿栀报了警,也向警方和景区的工作人员描述了那间"吃人"的木屋,但是,官方给出的回复都很敷衍。他们只说会尽全力寻找贝小瓷,却始终也不肯相信那间木屋的存在,他们都觉得贝小瓷的失踪另有隐情。

当医院的老人提到景乐城,心雅便又把那份报纸重新仔细地翻看了一遍,果然找到了一则有关景乐城的报道。看完报道,她全身都起了鸡皮疙瘩。因为那篇报道的内容竟然是有关神秘小木屋的。

报道里说,昨日下午,有一名登山者在九瑶山的树林里发现了一间奇怪的小木屋。

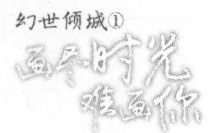

登山者称，自己是土生土长的本地人，为了锻炼身体，他每周都会爬一次九瑶山，而且路线都是固定的，沿途有些什么，他一清二楚，他很确定树林里本来并没有木屋，而更奇怪的是，木屋的外墙还泛着一层淡淡的金光。

那个人立刻联想起了之前女大学生走进木屋后随木屋一起失踪的传闻，于是就联络了报社记者，还给记者发去了一张十分模糊的照片。据说他是害怕自己靠近木屋也会被卷走，所以只敢远拍。

记者在新闻稿末尾写道：据相关人士透露，这间小木屋截止到发稿时也仍旧在树林里。究竟那只是一间普通的木屋，还是真的暗藏了神秘力量呢？那就有待热心而胆大的朋友们来九瑶山一探究竟了。

心雅丢下报纸，匆匆跑出医院，拦了一辆出租车。半个小时以后，便来到了景乐城。

景乐城关门很晚，甚至有一部分游乐设施只在夜间开放。所以，这里白天拥挤喧闹，游客络绎不绝，到了晚上，也是灯火通明，人来人往。

公交车站就在景乐城正门的对面，心雅穿过马路，看了看时间，八点一刻。

她想，如果那个家伙是坐公交车来的话，应该会比她慢一步，她只要在站台守株待兔，就一定能看见他。虽然她不知道他为什么会来景乐城，但是，他毕竟是因为自己才会出现在这个世界上的，她得为他的安全负责，她不希望他脱离自己的掌控，这会令她感到不安。

心雅搓了搓手，紧张地盯着前方驶来的一辆公交车。

车停稳了，车门打开，乘客一个接一个下来，但是，这辆车上并没有那个人。接下来连续有五辆公交车进站，依然没有"白衬衫"的身影。

心雅有点儿焦急地抬头望了望景乐城背靠的九瑶山，山顶的观星台灯光璀璨，像浮于半空的一片火海。

心雅还惦记着报道里的小木屋，她想找到"白衬衫"以后再和他一起坐缆车上山，从山顶往下走，很快就能走到那片有木屋的树林。不管报道中的小木屋是不是带走了贝小瓷的那一间，但为了能找到自己最好的朋友，她不能放过任何机会。

可是，又过去了几辆公交车，"白衬衫"还是没有出现。

九点整的时候，心雅决定不等了，她要先去小木屋。

她匆匆跑过马路，钻进景乐城的售票大厅，在大厅外，她和一辆银色私家轿车擦身而过，有一个穿着灰色衬衣的中年男人正背靠着车门。

第一部分

{她是沙漠里的仙人掌，也是开在心上的茉莉花}

他从裤袋里掏出了已经关机的手机，重新开机后拨出了电话。

电话响了很久，对方终于接了："喂？"

"喂，少爷。"男人虽然有点儿心急，但还是保持着平缓的语调，"九点了，您什么时候回来？"

"林叔？回来？回家？"电话另一端的人狐疑不解，"我还想问你呢，不是让你在医院等我吗？你把车开到哪儿去了？"

什么？难道不是你叫我开车送你来景乐城吗？名叫林侨生的男人心头一紧，抬头望向观星台，瞳孔微微放大，突然哑口无言。

林侨生是景檐的司机。这辆银色越野车是两年前景檐十八岁的时候，爷爷送给他的生日礼物。

今天，林侨生本来开车陪景檐去理爱医院，因为景檐要探望他的一位生病的老同学。景檐下车以后，林侨生就坐在车里用手机看视频消磨时间。

他确定他不会等太久的，以他家小少爷的脾气，他走进病房之后肯定会这么说："我这辈子最讨厌的地方就是医院了。我最多只待十分钟，十分钟后我就走。"

是的，他会嫌弃病房里的每一件东西，包括他朋友身上盖的被子和穿的病号服，就算当着他的面用消毒水把凳子擦一遍，他宁可站着也不会坐一下。但是，他虽然嘴上说只待十分钟，十分钟到了以后，他也不会真走，他可能还会说服自己再多留五分钟，甚至更久。林侨生一想到这位小少爷，不由得笑着摇了摇头。

但是，林侨生料到了在病房里会发生什么，却没有料到景檐离开住院部大楼之后会发生什么。

景檐把名片给了心雅之后，刚走出住院部大楼，就看见有一个穿着病号服的人在他前方晕倒了。于是他返回一楼大厅，叫来了护士，看着护士把病人扶走，才又缓缓地朝着林侨生停车的地方走去。但他并没有发现，就在他返回大厅的时候，一个穿着白衬衫、和他长得一模一样的人正好从他的背后走过。

"白衬衫"原想搭公交车去景乐城，不过，他走出住院部大楼以后，却无意间发现景檐的专属座驾停在路边，而林侨生也在车里。于是，他便以景檐的身份，要林侨生开车送他去景乐城。林侨生完全没有看出两个人的差别，很自然地就答应了"白衬衫"的要求。

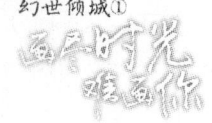

当景檐走到停车的地方，林侨生刚把车开出医院。景檐给林侨生打电话，对方却是关机的状态。因为"白衬衫"怕真正的景檐打电话来，所以他一上车就找了个借口，让林侨生关掉了手机。

车子开到景乐城门口，"白衬衫"下了车，林侨生没有问他去景乐城做什么，只问了他什么时候回来。

"白衬衫"其实并没有打算再跟林侨生会合，于是随口糊弄了他一句："九点吧。"

而那个时候，心雅还坐在出租车上，她并没有比"白衬衫"早到，相反，她其实晚到了一步。

于是，九点一到，心雅等不到"白衬衫"，决定自己一个人去小木屋。而林侨生也开机给景檐打了电话。接到电话的时候，真正的景檐正在一条叫作字水路的老街上，吃着一碗豆腐脑。

离开住院部以后，景檐联络不到林侨生，他只好一个人走出医院。这时，天边的最后一缕斜阳余晖被飘来的云团遮住了，夜幕降临，景檐避开了医院前面那条车水马龙的大街，绕进了僻静的小巷里。他一时兴起，没有着急回家，反而悠闲地散起步来。因为他喜欢夜晚，尤其是华灯初上的时刻。

似乎是在每一个醒来之后的清晨，从日出开始，他就已经在等待日落了。日落后才是他一天之中最放松的时刻。

因为他对日光有严重的过敏反应。这种过敏反应在医学上被称作"日光性皮炎"。虽然并不是完全不能够接受日照，但是，稍长时间暴露在阳光下，他的皮肤就会红肿发痒，也会有灼热和刺痛的感觉。

记忆当中，被烈日照射后发病最严重的一次，小小年纪的景檐难受得在地上打滚，他忍不住乱抓自己的皮肤，红肿的地方被他抓破了皮，他全身抽搐发抖，就连意识都不清楚了。

从那之后，白天无论去哪里，他都会带着一把黑色的遮阳伞。纯黑色，没有任何图案。

黑色成了他最喜欢的颜色。

每天看到太阳落下，夜幕升起，他就会有一种如释重负的感觉——终于来了，一天当中最从容坦然的时间。

景檐的很多活动都是在夜晚进行的，他曾经说过，他有吸血鬼的特质。他的日光性皮炎也并不是什么秘密，学校里很多人都知道他有这个病。

第一部分

{她是沙漠里的仙人掌，也是开在心上的茉莉花}

今天，他一个人静静地走在陌生的街巷里，心里竟有一种淡淡的愉悦感。

他不知不觉就走了很久，直到他看见路边有一间号称"百年老店"的小饭馆，他才想起自己还没吃晚饭。

饭馆老板正在给客人端豆腐脑，那是他小时候很爱吃的，却已经很久没吃的东西。

他顿时来了兴致，进店找了个空位坐下，要了一碗豆腐脑。

饭馆的地面油腻腻的，桌椅也很残旧，连盛豆腐脑的碗都缺了一个口。但是，豆腐脑很好吃。就在他还想再要一碗时，林侨生给他打来了电话。

一个小时后，林侨生在字水路的路口接到了景檐。

景檐一上车就问他："你刚才说，你开车送我去景乐城了？"

林侨生点了点头。

景檐皱着眉头问："你确定那个人是我？"

林侨生加重力度，又点了点头。

林侨生是个老实人，为景家服务了十几年，从来不说谎，这一点景檐很清楚。景家也待他很好，所以如果林侨生有私事要处理，他大可以直言，没有必要编造出一个如此荒诞的借口。

景檐让林侨生把整件事巨细无遗地对他讲了一遍，他听完，望着车窗外流动的夜景，不再说话了。

林侨生也是满腹狐疑，神情严肃，沉默了一路。

而这时的九瑶山上，心雅终于找到了那间林中小屋，但是，令她失望的是，那只是一间很普通的木屋，是景区搭建出来供游客休息落脚的地方。新闻中所谓的"凭空冒出""闪着金光"，也是媒体为了给景区制造噱头，而故意夸大造假。

心雅一无所获，只好失望地下了山。

第二天是周日。早在半个月以前，爷爷景国霖就已经告诉过景檐，这个周日在上海有一场旅游节的展会，景乐集团很重视这次展会，身为董事长的景国霖要亲自去现场，他还要景檐陪他一起去。

八点的闹钟一响，景檐就起床用冷水拍了拍脸，打起精神，跟着爷爷去了机场。

景国霖是个清瘦而矍铄的老人，平时不多言也不爱笑，举手投足都给人一种不怒自威的疏离感。飞机上，两位同行的公司高层一直在讨论这次展会的相关事宜，景国

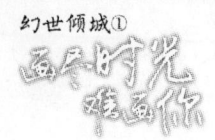

霖听着他们的讨论，面色严肃，若有所思，见景檐似乎在发呆，景国霖用胳膊肘撞了撞他，提醒他："认真听，多学学。"

景檐捂着嘴，强行把一个哈欠压了回去："嗯。"

一个小时后，飞机降落在上海。在去展会的路上，景檐悄悄地给学校的一个同学发了条短信：帮我打听昨天早上坠湖那个女生的联系方式。

对方很快就回复了一个暧昧的笑脸：遵命。

拿到简阿栀的电话号码以后，景檐立刻给她打了一个电话。

接到电话的阿栀激动得不停用指甲掐手里的苹果，说话有点儿语无伦次。景檐根本不想理会对方是什么心情，他只想验证自己的推测——昨天傍晚，他在住院部大厅碰见心雅，心雅说她认错了人，而接着林侨生就在住院部外面接走了一个和他长得一模一样的人，这两件事也未免太巧合了，或许是有联系的。

景檐单刀直入地问阿栀："简阿栀，昨天傍晚我是不是来医院看过你？"

阿栀还沉浸在被探望和这一通电话的喜悦里，柔声说："呃，你干吗问我，你有没有来过，自己不知道吗？"

景檐加重了语气："我问你到底有没有？"

阿栀被景檐的语气吓到，忙说："有。"

"那我昨天有没有告诉你，我为什么会来看你？"

阿栀一头雾水，又怕自己说错话，非常忐忑，声音也越来越小了："景檐，你问的问题好奇怪。"

景檐重复："为什么？"

阿栀吞吞吐吐地说："呃，你说是因为心雅去找你了，说服了你……来看我……你不记得了吗？"

景檐若有所思："她说服了我去看你？她？郁心雅？"

看来，事情果然和郁心雅有关。确定了这一点后，景檐在上海一整天都过得漫不经心，他很想早点儿结束这次行程，回学校找郁心雅问个明白。他还从阿栀那里要来了郁心雅的电话号码，但对方却一直关机。

他后来才恍然想起她的手机被自己扔进汤里了，他还问了林侨生，有没有一个女孩来找他谈手机赔偿的事，林侨生说没有，他便叮嘱林侨生，如果这个女孩联系他了，就让她立刻给自己回电话，因为他有很重要的事情问她。

{她是沙漠里的仙人掌，也是开在心上的茉莉花}

　　这个周末，心雅也忙得不可开交。她要参加辅修课的考试，还有两个远房亲戚来D市旅游，住在她家里，她得接待他们，有空还要为他们做导游。

　　接待远房亲戚的任务是几天前心雅的爸爸临时下达的。原本计划在上周从新西兰惠灵顿回国的郁爸爸临时改变了主意，他打算再去一趟皇后镇，看看美丽的阿尔卑斯山，到那里继续寻找他的写作灵感。

　　心雅的爸爸郁图是国内一位知名作家，他常年为了追寻写作的灵感而游历在世界各地。

　　由于郁图的散漫随性，心雅的妈妈和他离了婚，后来嫁给了一个香港人，在香港定了居。而郁图非但没有自责反省，反而更自由了，回家的时间也更少了。一年三百六十五天，至少有二百天心雅都是一个人过的。所以，这远房亲戚，也只能是她一个人接待了。

　　所以，心雅忙得根本没有时间去处理手机的事情。

　　心雅在平时学习日都是住校，通常周末会回家住。周日的晚上，她从家里回到学校，刚一进校门，就看见前方有一群人迎面而来，其中有一个男生穿着一件白色的衬衫，心雅不由得多看了他几眼。她不是没担心过"白衬衫"的行踪问题，但是，她实在不知道该去哪里找他。一想到他在这个世界上停留的时间最多也不会超过七十二个小时，那就不如由着他去吧。反正阿栀的情绪已经稳定了，"白衬衫"的任务也算完成了，至于以后，见招拆招，那也是以后的事了。心雅这么想着，揉了揉自己发酸的脖子，叹了一口气。

　　这时，背后突然有一只手伸了过来，用一种不容反抗的力道钳住了她的右手腕。她吓了一大跳，回头一看，那只手的主人，不是景檐是谁？——不，等等！又或者——他是"白衬衫"？

　　心雅不确定他到底是谁，故意没说话。

　　景檐也没有说话，拽着心雅就往前走。

　　心雅终于沉不住气了，问："喂，你带我去哪儿？"

　　景檐面无表情，边走边说："去一个方便说话的地方。"

　　景檐刚从上海回来，下了飞机以后，爷爷问他晚上是回家住还是回学校住，他想也没想就说要回学校。

　　他原本打算去女生寝室找心雅，没想到在半路就碰见她了。

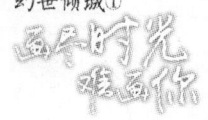

他拉着她走到体育馆后面的小花园里,此时花园很静,四下无人,他丢开她的手,问:"他在哪儿?"

心雅依然不敢断定眼前这个人到底是哪一个景檐,便含糊地问:"什么他?"

"到医院去探望你朋友简阿栀的那个人!"景檐顿了顿,一字一顿地补充,"以我的身份!"

他这样一问心雅就明白他是谁了,她不由得暗暗吃了一惊,但立刻恢复了镇定。"我完全不明白你在说什么。"

景檐冷冷地盯着她:"你看起来挺聪明的,怎么没有事先提醒他,不要来接近我认识的人,否则身份是很容易穿帮的!"

心雅知道此刻言多必失,索性保持沉默。

景檐见她不说话,问她:"你现在这样的态度,是要我告诉简阿栀,我根本没有到医院看过她,一切都是你在搞鬼吗?"

心雅还是坚持装傻:"可我真的不明白你到底在说什么。"

景檐说:"你说服不了我去医院看望简阿栀,就找了个赝品代替我。这个赝品还以假乱真到连我的司机都看不出破绽。"

心雅试探着问:"你的司机?他怎么……"

景檐说:"我的司机怎么会知道?呵呵,因为那个笨蛋居然让我的司机开车送他去了景乐城!"

原来是这样,难怪她在景乐城外面扑了空,那个家伙坐了景檐的私家车,比她早一步进城去了。真是可恶!明知道自己是个冒牌的,居然还明目张胆地征用景檐的司机,他倒是可以消失得干脆利落,却给她留了个烂摊子……总之,是非之地不宜久留,她正寻思怎么开溜,突然,耳边传来了"咔嚓"几声树枝断裂的声音,接着就是"啪嗒"一声,重物砸地的声音。

心雅愣了一下,她和景檐站在花园的一条过道上,过道的左侧有一块椭圆形的花坛,她很清楚地看到原本只有万年青的花坛里,此刻竟然多出了一道人影!准确地说,是一个披头散发、面部朝下趴着的女生!

女生一动不动,在她的胸腹部的位置,隐隐有一团深暗的影子正在慢慢地扩散——那是……

血?

她是从体育馆大楼上摔下来的?

第一部分

{她是沙漠里的仙人掌，也是开在心上的茉莉花}

意识到这一点，心雅猛然感到头皮发麻，吓得大叫了一声，景檐则向前跨了一大步，站到她面前，用身体挡住了她的视线。

"别看！"那是他作为男子汉的本能的风度和担当。

心雅很自然地向景檐靠去，她闭着眼睛，额头抵到他的胸口，一只手抓着他的衣袖，那模样像极了一只受惊的小动物。

景檐看着这样的心雅，莫名地变得温顺起来。

"你在这儿站着别动，我过去看看。"他小声说。

心雅乖乖地点头："嗯。"

看见他的影子缓缓移开，她忽然有点儿恍惚，他刚才那声叮嘱，已然可以用"温柔"来形容了，跟他惯于展露于人前的跋扈高傲很不一样。

但是，那份不一样也仅仅维持了片刻，他走到那个女生旁边，蹲下身推了推她，接着就恢复了一贯的高冷："叫救护车！"

心雅没有反应过来，还是僵硬地站着。

他又大声吼她："郁心雅，你听见没有，叫救护车！她还有救！"

她如梦初醒："我没有手机！"

"用我……"话没说完景檐就发现手机不在身上，可能是刚才林侨生送他回来的时候落在车里了。

"去找别人借手机！"他命令道，"快去啊！"

"哦！"

坠楼的女生是C大音乐系的学生，名叫粟宁。她从体育馆的四楼摔下来，身体和头部有多处严重的损伤，送医院抢救以后，虽然脱离了生命危险，但依旧昏迷不醒，会不会醒，什么时候醒，都是未知。

这件事情在第二天就传遍了整个校园。

第二天上午，心雅刚到教室，就有人来通知她，校长要见她。

她赶到校长室，发现景檐也在那里。办公室里还有两名警察，他们是来调查粟宁坠楼事件的。

报警的人是粟宁的父母，还有一个跟粟宁关系很好的同班同学。心雅来校长室之前，那位粟宁的同班同学刚离开。据那位同学说，粟宁之所以会去体育馆，是因为他们音乐系里有一个叫何楚的男生约了她在那里见面。何楚喜欢粟宁，这是音乐系的人都知

道的。而粟宁对何楚的态度很微妙，不接受，也不拒绝，两个人的关系在别人眼里扑朔迷离。

粟宁的同学说，昨天何楚本来想约粟宁看电影，但粟宁说没兴趣，拒绝了。何楚因此很不满，又说不看电影也行，但他想见她，地点就约在体育馆。粟宁说何楚在电话里的语气听起来很不好，她怕自己一再拒绝他，会惹他发脾气，毕竟这何楚是出了名的蛮横暴躁，所以，她只好硬着头皮赴约了。

夜晚九点以后的体育馆通常都没什么人，约在这种地方见面，本来就让人心里有点儿不踏实。临出门前，粟宁的同学还开玩笑对她说："如果需要英雄救美就赶紧给我打电话。"没想到，竟然真的出事了。

校长一早便给何楚打了电话，问他昨晚是不是跟粟宁在一起，但何楚的回答是没有。他说他昨晚跟朋友在外面吃饭，本来是打算吃完饭后去见粟宁，但在吃饭的时候他们跟邻桌的一群人发生了冲突，有个朋友受伤了，所以他就没有赴约见粟宁，而是陪那个受伤的朋友去诊所了。

所有与事件相关的人都被校长一并喊到了办公室，这时，只有何楚还没到。

心雅和景檐作为目击者，警察希望他们详细地讲述一遍发现粟宁的经过。但是，心雅由于当时太过惊慌，根本没有留意周围的环境，她给不出对案件分析有用的任何线索。警察又询问景檐，一直懒洋洋地坐在校长室沙发上的景檐缓缓地站了起来，正想开口说话，一阵敲门声打断了他。

一个戴着眼镜的男生脸色阴沉地走进了校长办公室。

这个人就是何楚。

何楚进来之后依次打量了房间里的人，最后目光定在了景檐的身上。

景檐看得出对方的目光里有凶气，嘴角抽了抽，不屑地冷笑了一声，对警察说："他在现场。"

警察眉头一皱，问："你说清楚一点儿，你说何楚他在粟宁出事的现场？"

景檐抬了抬下巴："嗯。"

警察显然有点儿不满景檐惜字如金的态度，再次强调道："你再详细说说当时的情况。"

景檐抄着手："昨天晚上粟宁坠楼的时候，我看见他就趴在体育馆四楼的栏杆上，我想他也看见我了，对吧，何楚？"

心雅听景檐这么一说，回想起他遮挡她视线的时候，是有那么几秒钟回头看向体

第一部分

{她是沙漠里的仙人掌，也是开在心上的茉莉花}

育馆楼上，还微微愣了愣神，估计就是在那个时候，他发现了何楚吧？

何楚面对景檐的指控，气定神闲地扶了扶眼镜框，说："如果你没有说谎，那就一定是看错了，景檐。"

景檐反驳："相识一场，你的样子我怎么会看错呢？"

景檐跟何楚的确认识。景檐一直有一群吃喝玩乐的朋友，原本何楚也是其中之一，但是因为发生了一些不愉快的事情，何楚跟所有人都翻了脸，跟景檐也成了仇人。

这时，校长从办公椅上站了起来，背着手严肃地说："你们都好好地跟警察把事情交代清楚。"

何楚说："校长，我没什么好交代的。我承认我认识粟宁，而且我也喜欢她，但是，她坠楼的事真的和我一点儿关系都没有。我刚才在电话里已经跟您解释过了，昨天晚上我根本不在学校。"

景檐一脸冷傲："我只是把我亲眼看到的事情说出来，粟宁坠楼，他在楼上，就这么多。"

两个男生各执一词，场面一度十分僵持，直到校长室外面又来了人。

来的人是何楚的同学，一个瘦高个儿，还有点儿驼背的男生，男生还带来了一名中年妇女。

心雅看见她颇为吃惊，那名中年妇女是女生宿舍楼的楼管阿姨。

楼管阿姨进来之后，把在场所有的人都打量了一遍。驼背的男生向何楚递了个眼色，然后走到校长和警察面前，说："校长，刘阿姨说，她有线索想提供给警方。"

校长和警察都看着刘阿姨，刘阿姨不由得有点儿紧张，搓着手说道："呃，是这样的，我听同学们说，昨天晚上坠楼现场的目击证人是这位——"她指了指景檐，"景檐同学。"心雅看了一眼脸色茫然的景檐，心道这家伙还真有知名度，连楼管阿姨也认识他。

刘阿姨继续说："昨天晚上出事的时候，景檐同学可没在体育馆，他在我们女生寝室楼呢！"

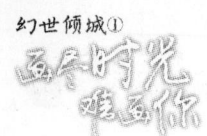

第三章 偶 遇

心雅和景檐都没有想到，楼管阿姨的出现会令事情瞬间复杂化，警察开始质疑他们的口供。

因为楼管阿姨说，昨晚粟宁坠楼的时候，就在女生寝室六号楼前，来了一个手里拿着一把长柄黑伞的男生。这个男生她认识，名叫景檐，他当时穿了一件白衬衫。

心雅听楼管阿姨那么说，已经猜到了那个人不是景檐，而是这两天已经销声匿迹的"白衬衫"。

但是，在别人眼里，那就是景檐。

昨天晚上，不知道出于什么理由，"白衬衫"来了学校。他去的是六号楼，因为他是特意去找心雅的。

而那段时间，心雅却被景檐拉到了小花园里。

其实，不止楼管阿姨，六号楼里进进出出的女生，也都看见了"白衬衫"。何楚和他的朋友就是因为听见了女生们的议论，才找来刘阿姨的。

警察把所有人的口供整理了一遍，又问心雅："你昨晚真的和景檐在一起？"心雅知道警察这么问代表着什么，坚定地点了点头："是的。"

"你们当时在做什么？约会？你们是情侣？"警察追问道。

心雅郑重地说："不是，我跟他只见过一两次，我们当时谈点儿事情。"

"在谈什么事？"

心雅顿时觉得喉咙里堵了一下，用眼角余光瞟了景檐一眼，说："是我的私事，不太方便说。"

警察将信将疑地打量着心雅和景檐："只见过一两次面的人，你们就有不方便透露的私事要谈了？"

心雅只好避开这个话题，强调说："昨天晚上我跟他的确在那个小花园里，我们没有说谎。其实还有人能为我们做证，就是当时救护车的急救员，他们也看见我和景檐了。"

两名警察交换了一下眼色："嗯，这个我们会调查的。那救护车也是你们叫的？"

心雅说："是的。"

第一部分

{她是沙漠里的仙人掌，也是开在心上的茉莉花}

"手机里面的通话记录还保留着吧？给我看看。"

心雅有条不紊地说："昨晚我跟景檐都没有带手机在身上，所以当时我向一位路过的学长借了电话。如果你们能找到借手机给我的那位学长，他也可以证明，我的确在那个小花园里，而我更加能证明，景檐当时是跟我在一起的。"

警察笑容微妙地看着心雅："这位同学的心思还挺缜密。放心，这些我们都会查。如果有需要，会再找你们来协助问话的。"

"没问题。"心雅爽快地答道。

心雅率先离开了校长室，她迈着大步走得很急，像是故意要甩开后面的人。景檐跟在她后面，接着就是何楚和他那位男同学。

心雅很清楚地听到何楚对景檐说："景檐，今天这笔账我可记住了，你想在背后捅我一刀？哼，给我小心点儿！"说完，何楚他们就小跑着越过了心雅，何楚还特意回头瞪了心雅一眼，满眼的不怀好意。

景檐追上心雅："郁心雅，你给我站住！"

心雅反而走得更快了，但是再快也快不过景檐那两条大长腿。他拦住她问："你也看见何楚有多嚣张了？你还想隐瞒到什么时候？"

心雅故作镇定地说："我没有隐瞒什么，我的确没有看见何楚嘛。"

景檐气急："我不是说何楚！我是说，你们楼管阿姨为什么会说我当时在女生寝室楼，你比我更清楚！"

心雅望着景檐："那你希望我怎么跟警方说？"

是啊，难道告诉警方，这个世界上忽然冒出了一个跟自己一模一样的人？景檐被噎了一下。他自己都觉得荒诞，所以刚才在警察面前没有把这件事情说出来。

景檐揶揄道："你最好希望警方真的可以查明真相，给受害者一个公道！如果粟宁真是何楚推下楼的，他逍遥法外，你就是帮凶！"

最后那句话就像一根针，扎在心雅的耳朵里。

她回到教室，趴在桌子上走神。前排有人转过头来问她："郁心雅，听说你昨晚跟景檐在一起？你们俩在小花园里干什么？"看对方一脸求知若渴的八卦表情，心雅才知道不光警察对她跟景檐为什么会在小花园里有兴趣，很多人都有兴趣。

心雅懒得解释什么，由着大家八卦。整堂课上得心不在焉，好不容易熬到了下课，隔壁班有个叫朝朝的女生突然跑来教室门口找她。

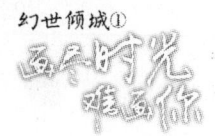

她跟朝朝不熟，仅仅是见过面，偶尔路上遇见相互点头一笑的关系。

朝朝是个自来熟，一说话就挽上了心雅的胳膊："怪了！你说你跟景檐在小花园里，但是，昨天晚上，景檐明明在楼下找你。"

心雅敷衍地说："我什么都不知道。"

朝朝又说："你不知道，我知道呀，他托我带句话给你。"

心雅愣住了："他？景檐？"

"嗯！昨晚我在楼下碰见他了嘛，他说要找你，我就帮他上楼找你喽。可你不在，我下去告诉他后，他又要我帮他问你的电话号码，害得我又跑上楼去。"

心雅有点儿紧张了："然后呢？"

"然后我就从你室友那里要来电话号码给景檐喽。"

心雅忙问："那他托你带什么话给我？"

朝朝嘬嘬嘴说："这个我就不太明白了，他说什么，会在你家等你？还有……"

心雅着急："还有什么啊？"

"还说什么有很重要的事情跟你商量，是关于贝小瓷的。贝小瓷不是你那个失踪的朋友吗？"

心雅突然一惊，看了看时间，已经中午十二点一刻了："你……你怎么不早告诉我？"

三天的期限，只剩下最后三个小时不到。

心雅冲出校门，拦了一辆出租车，路上每等一次红灯，她就更紧张一分。贝小瓷，贝小瓷！她满脑子都是贝小瓷！那个人到底有什么关于贝小瓷的事要跟她讲？

出租车终于开到了小区门口，心雅一下车就撒腿狂跑，家门口却空无一人。

只有一把黑色的遮阳伞冷冷清清地倒在地上。

她还是迟了一步。所有被圈画的人或物，停留在这世上的最长期限是七十二个小时，而"白衬衫"存在了七十个小时。他毕竟不是真正的景檐，怕惹上不必要的麻烦，所以他就在她的家门口等她，但最后却没有等到。

心雅的全部紧张在看见那把黑伞的时候都化成了失望，她捡起黑伞，发现伞下面还压着一张卡片。

那是一张淡绿色的卡片。

卡片上写着：我很好，我会回来的，心雅、阿栀，我想你们。落款是：贝小瓷。

心雅心跳加速，她很确定，卡片上的确是贝小瓷的字迹。这张卡片是"白衬衫"

带来的?他见过贝小瓷?贝小瓷现在到底在哪儿?

心雅想隐瞒羽毛笔的存在,所以,跟假景檐有关的一切她都不可以对阿栀坦白,她也就没有告诉阿栀那张卡片的事情。

阿栀出院那天,说起景檐曾给她打过电话,还要走了心雅的电话号码。心雅随口敷衍了几句。阿栀是个敏感的人,虽然没有再追问,但对心雅的话始终将信将疑。

阿栀回到学校,校园里和粟宁坠楼有关的消息依然甚嚣尘上。越来越多的人都说事发的时候在六号楼前看到了景檐,而当警察联络了当晚的两名救护人员,他们都表示,由于当时只顾救人,加上天很黑,他们对于只有一面之缘的报案者印象不深,只记得是一男一女,但不确定是不是心雅和景檐。

警察还找到了那晚借手机给心雅的男生,男生的口供和救护员大致相同,他说他只记得把手机借给了一个女生,但没有记住那个女生长什么样。

另一边,何楚的朋友力证何楚没有到体育馆去见粟宁。

警方目前似乎更偏向于何楚无辜,对景檐的口供始终保持怀疑的态度,表示要通过别的途径做进一步的调查。

没过几天,心雅在食堂遇见了何楚。何楚和足球队的几个男生一起,心雅从他们旁边经过时,发现那群人中有一个耷拉着脑袋,看起来畏畏缩缩的男生,他竟然就是那晚借给她手机的学长。她不禁多看了学长几眼,何楚见状站了起来,调侃道:"美女,一个人啊?来来来,一起吃嘛,到这儿坐!"

心雅皱了皱眉,径直往前走去。何楚突然一个跨步,挡了她的去路,歪着头嬉皮笑脸地说:"赏个脸嘛,就想约你吃个饭。"

心雅故意挑眉问道:"你会不会也是这样约粟宁的?"

何楚故意把脸凑过来:"你又没亲眼看见,都是景檐说的,他说什么你就信吗?我很无辜的欸!"

心雅上下打量着何楚:"唔,我倒觉得……"她笑了笑,"他,比你可信。"

"哟……何楚,脸呢?要丢光啦!"何楚的同伴一阵哄笑,那个耷拉着头的学长饭还没吃完就放下筷子灰溜溜地走了。

何楚瞪着眼睛,伸手想去拉心雅,心雅下意识地往后退了一步。就在这时,不远处突然传来尖锐的刀叉跟餐盘撞击的声音。何楚循声一看,原来景檐就坐在不远处,

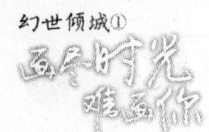

刚扔下的刀叉还在餐盘里微微颤动着。他靠着椅背，跷着二郎腿，双手抱胸，正面无表情地盯着他。

心雅看到景檐在，心里顿时踏实了。

何楚知道景檐发脾气通常都不分场合，他多少有些忌惮。他不想惹麻烦，吹了声口哨，嬉皮笑脸地又坐了下去。

心雅快步离开了食堂，阿栀端着饭盒追了上来："心雅？刚才怎么回事啊？"

心雅觉得有点儿尴尬，但又不能避而不答，只好含糊地问："你说何楚？"

阿栀一脸茫然，问："嗯，我刚才正好刚打完饭，看见何楚好像在为难你，是因为粟宁的事情吗？"

心雅耸了耸肩，表示默认。

阿栀挽着她的胳膊撒娇说："心雅，我住院那几天，学校里发生了这么多事，你怎么都不跟我说啊？"

心雅微笑地看着她："你又不是八卦的人，回来自然就知道啦。"

阿栀赶紧说："我不八卦，但如果事情跟景檐有关我就八卦了。"

心雅开玩笑道："跟景檐有关你就上心啊，难道不是应该跟我有关你才上心吗？"

阿栀回学校几天了，还是第一次有空跟心雅说上话。流言蜚语她都听见了，心雅的玩笑并没有让她觉得轻松，她又问道："心雅，那你告诉我，那天晚上，你跟景檐为什么会单独在小花园里？"

心雅想了想，故意试探着问："你没问景檐吗？"

阿栀嘟囔道："我敢问吗？"

心雅悄悄松了一口气："我就是想跟他说，希望他以后别再羞——"她想说"羞辱"，但知道阿栀敏感，便改口说，"——为难你！我的阿栀是个好姑娘，她可不能再被人欺负！"

阿栀有点儿着急："心雅，你还是别在景檐面前说我什么了。"

心雅疑惑地问道："为什么？"

"因为……我怕你万一说了什么不应该说的，影响到我跟他，我现在才刚刚看到一点儿希望……"阿栀似乎并没有意识到自己这样说会令心雅难堪，心雅明明是关心她，却被她觉得碍了她的事，心雅心里也不舒服，但她还是笑了笑，问："看到希望就代表你以后不会再做傻事了？"

一说到做傻事，阿栀就心虚，羞愧地把头一低，小声说："嗯，不会了。"

第一部分
{她是沙漠里的仙人掌，也是开在心上的茉莉花}

其实，心雅这些天都提心吊胆，她怕景檐会告诉阿栀，他其实并没有去医院看过她。原本以为，炮制赝品，满足阿栀的愿望，安抚她的情绪，事情就能告一段落。

但是，那几十个小时发生的事却完全偏离了心雅最初的设想，她也开始后悔自己贸然使用那支笔，但后悔已经于事无补了。

不过，值得庆幸的是，景檐暂时还没有和阿栀提起医院的事情。严格来说，他是根本没有再单独见过阿栀。

阿栀虽然留着景檐的电话号码，但是别说打电话，就连发短信她都不敢。有一次实在忍不住，她故意发了条信息给他：我到了，你在哪儿？

她原以为景檐会提醒她发错信息了，然后她就能抓住机会跟他说上几句话，但是，对方没有任何回音。

她不甘心又再硬着头皮补充了一条：不好意思，我发错了，打扰你了。

依旧是石沉大海，没有回音。

那时，阿栀问自己：我到底喜欢他什么？

这个问题她想不出答案。

但她觉得，她如果能清楚地列出自己喜欢景檐的原因，那大概就不是爱情了。爱情本来就是没有大条道理，没有因为所以的。不过就是某天阳光正好花正俏，他穿了一件我最喜欢的白衬衫，在清风吹过的街角，不早不晚，刚好乱了我的心跳吧……

阿栀想见景檐却见不到，心雅反而在学校里碰见过他好几次，每次他都摆出一张臭脸。他俩都知道粟宁依然在昏迷中，而警方的调查也没有任何进展。

九月底，心雅有一场很重要的面试，是去应聘一家叫作"风堂文化传媒公司"的兼职编辑。公司旗下有一本著名的人文杂志叫《风堂》，心雅的爸爸郁图曾经在风堂文化就职，这本刊物就是他一手创办的。但后来为了专心创作，郁图辞去了《风堂》主编一职。

虽然心雅刚进入大二，离实习和毕业都还有很长一段时间，但是，郁爸爸希望她能早点儿进行社会体验，而她自己也对文学和杂志的运作方面很感兴趣，恰好风堂也需要年轻的血液，于是郁爸爸联络了风堂的老总，替她要到了一个做兼职编辑的名额。

爸爸在电话里说得很清楚，机会是有了，但是，机会不等于走后门，应聘的程序还是得严格执行，如果心雅达不到公司的要求，那么公司也不会因为她是郁图的女儿而给她开绿灯的。

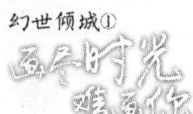

面试官是《风堂》的主编宋淮萧。

为了知己知彼,心雅还特意搜索了宋主编的个人简历和他的作品来研究。宋淮萧只比心雅大五岁,他在心雅这个年纪的时候,就已经在文学界崭露头角了。他落笔囚中肆外,流水行云,字里行间还透着一股洒脱豪迈的气概。他的粉丝也不少,人气很高,崇拜他的人能天天不重样地夸他,把他夸成了这世上最完美无瑕的人。但是,听爸爸说,完美无瑕的宋主编脾气有点儿古怪,而至于究竟怎么古怪,爸爸却没有告诉她。

面试这天心雅十分紧张,九点才开始面试,她八点就到了风堂文化公司楼下。她深吸了一口气,进电梯直上十九楼,楼道里还是冷冷清清的。

等到九点,走廊里才陆续有人进来。有打着哈欠的,有端着咖啡的,还有提着一袋小笼包的,大家都是一副没睡醒的样子。

心雅面带亲和力满分的微笑走到前台,向前台的姑娘说明自己是来面试的,约了宋主编。那姑娘漫不经心地点了点头,指着一旁的沙发让心雅继续等,宋主编来了会喊她的。

结果,宋主编直到十点半才出现在编辑部。

心雅等得有点儿不耐烦,只能不停地刷微博,直到一位清洁工模样的大婶突然拍了拍她的肩膀,说宋主编在办公室等她。

心雅走到办公室门口,门虚掩着,她听到里面有人说话。于是礼貌地敲了敲门,里面的人应了一声:"进来——"

她推开门进去,见办公室里面只有一个人。一个年轻的男人坐在办公椅上,手里拿了支笔,他用笔尖轻轻敲点着桌面,若有所思。他高鼻深目,有棱有角,没想到那么有才华的一个人,颜值竟然也如此高。他的下巴上还留着一点儿胡楂儿,给他增添了几许成熟粗犷的味道,但他冲心雅微微一笑,眉宇间却又有掩饰不住的孩子气。"来了啊,郁心雅。"

心雅抱歉地说:"我是不是打扰您讲电话了?"

宋淮萧两手一摊:"我没有打电话啊。"又一想,恍然大悟说,"哦,我刚才是在跟信惠聊天。"

"信惠?"心雅看了看没有第三个人的办公室,一脸茫然。

宋淮萧却指着他办公桌上的一棵绿萝:"来,认识一下我的女朋友,信惠。信惠,这是郁心雅。"

心雅暗暗地瞟了一眼这位神奇的宋主编,一脸尴尬。她又看到茶几上还放着一盆

第一部分
{她是沙漠里的仙人掌，也是开在心上的茉莉花}

滴水观音，忍不住调侃问："那它呢？"

宋淮萧望着滴水观音，眉头轻轻一皱，满脸认真地说："我哪来那么多女朋友？"

当心雅在风堂的时间渐长以后，她就明白了传闻中宋主编的古怪，并不是她以为的那种古怪。

他的古怪源于他比一般人更活跃的思维，以及别人往往跟不上的生活习惯。

例如，他很注重保养，每天都会煲不同的汤带到办公室：薏米去湿，淮山健脾，银耳润肺……他可以一个月煲汤不重样，喝汤就像别人喝水一样；他最喜欢看的电视节目是新闻节目，尤其是写作缺乏灵感的时候，他还会专门搜新闻节目来看，有时候还叫上全组的人跟他一起看，一起寻找灵感。

他还有个怪癖，就是喜欢跟一棵绿萝聊天。

编辑部的人都知道，他们的宋主编有一个"女朋友"叫信惠，是一棵绿萝。据说，信惠十分善解人意，给了宋淮萧很多创作灵感，已经被他封为日常生活里面不可缺少的灵魂伴侣了。每当遇到一个陌生人，他都会热情地把信惠介绍给对方。

面试这天，心雅听着面前的男人一脸温柔地夸赞一棵绿萝，她只觉得自己头顶上有一片天雷在滚来滚去，而她还要做出谦逊理解的样子，有时候还会点头附和。

宋淮萧粗略地看了一遍心雅的简历，就把简历往茶几上一扔，说："不说没用的，先跟我来。"

"去哪儿？"

宋淮萧大步流星地走出办公室，边走边打了个响指："精神病院。"

十分钟以后，宋淮萧从地下车库里开出了他的越野车，心雅在办公大楼门口上了车，一上车便问道："我们去精神病院做什么？"

宋淮萧扶着方向盘说："下期杂志我打算做一个精神病人的专题。"

心雅若有所思："哦。"

宋淮萧又说："放心，已经征得了医院和病人家属同意，合法的。"

心雅又点了点头："哦。"

他似乎嫌她士气不够高昂，问她："你不想知道那些精神病人的精神世界是怎么样的，他们每天在想些什么，说些什么，做些什么吗？他们是挣扎逃跑呢，还是被关在黑屋里发呆呢，还是跟那些花花草草聊天呢？"

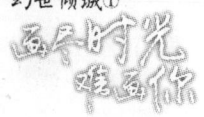

她一听他说跟花花草草聊天，就立刻想到了信惠，差点儿笑出声，赶紧按着嘴巴忍了回去。

宋淮萧瞟了她一眼，问："有写作经验吗？"

"给一些报章杂志供过稿。"

"采访经验呢？"

"做过校报记者。"

宋淮萧挑眉："校园新闻？完全没挑战的事可以忽略不计。"

她接不上话，一时哑了口。

他又说："不过没关系，跟着我，可以把你从零教到一百。"

她暗喜："我这是通过了？"

他笑了笑说："你想得挺美，哪有那么容易，先看看你今天的表现再说。"

"那我今天要做什么呢？"

宋淮萧打开了车内的音响，有点儿聒噪的摇滚乐瞬间填满了这个狭小的空间："到了你就知道了。"

到了精神病院，宋淮萧从车后座拖出了一个很大的黑胶塑料袋，塑料袋圆鼓鼓的，里面不知道塞了什么。他把塑料袋扔给心雅，心雅赶紧双手抱住，微微有点儿沉。他一边锁车一边说："待会儿进去之后，你就戴上里面这个，不用说话，跟着我就行了，我让你做什么你就做什么。"

"哦。"

心雅把塑料袋拆开一看，眼睛都直了，那竟然是一个毛茸茸的洋葱头套。

宋淮萧看心雅一脸茫然，笑着说："其实我来过这儿好几次了，基本上如果我以正常人的身份跟病人聊天，他们都不怎么搭理我，所以我得装得不正常。于是我就跟他们说，我会跟洋葱交流。"

心雅瞠目结舌："啊？"

宋淮萧说："前几次我都找了个编辑陪我来——"他神秘一笑，"不过我知道他们都不太情愿。"

心雅暗想，谁会情愿才怪！

宋淮萧指了指前方的一排平房："那里面就是活动室，他们看见我跟一颗洋葱说话，就会把我当自己人的，不信我一会儿就表演给你看。"说着，他快步走进了活动室，

第一部分
{她是沙漠里的仙人掌,也是开在心上的茉莉花}

一边还用手势示意心雅把洋葱头套戴上。

心雅只能咬咬牙,把那个毛茸茸的洋葱往头上一套,有点儿沮丧地跟了进去。

宋淮萧走到一个蹲在角落里用矿泉水瓶当望远镜的人面前,他蹲下身搂着对方的肩膀说:"嘿,船长,我又来啦!"

"船长"拨开他的手:"你是谁啊?别挡着我,一会儿要是海盗来了我看不见,找你算账!"

宋淮萧嬉笑着说:"你又把我忘了?我是洋葱佬啊!我会跟洋葱聊天呢,我有一颗会动的洋葱!"

"船长"打量着他,突然大笑起来:"哈哈哈,洋葱会动?你是傻子啊?"

宋淮萧打了个响指:"洋葱,过来!"

心雅硬着头皮走了过去。

船长立刻指着心雅大笑着说:"这是一个人!是人!她被洋葱吃了,她不是洋葱!哈哈,你个傻子,洋葱跟人都分不清楚,傻子!"

宋淮萧大声说:"这就是洋葱,是我栽的!她最听我的话了,你不信,我让她跳舞给你看!"

那一整天,心雅都在扮洋葱。宋淮萧利用她这颗洋葱来接近病人,与病人亲切交谈,他便把他们的聊天内容全都录了下来。

是有很多有趣的对话内容,但是,也真苦了扮洋葱的心雅了。

宋淮萧喊她跳舞她就得跳舞,喊她唱歌她就得唱歌。她还表演了洋葱版的孙悟空,上蹿下跳;后来又被要求蹲在草丛里,做出被风吹动摇摆的样子。宋淮萧笑了她一整天,她知道。

宋淮萧还把聊天的录音拷贝给她,让她回去整理提炼一些有用的内容,做一份策划专题给他看。她拖着一身快要散架的骨头回到家里,匆匆洗了个澡,就躺在床上开始听录音,听着听着,不知不觉地睡着了。

第二天一大早,心雅起床赶到学校上课,接到宋淮萧的电话是在中午。他在电话里问她下午还有没有课,在课程结束以后,要她再到精神病院去一趟。

心雅愕然:"我去?"

宋淮萧开玩笑说:"我去?你敢骂一个有可能成为你未来老板的人?"

心雅被噎了一下,说:"呃,不是,我的意思是,我自己去精神病院?"

宋淮萧笑着说："嗯，你还记得谁是拼拼吧？就那个说自己是从氪星来拯救地球的家伙。"

心雅忙说："我记得。"

宋淮萧接着说："我昨晚听了他的录音，觉得他说的那些话特别有意思。我们这次的专题是要向读者展示精神病人的生活状态和他们不一样的精神世界……我觉得……应该还有更多的内容可以挖掘，你再去跟他聊一次吧。去之前先来办公室拿洋葱头，还有我做采访时用的那支录音笔，我会安排人帮你准备好。"

心雅追问："那你呢？"

"我傍晚要飞北京，临时出差，得周末才回来。下周专题就要定案了，我怕赶不及，这任务暂时交给你。"宋淮萧又追问了一句，"你没问题吧？"

心雅向来自信，挺胸说："当然没问题！"况且，她相信以宋淮萧的老练，也不会真的指望她这样一个菜鸟，他必定还有后招呢，他的用意肯定是想借这个机会试一试她，她得好好把握。

她昨晚听录音听到一半就睡着了，有些内容左耳进右耳出，对拼拼的印象并不深，她想再听一遍录音，但是恍然想起今早自己出门太急，把装录音的硬盘落在家里了。

于是一下课，她就直奔校门口而去。她打算先回家拿录音，再去公司拿洋葱头，路上可以把录音多听几遍，做足准备，才好跟拼拼交流。

刚跑出校门口，心雅就听到有人在背后喊她："郁心雅。"

她回头一看："景檐？"

景檐撑着黑伞，站在离她几步远的地方，不动也不说话，就用一贯冷静又高傲的表情看着她。

她回了他一个故作的茫然，以示意她的不耐烦：有事就说啊？

景檐的头微微一歪："我不是景檐。"

心雅瞪大了眼睛。

他说："你应该知道我是谁吧？"

心雅不动声色："你是谁？"

景檐有点儿不自然地抿了抿嘴，问："你朋友简阿栀现在没事了？"

心雅似乎明白了什么，立刻笑着说："哦，没事了！"

景檐又问："你去哪儿？"

她忙说："去好几个地方。"

第一部分

{她是沙漠里的仙人掌，也是开在心上的茉莉花}

"那一起走，路上说吧。"景檐不容分说地拦下一辆出租车，依旧是大少爷姿态地指挥她，"上车。"

心雅想拒绝，但忽然心里又有了另一个盘算："好啊！"她笑得一脸灿烂。

假如郁心雅真的认识一个跟自己长得一模一样的人，有什么比自己假扮成那个人去试探她更好的方法呢？景檐是这么想的。所以，此刻他坐在了出租车的后座，跟心雅并排，出于谨慎，他暂时保持沉默。

幸亏心雅知道景檐的复制品已经消失了，否则，指不定还真的会露馅呢。心雅暗想：哼，这家伙想诈我，门儿都没有！她别过脸向着窗外，暗暗偷笑。

过了一会儿，心雅问景檐："你有什么事要跟我说？"

景檐显然有备而来："有一天晚上，我路过你们学校，想顺便看看你。"

心雅顺着演："哦，我听说了，真抱歉我当时不在宿舍。"

景檐又问："听说你跟那个景檐目击了一场事故？"

"是啊！但是因为你，别人都怀疑景檐的口供不可信。"

"那需要我出面澄清一下吗？"

心雅假装思考："也许……还真有必要呢……"

景檐说："你应该早点儿联系我的。对了，你还知道怎么联系我吧？"

"嗯，我当然知道！"心雅此刻暗自佩服自己的演技。

景檐假装镇定道："我刚换了新手机，你的号码我弄丢了，你再给我打一个过来，我保存一下。"

心雅眼珠一转："我报给你，你自己存吧。"

景檐摆出一副不容抗辩的样子，说："我懒得输入，你打了之后我直接保存。"

心雅假装同意了，低头翻包里的手机，忽然又抬起头来说："欸，我想起来了！我没有把你的号码存进手机里，是写在那个便笺本里面的。就是我们上次见面那间咖啡厅送的便笺本，我随手把号码抄在上面了，你……还记得吧？"

景檐问："那便笺本呢？"

心雅的眼中有笑意掠过："放在寝室喽，看来，只能你自己存了。"

景檐还在寻思怎么能不露馅地把话题接下去，车已经开到了心雅家楼下。心雅故意岔开了话题："手机号码倒不着急，一会儿再说吧，你既然来了，能不能帮我个忙呢？"

"帮忙？"

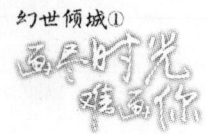

"嗯，我要去做个采访，需要有人给我当副手。"

怕错过这次试探机会的景檐便跟着心雅从家到公司，最后来到了精神病院。

心雅像上次的宋淮萧那样，得意扬扬地给景檐讲解了她的采访任务后，把那个毛茸茸的洋葱头扔给了他，说："一会儿你跟着我，戴上这个，我让你做什么，你就做什么。"

景檐皱着眉打量着那个洋葱头，显然很不乐意。

心雅故作温柔地冲他笑着说："帮帮忙嘛，你只是长得像景檐，又不是景檐，你不会像他那种人那样，自私自利、冷血无情、狂妄自大、没有爱心吧？"

景檐白了心雅一眼，抱着洋葱头走到活动室门口，戴上了头套。

因为尴尬，他低着头，但是，头低得太狠了，头套险些滑落，他赶紧用手托着，那样子反而更滑稽了。

心雅忍着笑，领他进了活动室。前一天宋淮萧安排她做了什么，她就依样画葫芦，一有机会也给景檐下命令，要他扮高兴的洋葱、沮丧的洋葱，还有会蹲、会站、会跑、会转圈的洋葱。

她见他手长脚长，肢体僵硬，动作尴尬，透过头套都能反映出他内心的不满，他别扭了多久，她就偷乐了多久。

景檐也不是没有怀疑过心雅在整他，但是又怕如果他主动撕破脸，不但失去了今天这次机会，以后恐怕也没机会了，所以他好几次都忍住了想发脾气的冲动。

离开精神病院，心雅对这次的采访很满意。跟景檐一起坐在回学校的出租车上，她把洋葱头塞给他抱着，自己把耳机插进录音笔里，欣赏着她的劳动成果。

景檐看了看她，欲言又止。她察觉到了，故意装做什么都不知道，捂着耳朵，一副聚精会神的样子。

前方红灯亮起，车停在十字路口。

一束路灯的光洒进车里，心雅发现景檐大概是太无聊，正在摆弄洋葱头顶上那一簇短苗苗，温柔又略显稚气。

目的达到了，心雅不打算再装下去了："你也是回学校吧，景檐？"

景檐睨了心雅一眼，淡淡说："景檐？就连景檐的司机都分不出我跟他的区别，也难怪你会喊错。"

心雅摘掉耳机，收好录音笔，说："别演了，根本就没有你想的那个人。"

景檐知道演不下去了,脸一黑,眼睛里有一丝凶光露出来:"所以你今天是故意整我的?"

心雅干脆地说:"是!"

景檐憋了半天的愤怒终于可以发泄了,他大声说:"郁心雅,你不觉得羞愧吗?"

心雅咬着嘴唇赌气不说话,别过头眼神茫然地盯着窗外。

景檐说:"如果那个人能站出来说明当时在女生寝室楼下的人是他,警方也许就会重新采纳我的口供了。我绝对没看错,何楚当时就在体育馆!可他为什么要极力否认,你还想不明白吗?"

心雅不是不觉得羞愧,相反,她觉得很羞愧,她的确妨碍了警方的调查。可是,她也担心如果暴露了笔的存在,会有更大的麻烦。恼羞成怒的她也拉大了嗓门说:"我不需要你来教训我!"

她又说:"医生说粟宁现在恢复情况良好,短期内苏醒的可能性也很高,只要她醒过来,就能对警方说出真相了!"

景檐立刻反驳:"可能性再高也只有百分之七十五,还有百分之二十五呢?她要是醒不过来呢?你知不知道粟宁现在的医药费全都是她家里人在承担?她家境很不好,这笔账本来不应该算在他们头上!"景檐说完,赶紧扭头看着窗外。因为他意识到自己一时多言,把本来不想说的也都说了。

百分之七十五这个数据不是学校里流传的,心雅也是从医生那里询问才得知的,她没想到景檐也知道这个数据,这就意味着他到医院看过粟宁?……一般人碰上这种事情,想伸张正义、揭露真相,心雅觉得,这倒很好理解。但是,景檐这家伙,竟然还到医院去探望受害者?看来他似乎并不像他平时表现出来的那么冷漠跋扈、高高在上吧?心雅不禁偷偷地看了景檐两眼,窗外的路灯洒下的光像连绵的金纱,一匹一匹地从他脸上滑过,她忽然觉得景檐的眉宇间有一种难得一见的温柔。

她说话的语气也温柔了,问他:"你去医院看过粟宁?"

"没有!"

景檐想也没想就否定了,其实,他对于自己明明看到真相却不能帮受害人严惩凶徒感到如坐针毡,所以,他去医院看过粟宁几次,没有留名,只是向医生和护士打听了粟宁的情况。不过他没有想到原来心雅也悄悄地去医院看过粟宁。

景檐否定之后,心雅也不再说话了,扭头看着另一侧窗外。这时,轮到他偷偷地看她了。温柔的灯光从她脸上滑过,她似乎也没有从前那么锋利了。

出租车司机揉了揉耳朵，回过头来看他们，说："不吵啦？你俩嗓门够大的，耳朵都快给你们震聋了。"两个人闻言，忽然默契爆棚一般，齐声脱口而出："你管那么多？小心开车！"

在校门口下了车以后，心雅连走带跑，把景檐甩在后面，她恨不得能插翅飞离他的视线范围。

景檐还抱着那个洋葱头，大步不疾不徐。

心雅忽然想起洋葱头，立刻转身跑回景檐身边，一把抢回了洋葱头。这时，景檐的脚步一顿，眼神严肃地平视前方。

怎么了？心雅奇怪。顺着他的目光一看，她发现不远处的岔路斜坡上面走下来一群人，走在最前面的那个人正是何楚。

何楚也看见了景檐和心雅，立刻大声笑了起来："哟，景檐，相请不如偶遇啊！"

跟何楚在一起的那群人不等何楚发号施令，就很自觉地过来把景檐和心雅围了一圈。

心雅知道来者不善，不动声色地看了看景檐。

景檐面露不屑地盯着何楚，何楚说："时间还早嘛，别着急回宿舍，走，跟哥儿几个去玩玩。"

表面上是邀请，其实根本不容景檐拒绝。其实何楚早就想找机会给景檐一点儿苦头尝尝了。

心雅本以为不可一世的景檐不可能这么容易妥协，哪知道他竟然开口问何楚："去哪儿？"

何楚搂着景檐的肩膀说："去了你不就知道了？"说着，看向心雅，"既然美女也在，那就一起呗？"

心雅心里一沉，巴巴地看着景檐，期望他会说几句话叫何楚放过她。可景檐那家伙竟然只是冷冷地看了她一眼，就没再理。她从景檐的眼神里看出了些许得意，他好像是在对她说：是你自找的。

第一部分
{她是沙漠里的仙人掌，也是开在心上的茉莉花}

第四章
枯　井

　　这天晚上，一辆五座的越野车内，硬是挤了七个人。

　　车先是开上了九瑶前山，而后又在一个岔路口转向，开向九瑶后山。山路越走越阴森，沿途的车也渐渐少了。

　　心雅望着车窗外只能勉强看出轮廓的山峰，心里一阵发毛。她这样算不算被人绑架了？

　　一边的景檐却气定神闲，一语不发。

　　过了一会儿，车子终于停在了一片倒塌的农舍前面。

　　听何楚的一个朋友说，他奶奶以前就住在这片农舍，大地震那年这些房子都塌了，幸存者后来也都搬走了，留下了这片无人管理的废墟。废墟里没有任何照明，现在仅有的光亮就是来自他们越野车的车灯。借着车灯的光，何楚等人把景檐和心雅连催带赶地引到了废墟之中的一个深坑前面。

　　何楚说："你们俩都把手机交出来！"景檐和心雅互看了一眼，都没动。

　　何楚又说："大家就当做个游戏，交出手机，免得你们耍赖求救就不好玩了。"

　　心雅翻了个白眼："神经病！"

　　何楚不怀好意地笑了："美女，不交吗？那是要我亲自来拿喽？"说完，他一步步朝心雅走过去。

　　心雅连连后退，景檐忽然横插一脚，挡在她跟何楚中间，对她说："把手机给他。"

　　何楚站住，挑高了下巴瞪着面前这个比自己还高半头的男生。

　　心雅却还不服气："我为什么要给他？"

　　景檐突然转过身单臂环住心雅，圈着她的肩膀，把她压向自己。她的脸往他的胸口一撞，淡淡的古龙水的味道倏地钻进了鼻腔，心雅顿时面红耳赤，别扭地扭动着身体想挣开他。

　　景檐压低了声音吼她："你别动了！"还故意大声质问，"手机在哪儿？"

　　心雅急得差点儿想咬景檐一口，却忽然听他小声地说了一句："打开录音笔。"

　　她恍然大悟，原来他是想找机会跟她说悄悄话，她赶紧推了他一下，说："行了，手机在包里，我自己拿！"

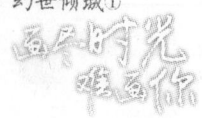

拿手机的同时，她打开了背包里的录音笔。

接着何楚也没收了景檐的手机，还把他随身带的黑伞也抢走了。他走到那个深坑前面，下命令说："你们跳下去。"

心雅大惊："何楚，你发什么神经？"

何楚和他的同伴们都笑了，其中一个同伴吹了声口哨，说："美女，放心吧，已经做好防护措施了，摔不着你们的！"

景檐问何楚："你就那么喜欢把人从高处往下推吗？"

何楚慢吞吞地说："景檐，都跟你说了，你有什么证据证明是我推粟宁下楼的？没证据就别污蔑我！"

景檐平静地说："粟宁醒了，不就有证据了？"

何楚说："那也得她能醒再说。"

景檐继续淡淡地说："你还不知道吗？她最近恢复得挺好的，医生说，苏醒只是早晚的事。"

何楚嚷嚷道："怎么，你以为我会怕啊？我何楚怕过谁吗？"他望着心雅一笑，"身正不怕影子斜，对不对啊，美女？"

何楚一看心雅，心雅就下意识地朝景檐那边靠了靠。自己明明是讨厌景檐的，但这个时候，靠近他，她却有一种安全感。她虽然有点儿害怕，却还是不失时机地回了何楚一句："你是不用怕谁，反正所有的证人都被你收买了，大不了你连粟宁也一起收买吧！"

何楚继续嚷嚷："你胡说八道什么？"

景檐本来以为套话只是自己一个人的独角戏，没想到心雅还挺能配合他，他不禁暗暗高兴，接着说："她有没有胡说，那个姓曹的救护员应该知道吧？"当晚来学校的救护员一共有两名，姓曹的是其中之一。

何楚的嘴角顿时抽了抽，正好车灯的光映着他半张脸，景檐很清楚地看到了他这个心虚的微表情。

何楚推了景檐一把，说："少跟我啰唆，跳下去！"

"跳啊！跳啊！"何楚的同伴也跟着催促。

心雅还来不及说什么就被人从背后推了一下，她往前一扑，朝那个黑洞里跌去。"啪"的一声，落在了一堆不软不硬的麻包袋上面，虽然不硬，但还是摔疼了她。

跟着又是"啪"的一声，景檐也掉下来了。

第一部分

{她是沙漠里的仙人掌,也是开在心上的茉莉花}

何楚等人站在上面高兴大笑,何楚说:"对了,景檐,我刚才还没来得及告诉你,这个坑以前是这个村子里的公厕,你们忍一忍啊。"

众同伴一阵哄笑。

何楚又说:"不过你放心,好几年没人用过了,里面干净着呢。其实我对你算好了吧?知道你大少爷不禁摔,连麻包袋都给你铺好了,这可是哥儿几个大老远从城里扛出来的。"

景檐缓缓地站起来,说:"何楚,听说你家里为了收买那个姓曹的救护员,给了他两万块钱,买他在警察面前谎称认不出是我跟郁心雅。"

何楚立刻吼道:"景檐,你少废话!"

心雅也一个翻身从麻袋堆上坐起来,仰着头说:"还有那个借电话给我的学长……邹旭明,对吧?他那么胆小,你说你那点儿钱能买他死心塌地为你隐瞒多久?他都跟我承认了你在背后威胁他。"

何楚蹲在坑边,抓了一把泥土往坑里砸,说:"对啊,有钱能使鬼推磨,还就没人能动得了我了,怎么样?"

心雅不失时机地继续说:"那你是承认推粟宁落楼了?"

何楚一向口没遮拦,撂狠话说:"我推了她又怎么样?你们能把我怎么样……啊?就算粟宁醒了,我能让其他人闭嘴,也能让她闭嘴!"

其实,那天晚上在体育馆,何楚想逼粟宁答应做他的女朋友,粟宁不同意,两个人争执起来,何楚就不小心大力地推了粟宁一把。粟宁当时站在楼梯上,被何楚一推,重心不稳,从楼梯上扑了下去。楼梯下面是一条走廊,走廊很窄,粟宁那一扑,直接扑到了走廊的栏杆上面。由于惯性,她的身体还翻出了栏杆,掉下了楼。虽然何楚并不是蓄意想伤害粟宁,但即便是这样,他也依然要为粟宁的意外负很大的责任,可他不想负这个责,所以才会用各种手段去掩盖真相。

何楚等人走远了以后,越野车的灯光彻底消失在深坑上方那片狭小的天空,黑夜忽然静如深海。

心雅和景檐都沉默了一会儿,心雅先开口说:"谎撒得挺溜嘛。"

景檐说:"我没有撒谎。"

他是在一次去医院时碰到了那个姓曹的救护员,发现对方看向自己的眼神有异,穷追猛打下,终于逼他说了实话。原来,那个人其实可以清楚地辨认出那晚在出事现

场的一男一女就是景檐和心雅,但是,何楚的家人收买了他。即便景檐表示,自己愿意付他双倍的报酬,希望他重新向警察说明实情,但他也害怕得罪何楚的家人,不肯答应。

景檐又问:"那你呢?"

心雅说:"我也不算撒谎吧。自从那次在食堂看见学长邹旭明跟何楚同桌吃饭以后,我就特别留意邹旭明,得知邹旭明是在粟宁出事以后才跟何楚有来往的,我就更加起疑了。有一次我碰见邹旭明,骗他说我已经知道是何楚威胁了他,想套他的话。虽然邹旭明还是不承认,但他的闪烁其词却令我更加坚定自己的猜测了。所以我就顺着你的意思接下去了,也想诈一诈何楚。"

黑暗里,景檐低下头,嘴角勾起了淡淡的笑意。

心雅又想到他整晚的忍气吞声,问他:"难道你是故意让何楚把你带到这儿来的?想找机会套他的话?"

他"嗯"了一声。

心雅对他的惜字如金非常不满:"不能多说一点儿吗?"

景檐终于收起了傲慢的表情:"早就有人告诉我,何楚想报复我,我只是不知道他会做什么,什么时候动手而已。但我想,他报复我的时候,应该就是最佳的试探时机吧。"

心雅问:"那你也是早就想到了他们可能会没收你的手机,所以,为了录音笔,你故意把我拉进来?"

景檐暗暗绷不住笑,说:"没有!"

他坏笑着说:"怎么我在你心目中有这么料事如神吗?我没有阻止何楚把你也押上车,只是为了'回报'你白天给我的'优待'而已。"

心雅生气道:"景檐!"

景檐见心雅生气了,终于道出了实情:"放心吧,何楚就是想等天亮以后让我吃点儿苦头,你坐在一边看戏就是了。"

心雅明白过来:"你的日光性皮炎?"

他说:"嗯。"

她问:"你能在阳光下忍多久?"

他说:"不一定,得看日光的猛烈程度。"

她又问:"那你发作的时候会怎么样?"

他满不在乎："发作了你不就知道了？"

两个人强打精神在黑暗里坐了一个通宵，天空微微泛起鱼肚白的时候，心雅从麻包袋上站了起来，开始打量周围的环境。

这是一个圆形的深坑，深而狭窄，几个麻包袋就把坑底垫满了。四周都是坚硬的石头墙壁，没有可以借力攀缘的地方，即便把所有的麻包袋都重叠起来，也不够支撑他们踩着麻包袋爬出深坑。

意识到这一点，心雅有点儿泄气。

景檐整晚都坐在一个麻包袋上，背靠着深坑的石壁。发现他是背靠着石壁的，心雅顿时一脸嫌恶："你还靠着墙壁？你没听何楚说这是个什么坑吗？"

景檐闻言，缓缓睁开眼睛："你没闻到什么味道吗？"

心雅嘴巴一撇："谁要闻啊？"

景檐淡淡地说："我是说，水的潮气。"

听他这么一说，心雅深吸了一口气，似乎的确有一股潮气，是泥土和清水混合的味道。

景檐用眼神给她指对面那片墙壁，说："你用手摸一摸。"

心雅心想，我才不要呢！

"要说什么你直接说。"

景檐便说："这是一口水井，只不过水差不多已经干了，还剩了一点点，连这井壁都渗不透。"

听他这么说，心雅才犹豫着摸了摸他指的那片墙壁，果然微微有点儿湿润。"这坑口直径那么大，怎么会是井呢？井口通常不是很小吗？"这个坑口起码是一般井口的四五倍大了。

景檐揶揄她："你没听他们说这里是地震震毁的吗？地震之后周围都塌陷了，井口也裂开了，不是很正常吗？而且我来过这里。"

心雅顿时瞪圆了眼睛看着她："什么？"

景檐伸了个懒腰，捏着后脖颈儿说："就连这几个麻包袋都是我找人放在这儿的，不是何楚搬过来的，只是他不知道而已。"

"你的意思是，你也干过跟何楚一样的事儿？"

他默认。

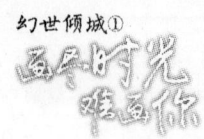

心雅笑他说:"这是不是就叫因果循环,恶有恶报呢?"想了想又说,"那你既然早知道,昨晚为什么不告诉我?"

景檐反问:"有必要吗?"

没必要?她如坐针毡地在麻包袋上熬了一整晚,生怕碰到墙壁,不敢乱动,坐得腰酸背痛,他自己却坐得舒舒服服的,故意看着她难受。

心雅生气地问他:"那我们到底有没有办法出去?"

景檐直截了当:"没有。"

心雅觉得如果再跟这家伙说下去血压一定会飙升,她索性不说话了。反正要担心的不是她,一会儿要是太阳出来了,看他还能逞能多久。

快到正午的时候,阳光从斜上方洒了下来。井底先是出现了一个小半圆的光圈,接着小半圆缓缓变成了大半圆,景檐就被这个扩大的半圆逼得挤在阴暗的角落里,身体尽量贴着井壁。

但是,渐渐地还是避无可避了,阳光从脚尖蔓延,直至遍布全身,他低着头,把脸埋向膝盖。

两个小时过去,因为持续受阳光直射,景檐的身体开始发抖,裸露在外的皮肤上面出现了大块的红斑。

心雅开始担心他了,不停地安慰他不要紧张,但是,他控制不了自己内心的紧张情绪。小时候最严重的一次发作,情况有多惨烈,他还历历在目。那次他全身红肿,每吸一口气就像往身体里塞进一团烈火。他用指甲去挠裸露发痒的皮肤,结果把幼嫩的皮肤抓破了,一道道的血印。只要一想起当时,他就更紧张了。

过了一会儿,头顶忽然有一片阴影移过来,景檐抬头一看,只见心雅正顶着一个麻包袋,慢慢地面向他蹲下来。麻包袋的一条边抵住井壁,形成了一横,而心雅的身体就是一竖,他被围在这个一横一竖的空间里,阳光被挡去了不少。他望着她,忽然有点儿发愣。

见他发呆,心雅说:"一起撑着啊,很重的。"

他这才如梦初醒,笨拙地举起了手,跟她一起托住那个麻包袋。

那个瞬间,整个世界忽然寂静无声了。面对面的距离只剩下不到半米远,近到心雅可以清楚地感受到景檐因为痛苦而加重的呼吸在吹动着她的每一根睫毛。

第一部分
{她是沙漠里的仙人掌,也是开在心上的茉莉花}

对从前的景檐来说,郁心雅是沙漠里的一棵仙人掌。她冷静、傲气十足、伶牙俐齿,还敢泼他、骂他,对他横眉冷目。但是,从昨天开始,几段时间的相处,她身上的尖刺似乎在逐渐消失。

在这一刻,仙人掌的刺俨然消失殆尽,仙人掌好像变成了一朵温婉的茉莉花。他也不知道这是不是自己的错觉,但是他知道,这一刻,他心里的慌乱不安已经减轻了不少。

她其实真的是一个很好看的女生,瓷白的皮肤,圆圆的眼睛,鼻梁虽然不算高挺,但轮廓却极为精致。她的嘴唇颜色是淡淡的粉,令他想到了小时候最爱吃的一种水果糖。

心雅还从来没有和一个男生靠得这么近,她有点儿尴尬,为了缓解尴尬,她故意找了个话题,问:"景檐,你为什么会有这种奇怪的病?"

景檐说:"小时候有一次被阳光暴晒过。"说着,他似乎陷入了回忆,"这是我应得的。"

心雅便问:"为什么?"

景檐自嘲地笑了笑,说:"那次我在我爸爸的坟前连跪了三天。"

心雅意识到自己可能触及对方的伤口了,便赶紧岔开话题:"其实我也挺讨厌晒太阳的,我喜欢阴天,阴天的时候呢……"景檐知道她是故意转换话题,想避开他的伤心事,他心里又是一阵触动。

两个人有一搭没一搭地说着,午后两点,井底依然被阳光填得满满当当。

景檐的喘息越来越粗重,意识也越来越模糊,全身的灼痛和瘙痒都折磨着他。他撑不下去了,松开了麻包袋。他一松手,心雅也不够力气了,麻包袋落在地上,他们都跟着倒了下去。

他的额头滚烫,整个人就像烤在火里似的。

景檐趴在地上,虚弱得像一尾长时间缺水的鱼。

鱼如果长时间缺水是会死的,那他呢?他会怎么样?心雅愣愣地看着景檐,脑子里有无数杂乱的念头奔涌着。

其实,她是有办法救他的,一开始就有,只是她一直在犹豫。她没有想到他的病发作起来会这么可怕。

她一言不发地看着景檐。他闭着眼睛,渐渐地,他的身体几乎不动了,只剩下十分微弱的呼吸。

心雅知道不能再拖了,把心一横,取下了双肩包,从包里拿出了一件东西。

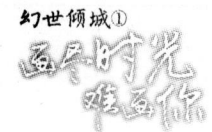

心雅拿出的就是那支绿漆外壳、顶端有一根宝蓝色细长鸟羽的笔。

那支笔平时都插在心雅家书桌上的笔筒里面，但是，昨天晚上，在从精神病院回学校的出租车上，她才发现这支笔竟然出现在她的背包里。她仔细回想，脑海中浮现出了一连串的画面：

她放学回家拿录音，冲进书房，书桌上本来就已经乱糟糟的了，她翻找出存储录音的移动硬盘时，还不小心把笔筒也碰翻了，里面的笔散落在桌上，有几支还掉到了地上。时间匆忙，她没有整理那些笔，只把移动硬盘塞进了包里。转念又想到也许会需要做笔记，于是她抓起桌上一个笔记本塞进了包里，而那支笔就夹在那个笔记本里，也被她带走了。

于是，昏昏沉沉的景檐便目睹了一次不可思议的事件。

景檐虽然已经很虚弱了，但他还有意识，他尽量强迫自己保持清醒，偶尔微微地睁开眼睛。

他趴在地上，歪着头，右侧脸贴着地面。他睁开眼睛时，从他的角度，他看见心雅从背包里拿出了羽毛笔，然后拿出课本之类的东西，其实那是心雅的古代汉语课的笔记本。接着，他便看见心雅用那支羽毛笔在本子的某一页上画了一个圆圈。

忽然之间，那个画圈的位置竟然有一片白光散射而出，景檐惊呆了！但白光很快就消失了，消失以后，景檐看见心雅把地上的本子和笔收起来，走到墙壁边，他的目光跟着她，才发现原本什么都没有的坑壁上，这时竟然倚着一架木梯。

景檐的瞳孔陡然放大，他怀疑自己产生幻觉了。但他定睛再看，没错，这个深坑里面竟然凭空出现了一架木梯。

景檐震惊得连呼吸都变急促了，但这时心雅一心只想救人，别的什么也顾不上了。她顺着木梯爬出了深坑，找到了他们来时的那条公路，又壮着胆子沿公路走了一段，总算找到了路边一个有人烟的小村子，从村子里搬来了救兵。

景檐觉得自己的身体里面仿佛被硬生生填了一块火热的木炭，滚烫的火焰还涌进他的脑袋里，仿佛在撕裂着他前额两侧的太阳穴。医院里，他忍痛躺在移动病床上，救护员推着他跑向急救室。

心雅也跟着跑，在跑到急诊室大门口时，景檐突然一把抓住心雅的手腕，小声地说了一句："你不要走！"

那一刻，他的眼神里再没有了平常的犀利，柔和得像三月春风吹拂的湖面，心雅

第一部分
{她是沙漠里的仙人掌,也是开在心上的茉莉花}

甚至觉得那双眼睛里还流露出了一丝胆怯和惊慌,此刻的景檐就像个无人看顾的孩子一般,孤零零地坐在街角昏黄的路灯下抱紧了自己。心雅不禁心软,说:"嗯,你进去吧,我不走。"

景檐再次确认:"好,那你就在这儿等我,我没事了你再走。"

心雅用眼神指了指急救室的门,表示默认:"进去吧。"

景檐被推进急救室,急救室门口的红灯刚亮起,景家的人已经闻讯赶来了医院。

景家来了两个人,一男一女,男的是景檐的司机林侨生,女的是一位五十来岁的中年妇女,衣着精致而高雅,言行举止都透着一股女强人的精明干练。林侨生去替景檐办理就医手续了,中年妇女就坐在急救室外面,面无表情地盯着门上的红灯。

心雅犹豫了一下,走过去安慰她:"阿姨,景檐不会有事的,您别太担心。"

中年妇女看了看心雅,温柔地笑着问:"你好,我是蓝倩。对了,出事的时候,你和景檐在一起吗?"

心雅点头。

蓝倩又问了整件事的来龙去脉。除了羽毛笔的存在,别的心雅都巨细无遗地说了,蓝倩的反应稀松平常,最后还反过来安慰心雅:"景檐没事的,放心吧,发作的时间不长,养养就恢复了。"

心雅又点了点头。

没过多久,急救室的红灯灭了,医生解下口罩推开门出来,喊了一声:"里面那个病人的家属在哪儿?"

蓝倩挽着包站起来,问:"医生,我侄儿怎么样了?"

心雅听蓝倩这么问,才知道自己误会了,这个女人并不是景檐的母亲,而是他的伯母。

景乐集团的董事长景国霖有两个儿子,分别以乾坤为名,长子叫景乾,次子叫景坤。景檐是景坤的儿子,而蓝倩是景乾的妻子,是景家的长媳。

医生对蓝倩简单说明了景檐现在的情况,大意是说现在没有大碍了,但还需要住院休养两天。

这时候,林侨生也办完手续回来了,同时来的还有两个穿着制服的保安。

心雅见保安走过来,扫视众人的目光最后竟然定格在了她的身上,她心里忽然有不好的预感。

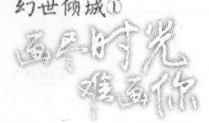

保安问医生:"就是她吗?"

医生点头:"是的。"

心雅着急地问:"什么事?"

保安傲慢地说:"刚才急救室里面那个病人要求叫保安,说你偷了他的东西,如果不把东西还给他,就送你到派出所,公事公办。"

心雅瞪大了眼睛:"我偷他东西了?"

旁边的护士解释说:"刚才我们给病人做急救的时候,他很紧张地抓着医生的袖子说的,要我们一定替他把被偷的东西拿回来,说东西就在这个女孩的背包里,是一支带有羽毛的笔。"

心雅想起刚才景檐的表情,终于恍然大悟,原来他不是害怕,是在装可怜,想拖延时间等保安来。她气不打一处来,冷冷地说:"背包里的笔是我的,不是他的,你们别听那家伙胡说。"

这时候,急诊室的门开了。景檐坐在轮椅上,被林侨生推着出来。

心雅瞪过去,他也毫不避讳地直视着她。虽然他身上的那股难受劲儿还没过去,但表情却从容自得。

"那是我的笔……"为了镇住心雅,景檐故意诈她,做出把握十足的样子,说,"我很清楚那支笔的使用方法。你需要……我在大家面前表演一次来证明吗?"

心雅暗想,景檐一定是趁刚才自己圈画木梯的时候,看出了端倪。不管他是不是真的摸清楚神笔的用法了,她都不敢冒险让他当众演示。她顿时觉得自己像吃了一嘴的玻璃碴儿,一句话都说不出来……可恶!真后悔刚才一时心软,上了他的当,早就应该离开医院不等他的!

为了息事宁人,心雅只好由着保安收走了她的笔,交给景檐。不仅如此,他还逼着心雅把录音笔也一起给他了。

这天晚上,景檐用羽毛笔在水果店的一张广告单上面画了圈,但是,不管他圈到哪个字,都没有任何事发生。因为广告单是上周才印的,存在的时间还没有超过半年。他又用前天的报纸做了实验,还是没有成功。

第二天中午,虽然医生极力反对,景檐还是坚持提前出院了。

回到学校时,午间广播时间刚过。

广播室里,两名播音员正坐在里面吃盒饭,景檐突然推门自入,惊得一个男生差

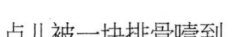

点儿被一块排骨噎到。

"欸,你……"

"没你们的事。"景檐一副不容置喙的样子坐到播音台前,驾轻就熟地把录音笔插入接口。

把录音公之于众这种事情,他也不是第一次做了。

就这样,何楚的那句"我推了她又怎么样?你们能把我怎么样?"填满了整个午间的校园。

刚吃完饭的何楚听到广播,气得把食堂里的一个汤桶都给踢翻了。

舆论风靡了两天,校园里人人都在议论何楚推粟宁下楼的事情。两天后,粟宁终于从昏迷中醒了过来,并且亲口把整件事情的经过告诉了警察。

而当初谎称自己认不出心雅的那个学长也改了口,承认了粟宁出事那晚向他借手机的女生就是郁心雅,还说是因为被何楚威胁,他不敢说出实情,所以才在警察面前撒了谎。紧接着,医院的救护员也改了口,说他们想起了接到电话赶到现场的时候,守在现场的一男一女就是景檐和郁心雅。于是,心雅和景檐的目击者身份被充分认可,他们的口供也变得更加有力了。

再加上何楚在录音里说的那些话,也能证实他的确要为粟宁的坠楼负责。警察再进一步调查,粟家的人把何楚告上了法庭,最终法官裁定,何楚对粟宁支付经济赔偿,并且判他接受管制一个月。

得知学长和救护员都陆续改了口供的那天,有人告诉心雅,景檐在女生寝室楼下,有事找她。她故意慢吞吞地换掉了睡衣,又慢吞吞地从抽屉里拿出一个装着东西的塑料袋,才慢吞吞地走下楼。

一看见景檐,果然他脸上已经有不耐烦的表情了。心雅不等他开口,先把手里的塑料袋扬了扬。

景檐皱着眉头问:"什么东西?"

心雅说:"你的手机,我跟何楚要回来的。"

那晚何楚强行没收了他们俩的手机,事后景檐并没有跟何楚要回,但心雅却硬是逼着何楚把手机还了回来。

景檐有点儿吃惊地问:"你能从何楚那里拿到东西?郁心雅,果然不能小看了你。"

心雅微微一笑,说:"我就当你是在夸奖我了。"

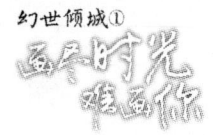

景檐傲慢地说:"这手机我不要了。"

"我又没说要把手机还给你。"心雅看了看路边的一个小水坑,她从塑料袋里掏出手机,走过去把手机往水坑里面一扔,"这样就扯平了。"

按照惯例,受到这样的挑衅,景檐应该暴跳如雷才对。但是,意外地,景檐只是一脸漠然地看着那部手机,并不打算和心雅计较。过了一会儿,他的目光并没有移开那部手机,突然意味深长地说:"郁心雅,你说我有没有办法再还原一部跟这部一模一样的手机呢?"

心雅听出了暗示,说:"想知道啊,你自己去试吧。"

"你就不担心我试出问题?"

其实说不担心是假的,就连在昨晚的梦里,她都梦见景檐用笔圈出了一颗原子弹,把城市炸成了一片废墟。于是她问:"那你试出什么来了?"

景檐反问:"不如你告诉我?"

心雅嘴硬:"没空。"

景檐无赖地说道:"好吧,那我还是去找你的好朋友简阿栀一起研究吧?"

心雅顿时有点儿泄气:"景檐!"

景檐故意摆出一脸高调期待的表情。

被阿栀知道实情是心雅担心的,被景檐滥用羽毛笔惹出麻烦,其实更是她担心的。她怕景檐一知半解,也像她以前那样,一遍遍试笔,但事情不在她自己的掌控范围以内,她担心他会试出麻烦来。所以,与其袖手旁观任由他胡乱摸索,她想,还不如告诉他正确的使用方法,以策安全。

她气鼓鼓地吸了一口气,说:"好,我告诉你!"

听心雅说完笔的使用规则,景檐才明白,为什么他用水果店的广告单来试笔的时候,什么事也没有发生,但回到家里,圈了一本新华字典里的"眼镜"两个字后,他的面前就真的出现了一副眼镜。

他把眼镜放在抽屉里,过了两天,再打开抽屉,却发现眼镜不见了。

他又回到何楚困住他们的那口废井,发现井里也已经没有那架木梯了。

种种疑惑困扰着景檐,他也做了一些总结,但他不确定自己的总结是否正确。他知道这支笔不简单,所以也不敢乱用,怕出现他控制不了的局面。为了尽快解开疑惑,他只能向心雅本人求证。心雅解释完毕,所有的疑惑也就尘埃落定了。

第一部分

{她是沙漠里的仙人掌，也是开在心上的茉莉花}

景檐问道："所以……那个人也是你用笔圈出来的，是以前的某个时间的……'我'？"

"嗯。"

"这到底是什么笔？"

"不知道。"

"那你怎么得来的？"

"捡的。"

景檐知道她很不耐烦却还不得不应付自己，反而觉得很有趣，于是腹黑地问："用这种态度跟我说话，你就不想把笔要回去了吗？"

"我要你就会给吗？"

"不会。"

心雅知道跟他把关系弄僵对自己没有好处，便尽量心平气和，说："我只知道这支笔是来自一个叫'幻世之境'的地方，不过，笔的确是我高中时候在回家的路上捡到的。景檐，这支笔我收藏了很久，从来不会随便使用它，你还给我也好，不还给我也好，我都希望，你是个会分轻重、知后果的人，即便它在你手里，你也别滥用它……给你自己惹麻烦是小事，伤害到别人就是大事了！"

景檐沉默。

心雅转身走开，边走边说："我要说的已经说完了，你好自为之吧！"

背后的景檐却忽然开了口："我景檐从来不硬抢别人的东西。"

心雅闻言愣住了。

景檐郑重地说："郁心雅，这支笔算我跟你借的，用完了我就会还给你。"不等心雅回答，景檐说完也转身要走，却又听到她在背后喊他："景檐！"

心雅在他背后喊："景檐！我还有个问题。"

景檐放慢了速度，大声回道："说——"

"邹学长和救护员为什么会改口跟何楚唱反调？"心雅之所以会问他，是因为她听别人说，有一天景檐找了邹学长，接着邹学长就去向校长认错，改口指证何楚了，而很快救护员也和邹学长一样，主动弃暗投明。她想，这一连串的反转会不会也和录音一样，是景檐在暗地里促成的？除了他，她想不到还有谁会在背后跟进这件事情。

这一刻，她期待他会勾起嘴角自鸣得意地告诉她：没错，我就是幕后功臣。

然后她应该会笑着再问他：景檐，其实你跟大家嘴里说的并不一样吧？你有混世

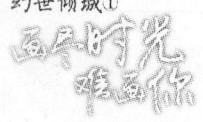

魔王的一面，可是，你也有善良的一面、热心的一面、正义的一面，还有软弱和温柔的一面，对不对？

那一刻，她的眼睛里都是期待的光。

橘黄色的路灯灯光从半空笼罩下来，景檐轻轻地耸了耸肩："我怎么知道？"

其实，嘴上说着不知道的景檐却知道得比谁都清楚。录音播出以后，舆论都指向了何楚，他找了邹学长也找了救护员，这几个助纣为虐的人都被他说动了，担心何楚一旦被证实的确伤害了栗宁，帮忙欺瞒警方的他们也会有麻烦，于是，他们只好说出了何楚收买和威胁他们的真相。

平时在一起经常吃喝玩乐的朋友当中，只有一个人知道景檐在背后做的这些事情，那个人问他为什么大发善心，景檐说自己不是发善心，只是私人恩怨，他早看何楚不顺眼了，想趁机教训教训他。

然后他便想起了小学五年级的时候，有一次他看见班里的一个同学捡到了一位老太太的钱包，想据为己有，他要求对方物归原主，对方不肯，他便动手打了那个同学。最后，老太太拿回了钱包，不理景檐和同学的争斗就走了，没想到后来那个同学竟然反咬他一口，说他莫名其妙动手伤人。景檐虽然辩解了，可这件事情还是以景家出面赔偿医药费收尾。

从那以后，景檐再做任何事都懒得辩解了。他会助人行善，但也会惹是生非，他并不介意自己的行为在别人眼里到底是怎样的，这个世界上大多数人的眼光和评价对他来说都轻如鸿毛。所以，刚才心雅那么问他，就像出于本能，他一口就把自己轻描淡写地隐藏了起来。

景檐刚走出几步，他就突然后悔了。

他应该勾起嘴角自鸣得意地告诉她：没错，我就是幕后功臣啊。

然后她也许会对他微笑，会夸奖他，会说一些别人从来没有对他说过的话。他应该会在路灯下凝视她很久，就像在井底那样。然后这一天会变成一个特殊的日子。

然而，这一切都没有发生。

景檐只是回头看了一眼，光线太昏暗，他几乎看不见她了。他抿了抿嘴，心想，算了吧。

这天他没有留宿学校，虽然已经很晚了，但他还是回了景家。

第一部分

{她是沙漠里的仙人掌，也是开在心上的茉莉花}

心雅回到寝室，躺在床上，困意很快袭来。

她又开始做梦。

她梦见景檐把羽毛笔和"白衬衫"的真相都告诉了阿栀，阿栀怪她欺骗朋友，来向她兴师问罪。

梦里的阿栀生气地推了她一把，她跌倒在地上，突然惊醒了。

她看了看时间，凌晨一点半。

她从枕头底下摸出手机，犹豫着在短信对话框里打出了一行字：景檐，既然我已经和你解释清楚了笔的作用，你就没有再找阿栀的必要了吧？我希望你能对笔的事严格保密。

她盯着这两句话，想了又想，高高在上的自尊心还是不容许她把这条短信发送出去。

她懊恼地在床上翻来覆去，发现外面天空的月亮很圆。

而凌晨一点半，没有留宿学校寝室的景檐站在自家别墅的院子里，也看见了天空的那一轮圆月。

他的神情有点儿凝重，眉宇间还多了一分和年纪不相符的沧桑。

他已经站了好久了，他的卧室里，金丝楠木的床头柜上面放着那支羽毛笔。笔的旁边，还放着一个褐色封面的笔记本，那是他小学时期的一个日记本。因为年代久远，本子的封面早已经从浓褐色变成了淡褐色，上面还有他龙飞凤舞的签名，字迹也有点儿模糊不清了。

过了一会儿，他回到屋里，拿起笔记本，慢慢地翻开。

一页一页地翻过去，在翻到最后一篇日记的时候，他整个人几乎都静止了。上面的每一个字都像一根针，刺痛着他的眼睛，他的眼眶渐渐红了：七岁生日那天，我害死了我的爸爸。

第二部分

{那个人，就算不在身边，但也在心里}

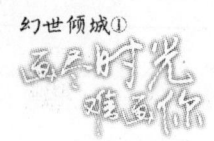

第五章
往　事

没几天，心雅接到了宋淮萧打来的电话。从那一刻起，她便正式成了一名兼职编辑。

宋淮萧看过她整理的有关那次精神病人的专访稿，虽然对她的归拣能力诸多挑剔，但还是看好她的基础和潜力，决定把她留下来。

她不用坐班，只要保证手机二十四小时开机，可以随时联系得上。

几天之后，精神病院的专题一推出，当期的《风堂》就有了很高的话题度和如潮的好评，销量也比往期增加了不少，所以，公司领导决定，接下来再做几期人物专题，要剑走偏锋，去挖掘一些另类的群体。

宋淮萧要求所有的编辑都拿出自己的构思，在例会上进行探讨。例会上，有人说可以采访囚犯，也有人说囚犯的亲属或许比囚犯本人更有故事；有人说可以关爱艾滋病群体；还有人说不如考虑跟进群众演员的日常。但这些提议都被宋淮萧否决了，例会连开了三次，依然没有结果。

有一天下午，宋淮萧不在编辑部，心雅刚到公司，就听见有人议论说主编自己想出了一个主题。

那个主题叫：千门八将。

女编辑何小溪托着腮两眼发直，吐槽说："好端端的人物专题，非要做得跟拍电视剧似的吗？现在哪还有千门八将呀？骗子就是骗子，现在的骗子还分八将？我不信。"

另一个编辑张深接话道："都不是分不分八将的问题了，上哪儿找骗子去？骗子会同意咱们采访他吗？"

校对组的夏满满一边打字一边盯着电脑屏幕说："我听主编说，他认识一个人，就是因为行骗入狱的，说是会给他提供采访对象。等着吧，反正他肯定会去，你们见过他哪一次只说不做的吗？"

心雅听明白了，宋淮萧这次把采访的对象定在了骗子这个群体上。以行骗为生的人往往都不是单打独斗，他们需要相互配合，一起来完成一个骗局。于是，这个行骗团体里的人就各司其职，有人负责搜集情报，有人负责善后，也有人负责当托儿，或者散布谣言引人入局。负责情报的是风将，善后的是除将，当托儿的是谣将，另外还有正将、提将、反将、脱将、火将，组成了千门八将。千门八将是古代的术语，到现代反而很少有人这么说了。

心雅看大家抱怨连连，忍不住插了一句嘴："至少他还没说要采访外星人，大家就知足吧。"

"外星人？"宋淮萧的声音忽然从门口传来。

办公室众人急忙交换眼色，都默默地回到自己的座位上不出声了。心雅也赶紧坐到她的角落办公桌前，打开了电脑。

宋淮萧一边走向他的办公室，一边隔空看着心雅，一副若有所思的样子。

心雅感觉到他在看她，故意低着头，不跟他视线接触。

宋淮萧刚要走进办公室，突然转身出来打了个响指："大家！准备准备，十分钟后到会议室。"

他还瞟了一眼正好抬起头的心雅，挑眉说："我们来商量一下……外星人！"

其实，宋淮萧并没有决定做千门八将的专题，只是有过那么一念，顺口问了问当时在身边的夏满满的意见，而多嘴的夏满满就给大家传递了一个错误的信息。

宋淮萧这几天为了专题的内容已经绞尽了脑汁，但始终没有很满意的点子。直到他听心雅提到外星人，忽然有了一点儿灵感。

这天在会议上，下期人物专题的受访对象敲定了，受访的对象还被统一命名为：隐世者。

隐即归隐。隐世者，也就是远离社会的人群。

心雅说到外星人，令宋淮萧想起了他曾经真的认识一个声称自己受到外星人威胁的登山运动员，那个人叫贺溢。贺溢在三十岁之前就已经参加过多次国际性的登山赛事，并且获了不少的奖，一度小有名气。三十岁那年，他参加了一次登山比赛，却在比赛的过程中突然失踪了。一个月以后，当亲戚朋友都开始接受贺溢已经凶多吉少时，他却安然无恙地回来了。

回到家后的贺溢卖掉了他的房子和车子，竟然带着妻子住进了深山老林里面。

半年后，妻子实在无法忍受贺溢的荒唐行为，跟他离了婚。

宋淮萧在一次宴会上认识了贺溢，跟他关系平平，但贺溢反常的行为倒是引起了他的兴趣。他后来去山里看过他，发现他的家里完全不使用任何带电的设备，就连照明都是用的一种特制的太阳能灯。

宋淮萧问贺溢为什么会这样，贺溢的解释令他瞠目结舌，他说，因为他失踪的那

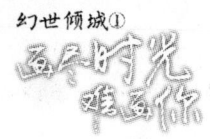

一个月遇到了外星人。

贺溢说,他在比赛中不慎失足滚下山崖,本来以为自己凶多吉少了,却没想到被一个外星人救了。外星人把他带回了族群的聚居地,很友好地对他。但是,在休养期间和外星人为伍的那一个月里,他的身体受到外星人散发的辐射影响,发生了奇怪而微妙的变化——他开始对电过敏。

他过敏得很严重,哪怕被电灯的光照到他都会觉得全身酸痛。可城市里的电是无处不在的,所以,他只有躲到深山里去。他的妻子说,如果他真的是身体出现了问题,就应该就医,但是他却不听。他说,外星人警告过他,由于他跟他们相处过,身上不可避免地沾到了一些来自外星的元素,如果他就医,医生通过他而提取到了这些外星元素,外星人就会报复他。

直到现在,已经四年过去了,贺溢还是一个人独居深山,过着原始而粗鄙的生活。

开会的时候,宋淮萧眉飞色舞地说完了贺溢的经历后,他敲着桌面数落大家:"我不是要你们去挖掘到底有没有外星人、贺溢的精神到底正不正常这类的问题,我要你们去寻找像贺溢这样,由于某些原因而离群寡居,跟社会脱节的人。去挖掘他们背后的故事,他们的生活和精神面貌,去寻找可以予人启发的点,你们明白吗?"又说,"千门八将?做千门八将主题的意义在哪里?啊?教人怎么行骗?写一写骗子是如何为生活所迫走上歧途,博人同情?这能行吗?"

他扫视低头不语的众人:"你们觉得,我像是那种会想出这么荒唐的构思的人吗?"

除了心雅,其他人异口同声:"像!"

宋淮萧一听,严肃的表情竟然烟消云散,他反而笑了:"像是对的!但是这次我就要你们猜不到!"

心雅后来一想到宋淮萧当时自鸣得意的笑容,就忍不住想笑。她问夏满满:"你们在会上那么说他,不怕他生气吗?"

夏满满忙说:"哎呀,不会的啦,主编知道我们跟他开玩笑的。主编这个人,上任这么久了,虽然也经常发脾气教训人,但是绝对不超过一个小时,他就又跟你勾肩搭背了。要是你发现他过了一个小时还没理你,你就送他点儿零食吃,我保证他消气,真的,百试百灵!"

听夏满满这么说,心雅扭头看了一眼主编室里的宋淮萧。

第二部分

{那个人，就算不在身边，但也在心里}

隔着透明的落地玻璃，宋淮萧正在给他的绿萝浇水。一边浇水，还一边比画嘀咕，显然又在跟所谓的女朋友交流了。

心雅不禁努嘴笑了笑："真是个怪人。"

接下怪人宋淮萧交代的任务，心雅接下来的两天都在思考，她怎样才能找到类似于贺溢那样的隐世者。

宋淮萧要求每个编辑至少交一篇稿子，以一个合格的目标为写作对象。

心雅想破了脑袋都想不到自己可以向谁取材，还好最后阿栀帮了她的忙。

心雅按照阿栀提供的线索，来到了东城区的化龙桥。桥底有一个用木板和厚纸板架起来的棚子，里面住着一个五十多岁的流浪汉。

流浪汉名叫陶森，是一名画家，但是，他的作品无人问津，他靠卖画根本没法养活自己。他落魄多年，现在已经沦落到在街头捡残羹剩菜果腹了，却依然执迷于自己的绘画梦想。由于他的画作无人欣赏，渐渐地，他便不在纸上作画了，而是开始在城市里画涂鸦墙。他专门在一些待拆的、被市民忽略的、遗弃的墙壁上涂鸦，把已经毫无价值的墙壁当成一件艺术品来雕琢。这样一来，无论欣不欣赏他的画风的人都会看到他的作品，他就这样维持着自己的精神世界。

陶森显然很符合宋淮萧对于隐世者的要求。

这天，心雅一上完课，就迫不及待地去了化龙桥。

陶森正蹲在他的棚屋前面，用一口铜锅煮饭。听心雅说明了来意后，他懒洋洋地盯着她问："写我？我是反面教材。"

心雅说："我知道，但我可以把您写得很正面。"

陶森忽然来了兴致，问："你知道？你知道我是反面教材？我哪里反面了，你倒给我说说？"

心雅成功挑起了话题，于是也蹲到锅边，跟陶森聊了起来。

陶森虽然有点儿喜怒无常，还有着很多搞艺术的人都有的清高傲慢，但是，心雅的爸爸郁图也是这样的人，对付他们，她也算小有经验了，和陶森的交谈也就进行得十分顺利，陶森也很喜欢她这个伶牙俐齿的小姑娘。

不知不觉间，天就黑了。心雅打算离开，陶森有点儿舍不得她，说："小姑娘，以后别有事才登三宝殿，没事你也可以来找我，我给你看我以前画的画。不过啊，下次别再说你爸是大作家了，你爸不是大作家我也不会嫌弃你的嘛。"

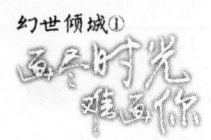

心雅说:"哦,好的,其实我爸他就是个普通工人。"

陶森挥挥手:"行了,快走吧,时间不早了。"

话音刚落,一个初中生模样的男孩慌里慌张地跑过来,因为没有看路,跟心雅撞了个满怀,两个人都摔在了地上。

男孩连声道歉:"姐姐,对不起!对不起!"

"没事。"

心雅拍拍裤腿上的灰站了起来,抬头一看,撞倒她的男孩有一头夸张的爆炸式黄色头发,而且他穿了一身像是兽皮的衣服,斜肩,露着两条胳膊,腰上捆了一根树藤,脚上还穿了一双草鞋。

她被男孩奇怪的打扮惊了一下:"呃,你也……没事吧?"

男孩喘着气说:"我没事,姐姐,有个坏人在追我。"

心雅这才发现,男孩的嘴角和额头都有瘀青,手也不知道被什么东西刮伤了,流了点儿血。

心雅朝男孩身后望了望,没见有人追上来,她问:"谁追你?需要帮忙吗?"

男孩紧张地说:"我只是不小心撞了那个哥哥,我都道歉了,可他跟疯子似的揪着我不放,还动手打我。"他一边说一边四处张望,问,"姐姐,这附近有小路吗?"

心雅也跟着四处张望,她并不熟悉这一带。

这时,旁边的陶森动作有点儿机械地指了指他的棚屋,结结巴巴地说:"背后,有……有路……"

男孩连声感谢:"千万不要说我从哪条路走的,谢谢你们了!"他灵活得像条泥鳅似的,一头钻进了小路里。

心雅望了望陶森,他的表情有点儿奇怪,两眼放空地平视着前方,似乎陷入了某种沉思。

这时前方路口拐角处果然出现了一道人影,人到近前,心雅吃了一惊。

"景檐?"

景檐喘着粗气,眼前一亮:"郁心雅?你刚才有没有看见一个黄头发、穿兽皮的男孩从这儿经过?"

心雅还没说话,陶森却先回答:"看见了!"他指着街对面的一条小巷,"他往那条巷子里跑了。"

景檐听完拔腿就追,心雅犹豫着喊了他一声,他似乎没听见。

心雅不无责怪，问陶森："陶叔，您干吗骗他？"

陶森说："这小子我见他好几次了，他就住前面那个别墅区。每次看到他不是跟餐厅里的服务员发脾气，就是跟洗衣店的老板发脾气，还跟交警闹，反正脾气大着呢，我看他就像是个干坏事的人。"

心雅嘀咕说："其实……他也没您说的那么糟。"

陶森问："他是你朋友？"

心雅耸耸肩："不算吧，可能只是校友。"

"校友还有不确定的？"陶森回头盯着棚屋后的那条小路，又问心雅，"你有没有觉得刚才那个孩子很眼熟？"

心雅半开玩笑地说："又是您见过的？"

"嗯，十几年前见过吧。"

"十几年前？十几年前他最多刚出生吧？"

陶森问："你小时候有没有看过龙泽其的漫画《木马人》？"

心雅摇摇头说："没看过，只看过他的《蓝海天灯》，还有《县令和美人鱼》。"

龙泽其是国内著名的儿童漫画家，很多人小时候都爱看他的作品。他的作品非常多，心雅说的这两部正是他的代表作。

陶森说："嗯，《木马人》确实有点儿冷门了，我陪我侄女看过，里面那个孩子，跟刚才那个，简直一模一样。"

"说不定他就是在扮演漫画里那个孩子呢。"心雅看时间不早了，说，"好了，我得走了。陶叔，下次有需要再找您帮忙。"

陶森自己开始嘀咕："不是说打扮一模一样，感觉长得也一模一样……不过也是，漫画里的人怎么……"他又望着心雅的背影喊，"说了不要有事才登三宝殿，没把我说的话听进去嘛……"

周五那天，心雅交了采访稿，周末总算闲下来了。她约了阿栀逛街，逛街的时候她们又聊到了陶森，心雅很奇怪阿栀是怎么知道陶森的，阿栀的脸微微一红，含糊地说她有一次经过化龙桥，看见陶森在画涂鸦墙，有几个人在旁边围观，她就从围观人群的闲聊中知道了陶森的情况。

心雅看出阿栀言辞闪烁，故意摆出审问的架势："你是不是还有什么瞒着我的？"

阿栀吐吐舌头："没有啊。"

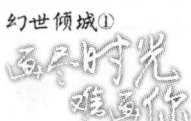

"没有?"

"没有!"

心雅的眼珠子一转,盯着心虚的阿栀:"那么巧,景檐也住在那附近哦……"

阿栀忙问:"你怎么知道的?"

心雅立刻反问:"你又怎么知道的?"

阿栀咬了咬嘴唇,小声说:"其实……我是跟着他,才会到化龙桥的。"

"你跟着他?"

"嗯。"

"跟着他做什么?"

"就是……就是跟着他嘛。"

"你……你跟踪他?"

"呃,我……"

心雅没想到阿栀对景檐的感情已经发展到如此难以自拔的地步了,恨铁不成钢地说:"简阿栀,你还有救吗?"

阿栀撒娇地挽起心雅的胳膊,说:"好心雅,我不用救,我只要能看见他,就已经满足啦。"她指着前面街角的一家咖啡馆,又说,"我走累了,咱们进去坐会儿吧?"

心雅跟着她进了咖啡馆,坐在落地玻璃窗边的位置。

在服务员端上来两杯热腾腾的咖啡的时候,心雅听到隔壁的桌子传来了一个熟悉的声音,她再仔细一听,突然瞪大眼睛,指着阿栀用口型问她:"景檐?"

阿栀抿着嘴一笑,心雅就知道是怎么回事了。

已经跟踪了景檐好几次的阿栀其实早就知道今天下午景檐约了人在这家咖啡馆见面,她是故意带心雅来这儿喝杯咖啡的。

心雅望着自己对面那个一脸窃喜的女孩,忽然很心疼她,心雅做了一只扑火的飞蛾,但是,那团火却随时可能把她烧成灰烬吧?

心雅几乎想直接站起来拉阿栀离开,但是,比她早一步,景檐倒先站了起来。他冷冰冰的声音传了过来:"既然这样我就先走了。"

坐在他对面的一个年纪相仿的男生嬉皮笑脸地说:"别这样嘛,洛灿马上就到了。"

男生是景檐儿时的玩伴,之前去了国外念书,已经很多年没和景檐来往了。这次休假回国,他主动约景檐叙旧,景檐还觉得有点儿意外。没想到刚聊了一会儿,对方

第二部分
{那个人，就算不在身边，但也在心里}

就告诉他，他还约了一个叫洛灿的女孩，已经在来的路上了。

景檐一听，立刻起身想走人。洛灿以前千方百计地接近他，是个娇气造作、满脑子算计的女孩。景檐很讨厌她，所以无论洛灿用什么借口靠近他，他都一概不理。可是现在，看朋友这个态度他才明白，叙旧是假，想帮洛灿制造机会才是真。他毫无不介意地摆张臭脸给对方看，说："人是你约的，跟我没关系。"

景檐抓起桌上的账单："这顿我请，以后如果不是真心想和我叙旧的话，就没必要再联系我了。"

朋友笑得尴尬："景檐，你这人真不好相处，一点儿面子都不给我。"

景檐淡淡地说："那就看我想和谁相处了。"说着，拿起他的随身黑伞就往收银台走，刚走两步，他就看到阿栀和心雅了。

阿栀急忙挥手跟景檐打招呼，景檐视若无睹，走过去敲了敲桌边："郁心雅，正好，我有事问你。"

心雅有点儿不自在："什么事？"

景檐说："到外面说。"

心雅坐着没动。

景檐的那个朋友似乎还不死心，趁机搭腔："景檐，你朋友吗？那就坐下再聊聊，晚上大家一起吃个饭吧。"

景檐置若罔闻，只对心雅使了个眼色。

心雅隐约觉得他可能是想说羽毛笔的事，于是站了起来，谁知道阿栀却一把拉着她，紧张地问："有什么不能在这儿说吗？"

景檐对阿栀的举动颇为反感，但看在心雅的面子上，才忍着没对她发脾气，说："简阿栀，我们要聊何楚的事情。我跟她都被卷进这件事了，我还有点儿遗漏了的细节想问她，但是不方便更多人知道。"说着，他还刻意丢了个冷眼给心雅，"除此以外，我们之间也没什么好说的。"

景檐这样一说，阿栀立刻像吃了一颗定心丸，松开了心雅，故作懂事地对他们说："那你们去吧，心雅，你就不用管我了，我一会儿自己回学校就行了。"

景檐和心雅离开咖啡馆，走到外面的马路边。景檐回头看了看咖啡馆，又再往前走了一段路才停下来。

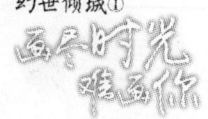

心雅不禁好奇："为什么你故意走这么远？"

景檐环视四周："因为这里空旷，周围不能藏人，我们说话不容易被偷听。"

心雅觉得他暗有所指："被偷听？"

景檐问："你们俩真是碰巧来咖啡馆的？"

心雅急忙回："不然呢？"

景檐低头用伞尖敲击着地面，沉声说："回头你告诉简阿栀，她再跟踪我的话，我不会对她客气了！"

心雅没想到景檐竟然知道阿栀在跟踪他，顿时有点儿尴尬。景檐没再对此事多言，直接进入了主题："郁心雅，我问你，为什么被羽毛笔圈过一次的名词，再圈第二次就不管用了？"

要不是景檐问起，心雅还没有发觉，一直以来，自己还没有把同一个词语圈第二次的想法和行动。她问："你为什么这么问？你试过了？"

景檐点头。

心雅说："羽毛笔的用法都是我自己慢慢摸索出来的，我也没有完全摸透它，而且，用过一次的词语我都没有再用过第二次。"

景檐又问："郁心雅，你真的不清楚这支笔的来历吗？"

心雅有些不高兴："我说过了，我只知道这支笔是来自一个叫'幻世之境'的地方，但是……到底什么是'幻世之境'，我也不知道。"

"幻世之境……"景檐陷入了思考。

心雅想了想，又说："不过，就算是同样的词语，一般情况下都不会只存在于一个地方吧？这本书里的你用过了，那再换一本呢？"

景檐的脸色轻轻一沉，说："没有第二个了……"

心雅不禁好奇："你圈什么词了？"

景檐沉默，没有回答他的问题。

心雅继续琢磨："独一无二的话，是一个人吗？而且还是某个特定的时间段里的人？"

景檐不打算再瞒她，说："你见过。"

心雅诧异："我见过？"她仔细一想，既然是自己见过的，也就是说景檐知道她见过的，她恍然大悟，"难道是那天晚上，那个穿兽皮的'小野人'？"

小野人？他想，她倒会给人家起名字。

第二部分
{那个人，就算不在身边，但也在心里}

景檐点了点头。

"他是谁？"

"我不知道。"

"不知道你是怎么让他复活的？"

"从我以前的一篇日记里。"

心雅觉得有趣："你还写日记？"

他听出打趣的意味，冷着脸说："小学日记，老师要求的。"

心雅意味深长地笑了笑："哦——"

那天晚上，景檐追不到那个"小野人"，彻底失去了他的消息，他原本以为还可以再重新用一次笔，复活第二个他，可是，当他再用笔圈画同一个词语时，无论试了多少次，"小野人"都没有再出现过。

心雅听完他这番讲解，问道："你说借笔一用，就是因为那个孩子？"

景檐点了点头。

虽然他向来不愿意对任何人再重提往事，但是，对心雅偏偏例外。他犹豫了一下，自己主动补充说："他应该和我爸爸的死有关。"

心雅想起那次在井底，景檐告诉过她，他爸爸去世的时候，他在坟前跪了三天，她上次怕触及他的伤心事没敢多问，但这次他又再主动提起，她终于忍不住说："你爸爸是怎么出事的？"

景檐平淡地描述："可能是因为从楼梯上摔下来，也可能是他杀吧。"

一个停顿，轻描淡写，他就那么平静地说了出来，可她听着却有点儿心惊。

景檐又说："出事的时候，家里除了我爸爸，唯一出现过的可疑人就是那个孩子。我们不知道他是谁，也不知道他为什么会在我们家。警方推测，他应该是个小偷。他或许看见了事发的经过，也或许——"

"也或许他就是害死你爸爸的真凶？"心雅接道。

景檐以沉默代表认同。

没过一会儿，景檐又说："都已经是十三年前的事情了，十三年过去了，警方还是查不到任何线索，这件事情对他们来说大概就这么过去了吧。"他自嘲地笑了笑，"看来也只有我还过不去。"

心雅正想说点儿什么来安慰景檐，景檐却又后悔自己说得太多了："算了，既然问你也没用，那我自己再想办法吧。笔再借我用几天，要是还没有进展，我就还给你。"

这时，前方冲过来几个拿着水枪的孩子，一边跑一边用水枪相互射击。有个孩子被水弄得睁不开眼睛，想找掩护，就绕着景檐和心雅跑。

其他孩子完全不理会两个陌生人夹在中间，还是拿着水枪一阵猛射，水柱直接打在景檐和心雅身上，景檐顿时火了："都给我滚开！"

熊孩子们被这一声怒吼吓得愣住了，全都站着不敢动。

心雅看景檐似乎很生气，担心他会做出什么过分的事，她急忙往他前面一站，瞪着那些熊孩子，假装凶他们，轰他们走。几个小孩在缓过神之后集体冲心雅做鬼脸："就不走，就不走，我们就要在这儿玩，你们自己走啊？"

心雅着急，小声嘀咕了一句："再不走你们麻烦大了。"

其中，个子最高的男孩忽然往前一冲，撞了心雅一下。心雅没站稳，左脚一拐，鞋掉了。男孩见状接着踢出一脚，那只鞋子顿时被踢出去老远，掉在了马路中央。好巧不巧，正有一辆车子经过，车轮就从鞋上辗了过去。

熊孩子们见状，立刻爆发出一阵哄笑，这才心满意足地跑开了。

心雅盯着那只被压扁的鞋子，已经不知道要做什么表情了。她尴尬地看了看景檐，景檐也正一脸严肃地盯着她。他完全明白她刚才的小心思，忽然生气地说："郁心雅，在你眼里，景檐这个人到底有多十恶不赦？你觉得他会怎么样？会把那几个还在读幼稚园的小孩揍一顿？"

心雅被问得哑口无言。

这时候，一直阴天的天空放晴了，太阳出来了。阳光慢慢地在地面上画出了两道长长的影子，景檐把一直拿在手里的伞撑开了。心雅以为他要走了，便单脚跳到马路边，也准备搭车离开。

景檐打着伞站在她身后，注意到她的脚后跟可能被沙砾扎到了，有一点儿伤口，还挂着几道血丝。

他想了想，走了过去，用两根手指去夹她的衣袖，拽她说："过来！"

"景檐？你还没走？"

心雅被景檐拽到路边一张石凳上坐下，他说："在这儿等我。"

"为什么？"

景檐用眼神瞥了瞥不远处的一栋商场，问："你穿多大码的鞋？"

心雅突然觉得脸有点儿发烫："你去给我买鞋？"

第二部分
{那个人，就算不在身边，但也在心里}

景檐露出不耐烦的表情："嗯！"

心雅忙说："不用了，我打车到宿舍楼下就行。到了之后我叫阿栀接我一下就行了。"说着，她赶紧给阿栀打电话，但阿栀却一直没有接电话。

心雅更尴尬了，不停地说着："不用了，真不用了。"

景檐还是坚持："说吧，多大的？"

心雅吞吞吐吐地说："三十六。"

景檐撑着伞，慢悠悠地往商场的方向走，一边走一边说："就算十恶不赦，也有想装好人的时候啊。"

心雅没有想到他会那么在意自己刚才的举动，忍不住出声喊："景檐！那天晚上，碰见那个'小野人'的时候，他说有人以大欺小，动手打他，我本来是相信的……不过，虽然明知道在学校里大家是怎么评价你的，可是，我更愿意相信自己的亲眼所见……"

"我觉得你并不像他们说的那样……"

"所以，那一刻，我觉得那个孩子说谎了……"

心雅说的每一个字都钻进了景檐的耳朵里，顺着耳朵滑进身体，最后，"扑通"一下，落在了他的心里。

他笑了。

有那么一个瞬间，他是很想回头的。什么也不说，就想回头看一眼那个坐在石凳上跟他说这番话的女孩，想回头对她笑一笑。但是，隐藏自我的本能再一次阻止了他，他没有回头。

他走过马路，走进商场里。

女鞋卖场的鞋子琳琅满目，他挑来挑去，导购员也给他推荐了不少款式，可他都不满意，每看一双都想着应该还能挑出更好的，能更衬得上她的。

最后，他选了一双银灰色羊皮带方扣装饰的平跟鞋。他想，她的脚有伤，穿平跟鞋应该会舒服点儿吧？

景檐付了款，离开商场。在大楼外，他发现旁边的商铺有一家药店，于是，他走进药店里买了一包创可贴。拿着创可贴出药店的时候，他的内心不禁有点儿小得意，就像一个考试考了满分的学生，他很满意自己的细心周到。

然而，当他带着鞋子和创可贴回到刚才的地方，心雅却不在那里了。景檐这才发现自己的手机上有她打来的未接电话和一条短信。她在短信里说：景檐，不用给我买鞋了，我还有事，搭朋友的车先走了。谢谢你！

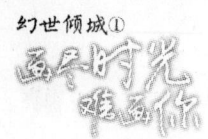

景檐此刻还抱着鞋盒,鞋盒上面放着创可贴,突然,他眼神骤然一黯。

他把鞋和创可贴往地上一扔,扬长而去。

一个人走在回家的路上,他想起了刚才没有对心雅细说的那个问题:你爸爸是怎么出事的?

那是在十三年前,景檐七岁生日的那一天。

那天,景家包了五星酒店的一个贵宾厅,邀请了一些亲戚朋友为小景檐庆祝生日。

贵宾厅里飘着的气球和彩带、精致的菜肴、热闹的宾客,还有角落里堆满的礼物盒,这些他全都记得。

他更记得,因为他的任性,放着那么多的礼物不拆,非闹着要自己落在家里的玩具车。

向来溺爱他的爸爸才会在中途离席,回家给他取玩具车。

小景檐坐在贵宾厅正中间的椅子上,驼着背晃着腿,嘴里嘟嘟囔囔地说:"爸爸都去了那么久了,怎么还没给我把玩具车拿回来。"这时候,妈妈的电话响了。他看着妈妈走到角落接电话,满脸的笑容突然僵在脸上,眼泪如溃堤般坠落,他吓了一跳,从椅子上跳下去扑到妈妈怀里。

"妈妈,你怎么哭了?"

妈妈在静默了片刻之后突然尖叫了一声,狠狠地推开了景檐。

她是这样说的:"你为什么非要你爸回家给你拿玩具车?你害死你爸爸了!"

世界就是在那一瞬间坍塌的。家里的用人打来电话,说自己外出采购,回家时发现别墅停电了。用人查看电箱,发现里面的线路被人破坏了。她摸黑走进客厅,突然发现地上躺着一个人。

景坤先生也就是景檐的爸爸躺在地上,已经全身僵硬,没了气息。

景坤是从客厅的旋转楼梯上滚下来,头部重创致死。而那天的景家别墅还有外人闯入的痕迹,用人回来的时候,除了电箱被毁坏,别墅大门也没有上锁。警方推测,景坤是在回家时撞见了入室盗窃的歹徒,所以惨遭毒手。

可是入室的歹徒后来一直没有抓到,而景家也没有丢失值钱的东西,歹徒潜入别墅的原因一直是个谜。

还有一点也很奇怪,在别墅二楼的走廊里,出现了一只海螺。但那只海螺不属于

第二部分
{那个人，就算不在身边，但也在心里}

景家的任何一个人。所以，大家都怀疑海螺是歹徒不小心落下的。可是，法证做过指纹鉴定，海螺上的指纹从大小来看，是属于一个未成年人的，而当时的档案库里也没有这个人的指纹记录。

父亲落葬以后，景檐一度在墓前长跪不起。任何人来劝他，都会被他发狂地踢打、撕咬，他就像一头失控的小兽。

六月盛夏的烈日暴晒着他，晒得他全身的血液好像都要蒸发殆尽，他的日光性皮炎就是因为当时过度受到紫外线照射而落下的病根。那时他想，他要跪在墓前赎罪。

他无论清醒着抑或是在梦里，耳畔都会飘荡着那句话：你害死你爸爸了！

就那样，本应该无忧无虑的年少时光提早结束了。他变得阴郁、寡言。他再也不会撒娇地对长辈说我要这个、我要那个，他对长辈就算有不满，也会忍着，不发表自己的意见，对长辈千依百顺。

但是，相对于在长辈面前的隐忍，他在外人面前却变得骄纵暴躁，很多压抑的情绪他都会发泄在外人的身上，所以他才渐渐成了别人眼里惹不起的魔王。

在爸爸去世后的很长一段时间里，景檐都不敢听任何人提起他爸爸，那是一道根本无法愈合的伤口，任谁来触碰都会痛得撕心裂肺。所以，关于神秘人的那篇日记并不是他在爸爸出事那年写的，而是在三年以后，一个无处发泄的深夜里，他趴在昏黄的台灯下，流着眼泪写的。

因为，在那一天，妈妈也离开他了。

自从爸爸出事以后，妈妈整天郁郁寡欢，她没有再打骂过景檐，也没有重复她失去理智的时候说的那句话。她依然很关心景檐，但是，母子之间还是多了一份难以复合的疏离。三年过去以后，妈妈看景檐的身体和心理状态都趋于稳定了，她终于狠下心来告诉他，她想离开这个家了。

她说，那三年，每当她痛苦绝望的时候，都是她的一位好友在陪伴和支持着她，她决定跟他走。

丈夫的死对她而言是一个无比沉重的打击，留在家里的每一天她都沉浸在痛苦的回忆里，她不想再面对了，她只想逃离这里重新开始新的生活。她摸着景檐的头说，爷爷会照顾好他的。

景檐难以置信地看着自己的妈妈，他一句话都说不出来，整个房间里只有他粗重而压抑的喘息声。过了好一会儿之后，他才缓缓地用稚嫩的声音说："你走吧。"

妈妈闻言，突然号啕大哭起来。

景檐倔强的眼泪被他硬生生地困在眼眶里，他不允许自己哭。他面无表情地盯着这个血浓于水的女人，缓缓地补充说："如果你走了，这一次，就是我最后一次喊你了。妈——妈——"

女人跪倒在地板上，哭得全身发抖。她喃喃地说："小檐……小檐，你不要这样，我还是你的妈妈！我还是爱你的！"

景檐不哭反笑了起来，行尸走肉一般走出房间，边走边说："走吧，我不在乎再多失去一个。"

后来，景檐又看着妈妈跪在爷爷面前磕头；看着她哀求蓝倩以后多照顾景檐；看着她把衣柜里的衣服一件件拿出来塞进行李箱，拖着沉重的行李箱走下楼梯，景檐一直没有哭。

妈妈临走还想抱一抱景檐，他却转身躲开了。他跑回卧室里拿起书包，对爷爷说他要去上学了，然后飞快地冲出别墅拦了一辆出租车坐上去。到学校以后，正好老师在发前几天考试的试卷，老师扬着手里的成绩表，说这次有些同学进步很大，而进步最大、最值得表扬的就是景檐。

那是景檐第一次、也是最后一次考全班第一名。

老师说大家都要向景檐同学学习，景檐站起来，骄傲地接受着来自四面八方的羡慕的眼光，笑得十分灿烂。

老师还说，景檐的作文也是全班得分最高的，她说景檐同学一定是按照老师的要求，坚持课后阅读和写日记了吧。但其实，景檐很少写日记的。

第一篇日记除了标注日期和当天的天气以外，他只写了一句话：语文老师真无聊。

两个学期下来，景檐总共只写了十篇日记。而那天放学回家以后，他写了第十一篇。

在那篇日记里，他久违地写到了两个字：爸爸。他写道：我的爸爸是因为我的任性而死。妈妈说得对，我害死了他，妈妈恨我，所以她不要我也是理所当然的，可是，我也恨她。

那个晚上，景檐有很多话想写，可是，他写得乱七八糟，越写越没有条理，最后，他气得把笔从窗口扔了出去，痛哭着却又没发出任何声音。

也是在那个晚上，他在日记里写了这么一句话：

三年过去了，案子依然是个谜，我真的很想知道，那天晚上，出现在别墅的神秘

第二部分
{那个人，就算不在身边，但也在心里}

人到底是谁？

讨厌写日记的景檐在那之后再也没有写过日记。他把一张全家福照片夹在日记本里，把日记本放进了一个纸盒，纸盒里还有几件玩具，都是爸爸生前送给他的。那些东西被他当成不可触碰的回忆塞进了柜子。但他没有想到，又过了十年，那篇日记竟然还能帮他一个大忙。

在井底看见心雅使用羽毛笔的时候，想得到那支笔纯粹是出于好奇和贪玩，甚至是故意想跟心雅较劲儿。但是，当他渐渐发现了羽毛笔的神奇之处以后，他就有了一个令自己血脉贲张的念头：这支笔如果用在人的身上应该也奏效吧？

所以，景檐向心雅求证了那个假冒自己的人是不是她用羽毛笔圈画复活的，得到肯定的答案以后，他彻夜难眠，好几次翻开了日记本，但是，近情情怯，他紧张得又把日记本合上了。

直到心雅去找陶森的那一天，景檐终于鼓起勇气决定面对多年前的痛苦，他在日记里的"神秘人"三个字上画了一个圈。接着，那个神秘的海螺的主人就出现了。

那个金黄色爆炸头、穿兽皮的"小野人"就是海螺的主人。

当时，"小野人"一脸惊恐地看着景檐，景檐激动地扑过去掐着对方的胳膊连声追问他是谁。没想到"小野人"年纪不大，力气却不小，而且灵活得跟条泥鳅似的。他咬了景檐一口，挣脱他逃出了景家别墅。

心雅看到那个"小野人"的时候，他身上有伤，但那并不是景檐造成的，是他自己在跑出别墅时摔倒受的伤。为了博取同情，"小野人"才对心雅和陶森说了谎。

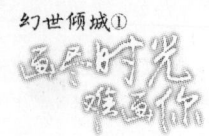

第六章
尽 头

就在景檐买了创可贴走出药店的时候，一辆蓝色的越野车停在了心雅面前。景檐走上过街天桥时，越野车正好从桥下开过。心雅坐在车子的后座上，车内充斥着一种微妙的尴尬。她是被车的主人宋淮萧强行拉上车的。

宋淮萧开车经过，看见光着一只脚坐在路边石凳上的心雅，他立刻把车停了下来。他下车冲到心雅面前，不由分说地拉起她，先是问她要去哪儿，说要送她，接着他又小声地补了一句："跟我上车，江湖救急！"

心雅稀里糊涂地被宋淮萧塞进了车里，上车以后她才注意到，副驾驶位置还坐着一个二十多岁的年轻女孩。那女孩瓜子脸，丹凤眼，烫着一头时尚的卷发，妆化得有点儿浓，全身上下还都是名牌。

透过前排的后视镜，心雅看到了对方脸上有一闪而过的不悦。

宋淮萧一边系安全带一边介绍："郁心雅，李璇。李璇，郁心雅。"

李璇回头冲心雅笑了笑："嗨。"

心雅隐隐猜到宋淮萧硬拉自己上车就是因为这个李璇，事实证明她的确没有猜错。宋淮萧问她去哪儿，她说回学校，学校就在前面不远，宋淮萧想了一下，对李璇说："我先送你回家吧？"

李璇一脸茫然："她不是比我近吗？"

宋淮萧说："学校那边还有很多写字楼，我现在开进去，一会儿出来的时候就正好赶上下班高峰期，我如果先送你再送她，可以避开那段高峰。"

李璇说："我不赶时间，堵车也没关系。"

宋淮萧立刻接了一句："我讨厌堵车。"

心雅只是坐在后排察言观色，没有说话。

过了一会儿，李璇回过头来问她："你还是大学生吗？"

心雅点了点头。

李璇又问："你跟淮萧怎么认识的？"

心雅如实回答："我是《风堂》的兼职编辑。"

李璇恍然："哦，上司、下属……"她又说，"我跟淮萧是好朋友，我们认识很久了。"

第二部分
{那个人，就算不在身边，但也在心里}

宋淮萧却根本不接李璇的话，反而一个劲儿夸心雅："我们心雅不但人长得漂亮，而且思维灵活，还特别有才华，刚来没多久，就已经给了我不少灵感了。"

心雅被夸得鸡皮疙瘩都起来了，知道宋淮萧是故意说给李璇听的，她挤了个笑脸说："主编过奖。"

李璇也笑："我认识淮萧这么久，还从来没有听他这样夸过一个女孩子。"

宋淮萧没接李璇的话，回头看了看心雅问："你的鞋怎么掉了？"

心雅有些不好意思地说："我自己不小心……"

宋淮萧赶忙说："李璇，你刚才不是买了一双鞋吗，拿出来给心雅试试能穿不，能穿就让她穿吧。"

李璇和心雅异口同声："不行！"

宋淮萧故意问："李璇，你不会这么小气吧？"

李璇嘟嘴说："你不是要送她回学校吗？直接送到宿舍楼下就行了呗。"

心雅也连连点头："就是啊。"

宋淮萧又冲李璇笑了笑说："就算到宿舍楼下，一个女孩子光着脚跳上楼也不雅观吧？万一扎伤了脚那就更麻烦了。"

李璇的嘴噘得都快顶到鼻尖了："淮萧，咱们认识这么久了，你对我可没这么细心过。"

宋淮萧看了看挡风玻璃前挂着的一串琉璃珠，柔声说："好吧，你不是说喜欢这串琉璃珠吗？就当补偿，我送给你吧。"黑底黄纹的琉璃珠，色泽饱满，做工精细，的确是一串很漂亮的琉璃珠。

李璇一听，伸手轻轻地抚摸那串琉璃珠："求了你好多次你都不给，不是说……是朋友从西藏带回来，还开过光的……礼重情意更重吗？现在……"她眼神向后排一瞟，"哼……居然舍得了？"

宋淮萧笑笑不说话了。

李璇下车的时候，没拿走那串琉璃珠，只是赌气地把那双鞋留在了车里。宋淮萧看她一下车，没等她挥手道别，油门一踩，车就飙出去了老远。

过了一会儿，他发现心雅从后视镜里冷冷地盯着自己，他问："怎么了？鞋子试了吗？合脚不？"

心雅撇嘴问："女朋友？"

"异性朋友。"

"怎么认识的？"

"有必要跟你汇报吗？"

"那她是想追你？"

宋淮萧还有点儿得意："不明显吗？"

她继续保持着一种审犯人的态度："你不喜欢？"

宋淮萧笑着说："我有女朋友了，你也见过的。"

心雅知道宋淮萧说的是他办公室里那棵绿萝"信惠"，她拍了拍座椅背，说："不喜欢就直说啊，这样很伤人的！"

宋淮萧也拍了拍方向盘："郁心雅，什么态度？"

心雅一脸不服憋着的样子，摊手："好，你是主编，你说了算。"

宋淮萧没出声，平视着前方，若有所思。过了一会儿，他扭头看着心雅，求教："真的很伤人吗？"

"噗！"心雅看宋淮萧这一脸真诚苦恼的样子，突然绷不住笑了。

宋淮萧直接把车开到了女生寝室楼前，心雅没有接受那双新鞋，她要宋淮萧自己去把鞋还给李璇，如果还有什么需要对李璇说清楚的，最好也一并说了，不要拐弯抹角、拖泥带水。

回家的时候，宋淮萧开着车想了一路，到底是说还是不说。以前遇到像李璇这样主动追求自己的女孩，他都是用暗示来拒绝对方的，对方一般也都悟性很高，会主动放弃。只有李璇比其他人执着，虽然她也明白他的暗示，可她总选择视而不见。他想，也许郁心雅那个丫头说得对，遇到李璇这种不撞南墙不回头的人，他就该狠心一点儿，一次说个明白。

第二天，宋淮萧去公司加班，看见绿萝，他又想到了这个问题，便坐下来跟这棵植物女朋友交流了几句。

"你说我应该听郁心雅的吗？"

……

"嗯？你觉得一个黄毛丫头说的话，我没有必要放在心上？"

……

"对啊，其实我也是这么想的，我为什么要相信她呢？"

……

"好，信惠，你说不去就不去，我听你的！"

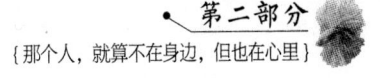

当时说得斩钉截铁，傍晚离开公司以后，他却风风火火地带着那双鞋去找李璇了。

那之后，连续两天，宋淮萧都没有到公司上班。心雅接到夏满满的电话，是在第三天中午。夏满满问她有没有空替自己送平板电脑到宋淮萧家里去。听夏满满说，主编这几天都窝在家里疯狂赶稿，他有一部分资料存在平板电脑里面，上午他打电话来让夏满满送到他家去，夏满满答应得很爽快，但现在却临时有急事抽不开身，所以她只好找心雅帮忙了。

心雅下午虽然还有课，不过三点半才开始，她看时间还来得及，便答应了夏满满。

宋淮萧打开门时吃了一惊："郁心雅，怎么是你？"

心雅也被他吓了一跳，只见宋淮萧的左手被绷带缠得密密实实，那张原本英俊的脸上不但嘴角微肿，右眼周围还青紫了一圈，活脱脱像只国宝。

她关切地问："主编，你这是怎么了？"

宋淮萧一边让她进屋，一边说："摔了。"

心雅指了指宋淮萧的眼睛："但这里可不像是摔的。"

宋淮萧无名火起："还不都怪你！"

心雅不以为然，把平板电脑递了过去，说："夏满满有事，让我帮她送。怎么怪我了？"

宋淮萧接过平板电脑扔在沙发上："算了。"

这时，心雅看见沙发上放着一个鞋盒，盒盖是开着的，里面的一双高跟鞋不知道被什么东西刮花了。她惊讶地问："那不是李璇的鞋子吗？你还没还给她？怎么弄成这样了？"

宋淮萧听心雅哪壶不开提哪壶，不悦地说："你还嫌我这张脸伤得不够对称是不是？"

心雅想了想，似乎明白了什么："李璇？你这样子，是因为她……打……"她没往下说了，只露出一脸求证实的表情。

宋淮萧指着自己的脸上的瘀青，一字一顿地咬牙切齿说："女子散打专业运动员！"

"噗——"

心雅再次在宋淮萧面前没忍住笑了。她赶快挠着头别过脸去。

宋淮萧还鞋的那天，先是把自己在路上打好的腹稿对李璇背了出来，然后李璇就很激动地向他乱挥拳。"熊猫眼"是李璇打出来的，而身体其他地方的伤是宋淮萧躲她的时候被茶几绊倒摔伤的。

心雅还是有点儿好奇,问道:"你到底怎么跟她说的,把她气成这样?"

宋淮萧深深地瞪了她一眼:"需要向你汇报细节吗?"

心雅微微一笑说:"好吧,我保证不会在公司跟别人说这件事情。"她想他之所以这两天没去公司,肯定是想躲起来不被人看到他的窘态。

宋淮萧听心雅这么说,觉得生气也不是,不生气也不是,拿她没辙了,于是转开了话题:"来者是客,要带你四处参观一下吗?"

"可以吗?"

"不可以。"他一脸严肃。

"那我走喽。"她嘴上虽然这么说,人却已经开始在客厅里转悠了。她背着手,一副领导视察的样子,看客厅宽敞而雅致,无论是墙脚的踢脚线,还是天花板吊顶的纹饰,都做得很讲究,室内的每一件摆设也都是主人精挑细选过的,大多是独一无二的孤品。她很满意他家里的装修和陈设,赞赏地点点头。

走到书房门口,心雅见书房的地上横七竖八地扔着一些碟片和杂志,还有好多被揉成一团的废纸。

和客厅的整洁相比,这里俨然像换了个世界。

这两天宋淮萧的确是在家赶稿,一来手受伤打字不方便,二来灵感匮乏,稿子写得也不顺,心雅来之前,他正焦躁着。

心雅看情形也猜他是写稿遇到瓶颈了,便问他:"你在写什么?"

宋淮萧说:"帮朋友的公司做一个推广项目的文案。"他一想,又说,"对了,你是本地人吧?"

"嗯。"

"那你知道这里 20 世纪六七十年代是什么样子吗?"

"六七十年代你跟我都还没出生呢。"

"我知道,我的意思是,你有没有从一些长辈嘴里听到关于那个年代他们的生活风貌?"

"跟你要写的文案有关?"

"嗯,我朋友的这个项目推广计划要从怀旧主题入手,主要的诉求对象是现在的中老年一代,推广的效果是要勾起他们对旧时光的感慨……要能够……忆甜、思甜……直指他们内心深处。"

他解释得很详细:"但我不是本地人,对这里的过去也不了解。我查了很多资料,

第二部分
{那个人，就算不在身边，但也在心里}

图片资料太少了，大多数是文字叙述，可是很难把那些文字具象化……"

心雅问："你没有去景乐城看看吗？"

"景乐城？你是说城里面那条怀旧老街？"宋淮萧摇头说，"那里我去过很多次了，商业化已经把什么都掩盖了。其他老街我也看过，能捕捉到一些灵感，但还是不够激发我找到一个好的切入点。"

心雅想了想，说："我爸爸以前倒是给我讲过很多关于他小时候的事情。"

宋淮萧一听，来了兴致，给她拉了把椅子："那你给我说说？"

虽然心雅把她知道的都和盘托出了，但对宋淮萧的帮助依然不大。他只对她提到的围墙街和以前流行的一种手工木偶很感兴趣，只可惜心雅也是一知半解，没法给他描述清楚。

宋淮萧说："算了，我自己再查查这方面的资料吧，谢谢你了，郁心雅。"

"都没有帮到你什么。"说着，心雅忽然闻到了一阵清香味，有番茄和鱼的鲜甜，她知道他有煲汤的习惯，不难猜到这香味一定是来自他家厨房了，"是番茄鳕鱼汤？"

宋淮萧笑了："鼻子真灵。"

已经一点多了，心雅为了赶着送东西来，连午饭都没吃，肚子正饿着，宋淮萧问她要不要喝碗汤，正好合了她的意，她便背着手高高兴兴地跟他进厨房去了。

由于宋淮萧左手扭伤了，不便使力，心雅看他什么都是单手操作，便想帮他："还是我来盛吧，你不方便，到外面坐着等吃好了。"

宋淮萧看了看她，开玩笑说："你行不行啊？别把我厨房给拆了。"

"那你就准备搬家吧……"

天气有点儿阴沉，宋淮萧打开了饭厅里的吊灯，灯罩里透出的光线柔和氤氲，有一种暖洋洋的温馨。过了一会儿，心雅端着两碗汤小心翼翼地从厨房里出来，一碗放在他面前："你的。"一碗给自己，"我的。"

喝汤的时候，他们边喝边聊。心雅问他："主编，你为什么这么喜欢煲汤？"

宋淮萧说："因为一碗热汤比一杯开水或者一杯咖啡更能给人温暖的感觉吧。你没有试过举目无亲、饥寒交迫的时候，忽然有一个人把一碗热汤送到你面前……哪怕那只是一碗青菜豆腐汤，但也是我来这里吃到的第一顿食物，而且是救命的食物，所以比任何佳肴美酒都来得珍贵。所以……一碗热汤对我来讲，存在的意义是特别的。"

心雅有些惊讶，追问："来这里？你说 D 市？"

他眼中轻轻闪过一丝异样:"嗯。"

"那你老家在哪儿?"

"A市。"

她想了想:"挺远的哦。"

这时,宋淮萧的汤勺不小心撞到了碗边,勺子里的汤水溅了几滴落在桌上。心雅赶忙抽出纸巾,用纸巾轻轻地沾着桌面,又把碗朝他面前推近了一点儿,说:"有油,一会儿凝固了就不太好擦了。"

宋淮萧盯着她,突然有点儿恍惚,一时说不出是为什么。

喝完了汤,心雅主动站起来收拾他面前的碗:"主编大人抱恙在身,碗也由我来洗吧。"走到厨房门口,她又回头说,"不过你也可以把桌子擦一下,咱们分工合作。对了,记得先用热水洗一下抹布。"

宋淮萧望着她走到洗碗池边,卷起衣袖,打开水龙头,他突然明白自己刚才那一瞬间的恍惚是因为什么了。以前,这一切都是他自己做的。桌子脏了是他自己擦,碗也是他自己洗,他虽然也有朋友,但是他从来不邀请他们到家里来做客。这个家,从来都只有他一个人进进出出。

他早就已经忘记了,和另外一个人面对面坐在一个叫"家"的地方一起吃一顿简单的饭菜是什么感觉。

原来,这种感觉这么温暖。

当她站在水槽边洗碗时,他便在饭厅擦桌子。当她开始拖地,他便把她洗过的碗盘一只只擦干放进消毒柜。他们分工合作,搭配默契,那一刻,他恍惚觉得他们像是一对情侣,甚至像新婚的小夫妻。他为自己的这个错觉感到有点儿心惊,有些尴尬地对她说:"你不赶时间的话,休息一会儿再走吧。我先去下洗手间。"说完,他匆匆地钻进洗手间,摸摸自己的胸口,心好像跳得挺厉害。

心雅很喜欢宋淮萧书房里的原木装修风格,收拾好厨房以后,她便又进了书房参观。她走到书架前面,开始打量他的藏书。他收藏了不少名家名著,也有热门的快餐书,这些都在她的预料范畴中,她没有预料到的是,他竟然还收藏了很多漫画书!手冢治虫、宫崎骏、尾田荣一郎,好多日本著名漫画家的作品他都有,他还有国内漫画家龙泽其的全套作品。

"他竟然喜欢看漫画?"心雅自言自语,"要是说他幼稚他会生气吧?"正嘀咕着,脚下忽然踩到了什么东西,她低头一看,是一本相册。

第二部分
{那个人，就算不在身边，但也在心里}

相册是宋淮萧自己找不到灵感发脾气扔在那儿的，还被扔散架了，里面的一些照片掉了出来。

心雅弯腰去捡，宋淮萧也进来了，过来和她一起捡。

心雅看见他拿起了几张散落的照片，塞进相册里，她瞟到其中一张照片，冷不防打了个激灵："呃……"

"你呃什么？"

心雅缓缓地抬起头，严肃地盯着他的脸，一时间眼神复杂，心跳得也很厉害。

宋淮萧见她神态怪异，问她："你怎么了？"

心雅的眼睛开始不停地在宋淮萧脸上扫视，似乎在寻找什么。她尽量使自己平静下来，一字一顿地问："这相册里面的，都是你自己的照片？"

宋淮萧不明白心雅为什么问这么奇怪的问题："对啊……我可没有保存别人照片的习惯。"

"那……我能看看你的照片吗？"

宋淮萧的嘴巴一噘，把相册往怀里揽，像个怕被人抢走糖果的小孩："为什么？"

心雅吞吞吐吐地说："好奇，就看看。"

宋淮萧还是不给："没几张，都是很久以前的旧照片了，不能看，有辱我现在英俊潇洒的形象。"他一向在意自己的外表，以前的旧照片在他的眼里都算是黑历史，他不愿意给任何人看，他看了看表，问，"两点多了，你下午还上课吗？"

心雅讷讷地回答："上。"

"那走吧，今天不能开车送你，就送你到外面路口打车吧。"

她拎起包走到门口，脑子里忽然有一个念头闪过："主编！"

"嗯？"

"我突然想到可能还有一个办法能帮你找到灵感！"这个办法倒真是在这一刻冷不丁蹦出来的，大概急中生智了吧，"晚上你有空吗？"

宋淮萧点了点头说有，心雅接着又问他："要是我真能帮到你，可不可以要奖励呢？"

宋淮萧不禁笑了："你还想要奖励？你想要什么？"

心雅眼睛一转，说："你煲的汤很好喝，我要下次你再请我来家里喝汤。"

这倒让宋淮萧颇为意外："你这个奖励要得很奇怪哦……"他打量着她，"你好像不是要喝汤这么简单吧？"

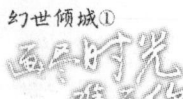

被他这么一问,心雅顿时有点儿紧张:"呃,不然呢?"

宋淮萧笑着说:"以前李璇也说想喝我煲的汤,可是我知道,她是醉翁之意不在汤……"

心雅的脸唰地红了,一向伶牙俐齿的她这一刻却不知道怎么反驳,宋淮萧看出她的窘态,暗暗觉得好笑,说:"跟你开玩笑的,走吧,晚上下课后再联系。"

"嗯。拜拜!"

离开了宋淮萧家,心雅才缓缓地松了一口气。刚才,被宋淮萧捡起来塞回相册的那堆照片里面,有一张像电流一般击中了她。

那是一个十几岁的男孩的照片,男孩站在红绿灯下,望着马路对面。对面是一个商业广场,似乎聚集了很多人,都围着一个露天搭建的舞台,舞台上可能有人在表演。不知道是谁从侧面拍下了他,他的头发是金黄色的,爆炸式,他穿着深棕色的衣服,好像是兽皮——之所以说是好像,是因为心雅还没有来得及完全把照片看清楚。他好像就是那天晚上被景檐追的那个"小野人"!

那一刻,心雅的心里全乱套了。

她当然记得景檐是怎么说的,这个男孩有可能看见了事发的经过,甚至有可能,他就是害死景檐爸爸的罪魁祸首!所以……现在……那个神秘人有可能就是宋淮萧?

想到这里,心雅突然打了个冷战。

两节课上她都心不在焉,老师说了什么她也没听进去。她尽量说服自己平复情绪,在真相未明之前不做无谓的揣测。下课以后,她总算可以比较淡定地联系宋淮萧,约他在化龙桥见面。

她说的找灵感,就是带宋淮萧去见画家陶森。

由于宋淮萧对围墙街很感兴趣,心雅便想起,那次她去访问陶森,陶森给她看过自己以前的作品,他有一个系列画的都是以前国营老厂的居民区风貌,而围墙街便是老厂居民区的一部分。

心雅和宋淮萧来到化龙桥,陶森很高兴自己的旧作还能发挥余热,立刻便把画都拿了出来,让宋淮萧和心雅随便挑。

除了围墙街,陶森正好还有一些反映过去人们的生活风貌的作品,那些画比宋淮萧这两天查到的所有资料都更为丰富和直观,他空了两天的脑海开始有东西填充了,

第二部分
{那个人,就算不在身边,但也在心里}

他激动地对心雅说给她煲十锅汤都没有问题。

说到煲汤,心雅有点儿别扭。她的确是醉翁之意不在汤,她只是想找借口再去宋家,再看看那本相册,把那张照片看清楚,确认照片里的男孩到底是不是她见过的"小野人"。

宋淮萧只顾着高兴,没有察觉到心雅的心不在焉。

告别陶森的时候,陶森把画全都借给了他们。

宋淮萧对陶森慷慨兴奋却还带着很深的落寞的表情印象深刻,有点儿惋惜他的境遇。宋淮萧问心雅:"你怎么认识他的?"

心雅说:"我好朋友介绍的。"

宋淮萧终于发现心雅的无精打采了,问她道:"你怎么好像心不在焉的样子?"

心雅依旧心不在焉地回答:"可能有点儿困了吧。"

两个人顺着路边的人行道往停车的地方走。突然他们听见背后传来了洒水车的音乐声,宋淮萧刚想提醒心雅避一避,又听身后"丁零零"一阵自行车铃声,几个骑车的年轻人为了躲避洒水车,把车骑到人行道上来了。几辆车"呼啦"一下从宋淮萧和心雅中间蹿过,宋淮萧被自行车的车把撞了一下,人倒没事,手里拿着的画却被撞掉了,散落了一地。

心雅见状,急忙去捡画,洒水车却已经不紧不慢地开过来了。

从车前两侧喷出的水十分密集,宋淮萧捡起脚边的两张画,看洒水车已经近在咫尺,他喊道:"别捡了,心雅,让车先走。"

"不行啊,画沾了水就废了!"

心雅坚持要捡画,刚又捡起一张,一阵透心凉便从天而降,洒水车已经追上她了。她赶忙把已经捡起来的画往怀里塞,用衣服外套护着,又继续跑去捡地上其他的画。

宋淮萧也不知怎的就犯了愣,站在这场小范围移动的雨幕里,失神地盯着那个拼命捡画的女孩。

路灯下,放射状的水雾织成了一片橘黄色的网,将心雅笼罩在中央。她奔跑的时候,裸露的脚踝因为沾湿了水而反着光,皮肤晶莹透亮,看起来竟然有点儿可爱。

宋淮萧如梦初醒,一个箭步冲了过去,也跟她一起捡起画来。

心雅看宋淮萧说不捡还是捡了,她看了他一眼,没忍住"噗"的一声笑了出来。

两个人在水幕里奔来跑去,东捡一张,西捡一张,虽然被淋得很狼狈,却又都觉得这狼狈里还带着几分有趣。

这晚,宋淮萧回到家里,把画逐一摊开,摆在书房的地上,一张张看过去,每一张好像都多了一个笑脸。

那是心雅救画成功以后,冲他扬着手里的画纸时露出的笑脸。

笑眼弯弯,如新月一般迷惑人心。

当时他还凶她说:"郁心雅,到底是画重要还是人重要?"她说:"当然是你的灵感更重要了!"

宋淮萧没有想到她会把他的灵感置于人和画之上,他心里仿佛突然有一根弦被拨动了,正落在她脸上的视线忽然舍不得移开。他看见她的脸上还残留着细细密密的水珠,其中有一颗特别大的,从眼角开始,缓缓地向下滑落,水珠坠向地面,仿佛还坠进了他身体的某个角落里,他听见了"咚"的一声,那声音一直徘徊在他耳边。

醒着睡着都在,彻夜都在。

他想,这大概是他的人生里最奇妙的一天了。

很快,心雅便找宋淮萧兑现了那一碗热汤的承诺,她也成功地偷看到了他的相册。虽然她还是不愿意接受,但是也不得不面对,照片里的男孩真的就是那天晚上被景檐追的那个"小野人"的事实。

这个发现,让心雅怔忪了一整天。她因而又回忆起了一件事情,那是在她面试的那天,宋淮萧带她去精神病院,精神病院里有位祖籍广东的老太太错把他当成了自己的不孝子,一边骂他,一边还用毛衣针戳他,可他非但没有生气,还笑嘻嘻地去搂着老太太,故意撒娇哄她开心。第二天心雅再去精神病院的时候,恰好又看见她坐在花园里吃茶果。听说茶果是宋淮萧托人送来的,因为前一天离开时,老太太一直缠着他说要吃茶果,他答应了会给她买。心雅还以为他是为了脱身随口应付的,没想到他真的有心做到了。

宋淮萧是个善良的人,这是心雅在与他相处的这段时间里发现的。他看见路边有乞丐伸手要钱就一定会给,看见有老人摔倒了也一定会扶,哪怕转过身就发现自己上当受骗了,但是,他还是觉得,一百次里面,总有几次是真的能帮到有需要的人吧?那自己的行为也就有意义了。

为此,同事们还议论过,说主编是那种即便被诈骗一百次,也还是能对骗子无原则保持善心的人。他这个善心虽然有点儿泛滥,但是,在这个草木皆兵的年代里,却也是一种难能可贵了。

这样的一个人,会是坏人吗?

第二部分

{那个人，就算不在身边，但也在心里}

心雅发现她已经有好多年没有用过"好人""坏人"来定义一个人了。小时候看电视剧半懂不懂时就喜欢拉着爸爸问："这个人到底是好人还是坏人？"后来长大了，渐渐就发现人不能简单地用"好""坏"来定义。

好人的背后或许藏着一双满是污垢的手，坏人的心底或许还深埋着无言的温情。

那么，宋准萧会是哪种人呢？他那干净清朗的外表背后，究竟是藏着满手的污垢，还是无言的温情？

心雅暂时并不打算告诉景檐，她已经找到当年的那个男孩了，她有自己的计划。

她计划的第一步就是先从景檐那里把羽毛笔要回来。

这天，景檐刚下课，他一个人背着书包从教学楼二楼跑下来，心雅在一楼看见他，赶紧追了上去。

"景檐——"

听到自己的名字从郁心雅的嘴里喊出来，景檐心里忽然有一丝微甜。他停下来，转身盯着她。她小声地问他："那件事情有新进展了吗？"

景檐明白她说的是寻找神秘男孩的那件事情，说："没有。"

心雅用更小声的声音问："那你能不能把笔还给我了？"

对于心雅上次浪费了他的一番心意，他还颇有不满，质问道："那天你去哪儿了？"

"那天？"她想了想，"哦，那天！我坐我朋友的车，他直接送我回学校了。"

"什么朋友？"

"我上司。"

"上司？你在打工？"

"嗯，在杂志社。"

"哪个杂志？什么时候开始的？做编辑？"

"在风——"她顿了顿，笑了，"你干吗跟查户口似的？"

景檐也觉得自己多问了，故作轻松地说："随口问问。"

心雅突然想起了什么，问他："那……那天你买鞋了吗？买了的话我把钱还给你吧？"

景檐淡淡地扫了她一眼说："没买。"

心雅发觉他心情似乎不太好，就想尽早结束话题："那……笔？"

"我会还给你的。"

"就这几天行吗？"

景櫩皱眉："你有急用？"

心雅尴尬地说："呃，也没有……"

景櫩便傲慢地说："那就看我心情吧。"

心雅颇为不满："你忘了你说过什么了吗？"

景櫩看她有点儿生气了，脑子里突然闪过一个念头，便说："好吧，那就还给你。但是我把笔放在家里了，周末给你吧，周末我再和你联系。"说完，他故意不给她拒绝的机会，大步走开了。

回到寝室后，景櫩想起昨天他还见过心雅。当时是午休时间，心雅和阿栀一起，坐在教学楼后面的小树林里吃饭团。景櫩正好也和几个同学在那附近聊天打发时间，跟她们只隔了一排绿化带。他听心雅和阿栀聊到刚上映的热门电影，阿栀说想看，心雅却说她兴趣不大。她说相近题材的电影在她那里有珠玉在前，后来的都很难超越了。阿栀问她是哪部电影，她说，是八十年代的一部阿根廷电影，影片名叫《乌斯怀亚》。

乌斯怀亚是世界最南端的城市，也被人称作"世界的尽头"。电影讲述了一对来乌斯怀亚旅游的年轻男女相爱却错过的故事，十分凄美感人。心雅很多年前在外婆家里看过这部电影，可是后来那张影碟却不知道被谁弄丢了。而且因为年代久远，又是小众电影，她即便想重温，也已经找不到资源了。

周六那天，景櫩给心雅发了信息，约她晚上七点在景乐城见面。

心雅收到短信，有点儿不情愿，发短信问他：景乐城那么远，不能在市区找个地方见面吗？

景櫩看她在这句话后面还加了一个愤怒的表情，他却不生气，反而觉得那个表情有点儿可爱。他回她：就不能。

心雅哭笑不得，觉得他那个"就"字又犟又幼稚。她知道在他面前抗辩通常无效，只好回他：别迟到！

他回她：那边气温比市区低两度。

这句话刚发出去他就后悔了，他为什么要提醒她？他是吃错药了才会说出这种完全有损骄傲的话来吧？

他想把消息撤回来，对方却已经眼明手快地回复了：我知道！

他只好冲那条回复瞪了瞪眼睛，便扔掉手机，走到衣柜前面开始挑衣服。

第二部分

{那个人，就算不在身边，但也在心里}

一个小时以后终于收拾妥当了，看看时间还早，但是想起心雅叮嘱的不要迟到，景檐便背上了包，准备出发了。

刚走到一楼，大门正好开了。

景国霖第一个走进来，身后跟着蓝倩，还有一对年轻的男女。

景檐顿时愣住了。

这时，那个脖子上挂着一副耳机、反戴着一顶棒球帽的年轻男生已经张开双臂大笑着走过来了。

"景檐！"

"景皓？"景檐也笑了，"不是说后天的飞机吗？"

景皓是景檐大伯的儿子，论辈分，景檐应该喊他堂哥。但是景皓只比景檐大两岁，这两岁的差距早就被从小一起长大的情分填平了。他们之间，有血浓于水的亲密，也有管鲍之交的无间。

景皓的爸爸景乾早在景皓出生的那年就患胰腺癌去世了，景皓也和景檐一样，是由景国霖和蓝倩照顾着长大的。这几年景皓一直在德国读书，上个月他打电话回来说已经提前完成了学业，打算回国，订的是后天的机票，可是没想到他竟然提前回来了。

跟景皓一起回来的，还有一个漂亮的短发女孩。女孩和景皓年纪相仿，她皮肤很白，化着精致的淡妆，乌溜溜的眼睛顾盼生姿，显得人很机灵。她笑起来的时候脸上还有两个小酒窝，十分俏皮可爱。她和景皓一样，也是被父母送到德国念书的，跟景皓同校。她直接走过来冲景皓背上戳了一指，说："这家伙骗你们的啦！说是要杀你们一个措手不及，所以谎报是后天的飞机。"

景皓一听，丢给女孩一个白眼："乐诗，什么杀不杀的，你狗嘴里吐不出象牙吧？"

乐诗踮脚瞪他："我要是狗第一个咬你！"说着还做了一个咬人的表情。

蓝倩听着乐了，说："这俩孩子，都二十多岁的人了，还老拌嘴。"

乐诗忙说："阿姨，遇到他，我五行就缺拌嘴。"说完，眼神又飘到景檐身上，"喂，三年没见，你想我了没？"

景檐攀着景皓的肩膀，说："我要是想你，我大哥可有得头痛了，未来大嫂。"

"我不是他女朋友！"

"我不是她男朋友！"

乐诗和景皓同时反驳道。

乐家和景家是世交。景家有景乐集团，而乐家的海域酒店集团，也是本市知名的企业之一。海域的老板就是乐诗的爸爸乐君海。而景乐和海域多年来一直保持着合作关系，海域酒店也是唯一被准许入驻景乐城内的酒店。

乐君海和景国霖不仅是生意上的伙伴，私交也很好。乐诗很小的时候就已经跟景家的两个兄弟玩在一起了，而且，为了两家能够强强联手，蓝倩一直极力撮合乐诗和儿子景皓。两家就像有默契似的，虽然没摆在明面儿上说，但景家俨然已经把乐诗当成了未来的儿媳妇，而乐家也认定，等孩子再成熟一点儿，就帮他们安排婚事。也是因为这样，景皓出国，乐诗也被送去了同一所学校。

现在，因为斗气冤家的归来，平时冷清的景家别墅突然就热闹起来了。蓝倩看晚辈们你一言我一语，在一旁笑得合不拢嘴，对景国霖说："爸爸，小皓回来了，以后咱们这家可就热闹了。"

景国霖也很高兴，说："把行李放下，一家人出去吃个饭吧，给孩子们接风。"说着看景檐是一副正要出门的打扮，又问他，"你要出去？"

景檐看了看大家，说："没什么事，就一起去吃饭吧。"

依旧是华丽的餐厅，精致的菜肴，景檐刚一落座的时候，还以为这顿饭不过是他的人生里无数次寻常饭局当中的一次，可是后来，他才渐渐地意识到这顿饭有多么不寻常，意识到因为这顿饭，他到底失去了什么。

系着领结的服务生将第一道热菜端上桌的时候，时间是傍晚六点。景檐以为他还来得及在散席以后赶去景乐城，所以只给心雅发了一条短信：*见面时间延后到七点半吧，你如果早到的话就在景乐剧院对面的咖啡馆等我。*

发送了以后，又觉得自己的语气太生硬了，虽然那就是他一贯的语气，但他还是给心雅补发了一条：*抱歉。*

第一条信息令心雅一阵冷哼，但看见第二条信息她又心软了。毕竟，以景檐的脾气，他是不会轻易对任何人说这句话的。于是，她依照约定，七点半到了景乐剧院对面的咖啡馆，她站在咖啡馆外面左顾右盼，景檐却还是没有出现。

景乐剧院是由一间欧式教堂改建的，有红砖的外墙、彩绘的玻璃窗，入口以复古的招牌和门楣做装饰，里面有时会上演歌舞剧，有时会播放电影，都是供入城的游客免费观看的。

剧院顶上的霓虹灯一直在变换着颜色,从红紫到蓝绿,最后变成银白色。

当霓虹灯第二次转为银白色的时候,心雅突然发现,剧院门外的那块放映公告牌上,赫然贴着一张她熟悉的海报。

海报上,男女主角背道而驰的剪影在茫茫大海与一座灯塔的映衬下显得有点儿突兀,那是电影《乌斯怀亚》的海报。

播映的时间就是当晚八点。

心雅看了看表,已经七点四十五分了。

七点四十五分的景檐仍然坐在餐厅里,明亮的光线映得他的脸色有点儿僵白。景皓和乐诗有说不完的异国经历,逗得景国霖和蓝倩开怀大笑。席间景檐的寡言显得有点儿离群,屡屡拿出手机来看时间也引起了景国霖的不满。爷爷一声令下,他只好把手机调到静音放进了背包里。

到八点半的时候,大家总算有了离席的意思。

景皓第一个站起来请示:"爷爷,景檐陪您和妈妈先回家行吗?我还想去找我的一个朋友。"

景国霖故作严肃:"刚回来就约好朋友了?那小诗呢?你得负责把人家送回去吧?"

乐诗也站起来:"景爷爷,不用啦,其实现在还早,我也想四处逛逛。"她冲景皓做了个鬼脸,"不稀罕他送。"

景檐一听,立刻接话道:"爷爷,景皓既然约了朋友,那我送乐诗吧?你们先回家。"

景国霖想了想,说:"也好,一个女孩子,别玩太晚了,你早点儿回去陪父母,这刚落地家门还没进呢,回头到家了代我问候你爸爸妈妈。"

乐诗点了点头:"好的,景爷爷。"

景国霖走了以后,景檐才把手机拿出来给心雅拨了很多通电话,可心雅却没有听见。

乐诗见景檐好像跟电话有仇似的,戳屏幕上的拨号键戳得很用力,她凑过去问他:"想送我是假的吧?约了谁?说!"

景檐脸色一沉,说:"走吧,送你回家。"

乐诗说:"我不回家。"

景檐问:"那你要去哪儿?"

乐诗噘嘴说:"说了想四处逛逛嘛,反正现在时间也还早,就去景乐城吧?那个夜间索道……还在吧?我最喜欢坐那个了,景檐,你陪我坐呗?"说话间,林侨生已经把车开到餐厅门口了。

景檐心想，他终于可以去景乐城了。不知道为什么，心里有一点儿淡淡的惆怅。一路上他都没怎么说话，倒是乐诗和林侨生聊个不停。

到了景乐城，林侨生把车开进地下停车场，还没有停稳，乐诗突然深吸了一口气，抓着景檐的胳膊说："你闻到没有？是烤红薯的味道！"

目之所及全是冷冰冰的私家车，景檐好笑："哪有烤红薯？"

"肯定有的！绝对是烤红薯的味道！"乐诗一下车就蹦蹦跳跳地往停车场外面冲，景檐无奈地跟在后面。出了停车场，远远望去，马路边真的有一个小贩在吆喝卖烤红薯。

乐诗直接拉起景檐的手，说："在那边，那边！给我买烤红薯！"

景檐不动声色地拨开她的手，轻轻地回应了一声："嗯。"

就在这时，他忽然看见烤红薯摊的旁边正有一个戴白色圆帽的女孩经过，和女孩并肩走在一起的，还有一个风度翩翩的年轻男人。一群打打闹闹的中学生走了过去，差点儿撞到那个女孩子，她身边的年轻男人便张开手臂围着她，她则抬头望着对方的眼睛笑了。

景檐从来没有见过那样的郁心雅。那一刻，她是灿烂的、惊艳的，她温柔而俏皮，她的眼睛明亮得好像天上的星星，那里面有两道显而易见的光芒。

景檐突然站着不走了。人来人往，他一动不动地望着她，他觉得他没法再往前多走一步了。

第七章
漫 画

  景檐失约，心雅虽然不满，但是，那张电影海报却在一瞬间驱走了她所有的不满。她决定看完电影再离开。

  她走进景乐剧院的时候，竟然碰到了宋淮萧。宋淮萧和几个朋友一起来景乐城玩，发现剧院门口的电影海报时，他便一个人单独行动了。原来这也是他梦寐以求想重温的电影。

  虽然心雅现在看到宋淮萧，多少会因为景家那件事情而对他有所芥蒂，但她仍坚持在真相未明之前，以平常心看待他。

  那场电影他们看得很开心。聊到电影里最喜欢的两个场景，他们意见一致；电影里的人物面临的每一次选择，他们或认同，或不认同，观点也都是一致的；就连电影里用得最好的配乐是哪一首，他们也毫无争议。后来还聊到他们都喜欢看文艺片，都喜欢听后摇，都向往乌斯怀亚但是却都没有一生必去一次的念头。说到这里，他们俩异口同声地问对方："为什么？"

  心雅有点儿不好意思，说："你先说吧。"

  宋淮萧更想知道她的理由："还是你先说吧。"

  心雅说："喜欢一朵花，就不要去摘它。"

  宋淮萧接道："越是敬若神明，就越不可把它世俗化。"

  原来也是一样的理由。

  得遇知己心欢喜，两个人的心里忽然都泛起了一点儿微妙。而就在这时，整个剧院竟然漆黑一片了。

  剧院停电了。

  这时电影还只放到了一半，在场的观众都以为剧院会有后备电源，大家都坐着没走。可是，没过多久工作人员进来通知，说电路出现问题，需要检修，放映到此结束。

  心雅失望透了，气鼓鼓地准备离场，这时，宋淮萧却拍了拍她的肩膀，说："心雅，先别走，跟我来。"

  "去哪儿？"

  她跟着他去了剧院二楼，找到了放映室。放映室里有一个中年女人正坐在一盏应

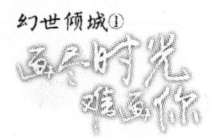

急台灯旁边玩手机，宋淮萧走过去，问她："您好，美女，我能跟您商量一件事吗？"

中年女人抬头见来者是个年轻的帅哥，还对自己笑得那么温柔，她很受用："嗯，什么事呢？"

宋淮萧问她："我能不能用高价跟您买这部《乌斯怀亚》的影碟？"

从景乐剧院买走陈年旧碟的人，宋淮萧并不是第一个。他曾听朋友的朋友说过，有人曾经在景乐剧院发现了自己遍寻不获的某部电影的导演特别版，他跟剧院里的人软磨硬泡，最后几乎是以一尊古董花瓶的价钱买走了那张影碟，所以，宋淮萧才想到办法，也打算以千金买心头好。

他还编了一个"我与乌斯怀亚之间不得不说"的感人故事，告诉那位放映员大姐，这部电影对自己的人生有多重要。心雅躲在旁边偷笑，放映员大姐却听得感动不已，最后终于同意把影碟卖给他。

宋淮萧和心雅向放映员大姐再三道谢，走出放映室时，走廊里依然漆黑一片。心雅边走边笑他："咱们主编真是死马都能给说活了。"

宋淮萧得意道："论口才，我一般不输给任何人。这也是我的第二大优点。"

"那第一大优点是什么呢？文采？"

"不不，那是第三大，第一大是——"宋淮萧顿了顿，那口气还越加云淡风轻了起来，"——长得帅嘛。"

心雅被他逗得咯咯笑，黑暗里，那笑声十分清脆，像一颗颗甜枣落进了宋淮萧的心里。他正高兴着，忽然听到放映室那边的门发出"吱呀"一声，有个男人的声音传了过来："喂，刚才买碟的那两位，等一等！这碟不能卖给你们！"

宋淮萧一听，拉起了心雅的手："离柜不认，恕难退还，快走！"

啊？这样好吗？心雅心里嘀咕着，人已经被宋淮萧拽得跟着他往前跑了。

楼道里一片漆黑，与其说是跑，倒不如说他们还是只能摸墙走，而后面的人却拿着手电筒越追越近。

追来的人是刚才卖碟的大姐的同事，去了洗手间回来，听大姐说有人把碟片买走了，他才告诉大姐，这张影碟已经有人预订了，播完今晚这一场之后，预订的人也是要把碟片买走的。

眼看"追兵"越来越近，心雅本来想说既然人家不卖，那就还回去吧，还没开口，突然脚下一滑，撞到了旁边的一扇活动门。她差点儿喊出声，门一开，她人就往门里面摔去。幸亏那间屋子是空的，又是平地，她摔了一跤，还好没有受伤。

她刚想站起来，宋淮萧已经把她拦腰抱了起来，退到门背后，把她抵在墙上："嘘，别出声！"

门开了，一束手电筒的光在屋子里晃来晃去。

他们就躲在门背后，正好是个盲区，来人没有发现他们，拿着手电筒离开了。他们都松了一口气。

这时，心雅被宋淮萧抱着，背抵着墙，手腕也被他抓着，她稍稍一抬头，就险些撞到对方的下巴。

"他走了。"她提醒他，想暗示他可以松开自己了。但是，宋淮萧并没有动。

那一刻他觉得全世界都像停电了一样，黑暗无边无际，而只有自己眼前的这个人是发光的，是色彩斑斓的，她成了他的世界里最美的一个存在，吸引着他。他不想松开她，甚至想更靠近她，身体便又再向她压近了一点儿。

心雅紧张得心跳加速，拼命地贴住墙壁，歪过脸去避开他。

"宋淮萧！"她吞吞吐吐地喊他。

宋淮萧如梦初醒，尴尬地松开了心雅，退后一步："小点儿声，别被听到了。"

她捂着胸口，狂乱的心跳一时间还平复不下来。过了一会儿，她没说什么，径自拉开门走出那间屋子，出了景乐剧院。外面并没有受剧院停电的影响，依旧热闹而明亮，她走在前面，他三两步跟上来，把手里拿着的影碟往她面前一伸："拿着吧。"她不无生气："算是道歉？"

他也为自己刚才一时的失控感到后悔，抿了抿嘴，说："其实本来就是想买给你的。"

他一脸的认真，不似说谎，她愣住了："给我的？"

他点头，温柔地说："你保护了我的灵感，不是吗？所以我也想成全一下你的夙愿，就当是个报答吧。"

他又郑重补充："也是道歉！"

她是个聪明的女孩，她没有追究刚才他的行为到底是一时冲动，还是因为他真的对自己有了别样的心思，这个问题如果再纠缠下去，只会让双方都陷入尴尬。她便接过了影碟，对他笑了笑："那我不客气了。"

他不失时机地调笑说："你好像也没跟我客气过。"

她顺着和他贫了几句嘴，总算把气氛缓和了，仿佛刚才黑暗中的那一幕只是他们共同的错觉。

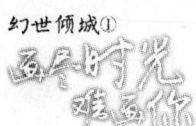

这时,她发现手机上有四个未接来电,都是景檐在停电之前打的。看电影的时候她把手机调成了静音。在回与不回电话之间犹豫了几秒钟之后,她把手机放回了包里,继续跟上宋淮萧的步伐。

走出景区大门,经过红薯摊,便有了景檐看到的那一幕。

那一幕像狂风刮起的巨浪淹没了景檐的全部视线,他一动不动地看着他们,交织的人流遮挡了他,心雅并没有发现他。

景檐看着心雅随宋淮萧上了车,车开走了,他才渐渐回过神来。原来拿笔只是一个附带的选项,她应该是想趁此机会跟某人约个会吧?幸好自己没有按时来,否则岂不是做了电灯泡?他的嘴角勾起一丝自嘲的笑。

乐诗买了两个烤红薯回来,塞给他一个:"喊,让你给我买,你站这儿跟个木头桩子似的,看见谁了?"

景檐淡淡地说:"不相干的人。"

乐诗撕开烤红薯的皮,深深吸了一口透出的香气:"太棒了,在国外可吃不到这个!走吧,呆子!"

景檐缓过来一点儿了,凶巴巴地说:"我说过了,你别再乱给我起绰号。"

乐诗置若罔闻,抓起景檐的衣袖把他往前拽:"走啦,大红薯,别人再怎么怕你都好,我可不怕你。"

这天晚上,乐诗非要景檐陪她坐缆车,又缠着他陪她把景乐城里的夜间游乐项目挨个儿玩了一遍,折腾到凌晨一点多,景檐才回到家里,一回家倒头就睡了。

周一,是心雅主动去找景檐的。

景檐刚下课,正在收拾书本,窗户外面突然凑过来一个人影,把他吓了一跳。

他沉着脸,窗外的人冲他做了个用笔写字的手势。

景檐慢条斯理地把书包往肩膀上一搭,就当没看见心雅似的,走出了教室。

心雅急忙跟着他。

离开教学楼,走到人少的地方,他停下来,打开书包,掏出了心雅心心念念的羽毛笔交给了她。

心雅拿了笔就想走,刚一转身,背后的他忽然很轻地说了一声:"我失约了。"

她不禁笑了,眨巴着眼睛望着他:"你是想说,'对不起,我失约了',是吗?"

虽然他的确就是想表达他的歉意,可是,真被她理解到他的歉意了,他又觉得浑

第二部分
{那个人，就算不在身边，但也在心里}

身不自在。他重新换上了高姿态："随便你怎么理解！"

心雅和颜悦色地看着他，说："没关系，我不生气。"

景檐鬼使神差地追着问了一句："为什么不生气？"刚才的高姿态完全没有了，这句话说得特别温柔。

她好笑地说："不生气还需要为什么？"

景檐有一连串的问题想问她，然而，却怕那些问题会暴露他内心最深处的秘密，他便选择了沉默。

心雅主动地说："可能是因为一部电影吧。"

他顿时愣住了，一部电影？

看出他有疑惑，心雅解释说："虽然你没有来，但我在景乐剧院里看到了我一直很想重温的电影。而且……"

"而且？"

"而且，我还可以收藏那张影碟了，就像，嗯……"她想了想，甜笑着说，"就像实现了一个夙愿。"

景檐没再说什么，直到心雅走了很远，他那一贯冷峻的神色里才渐渐露出一丝疲软。

那一天，包括在后来，很久很久以后，他都没有告诉心雅，那场电影其实是他精心安排的。

如果不是他，景乐剧院永远都不会播放一部无人问津的蒙尘电影。而放映员之所以还想把卖掉的影碟追回来，也是因为他在安排这场电影的时候就告诉了那位放映员，他还要买走那张影碟。

他想把影碟送给视其为夙愿的郁心雅。

那个晚上，陪心雅看电影的人，原本应该是他。而实现她的夙愿的人，原本，也应该是他。

第二天中午，心雅约了阿栀一起吃午饭，在校门口碰头。刚出校门，她就看见阿栀站在路边，两只手提着包，有点儿害羞地对着她面前的一个高个子男生。那男生反戴着一顶黑色棒球帽，穿着一件花纹烦琐却不显俗艳的宽大卫衣，搭配低调的浅蓝色牛仔裤，脚上是一双干净得连一个黑点都看不见的小白鞋，从穿着打扮来看，是个体面讲究的人。他还背了一个斜挎包，胸前挂着一部相机，他正用相机给阿栀拍照。阿栀还换了几次姿势，边拍边和对方聊着什么。

心雅突然想起来，这段时间学校附近常常有自称星探的人来骚扰女学生，把女学生骗到所谓的娱乐公司，骗他们交钱做登记。

那个人不会就是个"星探"吧？

心雅赶紧跑过去，正好听见那人对阿栀说："你上镜很漂亮，挺适合做平面模特。改天我再和你联系吧？"

阿栀还没来得及答话，心雅就一脚插过去，横在两个人中间，冲那个男生说："跟她联系不如跟我联系吧，我是她经纪人。"

男生愣了愣，"噗"的一声笑了："她还有经纪人啊？"

阿栀过来拽了拽心雅的衣袖："心雅……"

心雅笑里藏刀地盯着一旁的男生："是啊，所以你别打她的主意了。"

男生盖好了镜头盖，带点儿痞笑地望着心雅："那经纪人觉得我在打她什么主意呢？"

阿栀着急了，加大了音量："心雅，你干吗呢？人家只是对我做个街头采访。"

心雅说："现在是做街头接访，下次就该骗你去入什么会，交钱拍什么平面照了，最狡猾的就是他这种人。"

阿栀跺脚："不是啦，他……"

男生接过话，说："我呢，其实就是随意地找一些陌生人，听他们讲讲自己人生里的某一段故事，或者某些感悟，然后在征得对方同意的前提下拍张照片，发布到我的微博上。"

心雅狐疑地打量着对方，对方重新打开了相机："你要是不相信，我可以给你看我相机里存的照片，男男女女、老老少少都有，我不是只拍美女哦。"他冲阿栀笑了笑，阿栀顿时又脸红了。

心雅意识到自己可能怪错好人了，尴尬地拽了拽阿栀，小声问："他说的是真的？"

"嗯！"

"他不是星探？"

"谁说他是星探了？"阿栀嘟嘴。

心雅小声问："那他刚才夸你上镜好看，还说改天联系你？"男生听见了，接话道："改天联系呢，是因为我答应了你的朋友，会把今天拍的照片发给她。至于夸她上镜……"他耸了耸肩，"就是随口说句实话。"

阿栀被男生这么一夸，心里又是一阵暗喜。

第二部分
{那个人，就算不在身边，但也在心里}

心雅觉得这家伙油嘴滑舌的，就算他真对阿栀没有不良企图，她也觉得他十分不靠谱。

心雅很有礼貌地冲男生笑了笑："那对不起，是我误会您了。"

男生也笑着说："没关系，那不如你也接受一下我的采访吧？"

心雅说："不了，谢谢，我不喜欢拍照，也没什么可以分享的人生经历。"

男生夸张地做了个眼前一亮的表情，说："哇哦，原来你的人生经历都是不可以对外人道的，这么精彩？"

阿栀一听，"噗"地笑出了声。

心雅不想再和他纠缠，拉起阿栀就走。

男生掏了张名片，追过去递上："喂，这是我的名片，上面有我的微博账号，还有……还有电话号码……"

心雅没有接那张名片，拽着阿栀走得更快了。

冤家路窄这种事情发生的频率到底有多高，这个世界上大概没人做过统计。二十四个小时过后，心雅去了一趟编辑部，没有想到她竟然又见到了那个油腔滑调的男生。

男生坐在宋淮萧的办公室里，宋淮萧正仔细地审阅着对方交过来的样稿，心雅在门口敲了敲，宋淮萧头也不抬地说："进来。"

"主编。"

宋淮萧听见是心雅的声音，立刻笑了："我以为你今天不会来公司。"他看她今天穿了件简单的白色T恤，配着黑色中长外套和一条格子围巾，下身是黑色的牛仔九分裤搭一双切尔西靴，和平时相比，少了点儿学生气，多了一点儿成熟小白领的韵致。

宋淮萧看着高兴，觉得她这身打扮比以前更精致了。

心雅走过来说："小溪出差了，正好她有个作者从外地过来，我又有空，就帮她接待了一下，带她参观了编辑部。"

宋淮萧问："人走了吗？"

"刚走。"心雅把一个U盘放在桌上，那是前几天宋淮萧给她布置的任务，搜集一些关于卢氏墓的资料。她说："这是卢氏墓的影像资料，资料很大，我就存在盘上了。"

宋淮萧心情好得全程带笑："嗯嗯，好，谢谢！"

心雅心情也很好，盯着他的眼睛巧笑嫣然："不用客气。"说完，她察觉到坐在

一旁的那位客人似乎正盯着自己,她歪头一看,对方歪着头笑眯眯地冲她挥了挥手,说:"嗨,我们又见面了!"

"是你?"心雅对这个人的印象很深。

宋淮萧惊讶地问:"你们认识?"

心雅说:"见过一次。"

男生笑着说:"我们是不打不相识。"

宋淮萧把样稿递还给男生:"基本上专栏的事就这么定了,你还有什么要求?"

心雅诧异道:"什么专栏?"

男生站起来整理了一下衣服,向心雅伸出手说:"你好,我向这家杂志社申请了专栏入驻,刚刚获得主编的批准,恭喜你见证了我的成功过程。"他说着,故意凑到心雅耳边,小声说,"我上次告诉过你我是做什么的了,你呢?你是这儿的编辑吗?"

心雅皱着眉赶紧退开一步和他保持距离。

宋淮萧见状,心里顿时有些不舒服:"她叫郁心雅,是我的……"他停顿了一下,立刻被男生嘴快截了话:"你的?"

男生眉毛一挑,似笑非笑地瞪着宋淮萧。

宋淮萧意识到自己停顿不当,背着手正色说:"我是说,她是我请来的兼职编辑,是我的下属。在这里,生杀大权都是由我掌握的,包括你的专栏。所以,你不要让我失望……还有……也不要把你轻浮的态度带到我们公司来!"办公室里竟然弥漫起了一阵火药味。

心雅有点儿吃惊,她的主编可不是这么一板一眼的人,男生刚才的举动,她都没往心里去,宋淮萧倒是替她教训起人来了。是在维护她吗?会不会太敏感了?她暗暗地想着,偷瞄了宋淮萧一眼。

男生故作恍然:"哦!"他一直伸出去的手还保持着等待的姿势,"你叫郁心雅,我叫景皓。"

原来这个男生不是别人,正是刚刚从德国回来的景家大少爷。在德国的那几年,景皓经常在闲暇的时间里背着相机四处游逛,去寻访一些陌生人,听他们讲述自己的人生故事。他在征得对方的许可后,将他们的故事整理发布到社交软件上,再搭配一张照片,时间长了,关注他的人越来越多,到现在,他已经有数百万粉丝了,人气一点儿都不比那些三四线的小明星差。

这次景皓回来,想通过媒体把他的作品分享给更多的人。虽然也是托人牵线搭桥

第二部分
{那个人，就算不在身边，但也在心里}

才得到跟《风堂》主编面谈的机会，但是，宋淮萧本身也很看好景皓的作品和人气，所以就决定给他上几期专栏，看看读者的反响再论后续。

这时心雅依旧没有跟景皓握手，对宋淮萧说："主编，没别的事我回学校去了。"

"嗯。"宋淮萧点头。

"你回学校？"景皓还不罢休，问，"就是昨天我碰见你的那个学校？你不是编辑吗？也是大学生？我堂弟跟你一个学校的，其实我正好打算去找他！……"他见心雅没理他，急忙抓起放在沙发上的背包往肩上一搭，一边连珠炮似的向宋淮萧告辞："宋主编，专栏就这么定了，我没别的要求，稿费什么的都按你们的规矩来，就这样吧，我也走了！"

还没走到门口，却听宋淮萧慢条斯理地喊了一声："等——等——"

主编今天的笑容优雅得有点儿造作，他说："你先别着急走，我还有一些细节想再次和你确认一下。"

其实，确认细节是假，不想看景皓缠住心雅才是真的。

二十分钟后，景皓才被"允许"离开，宋淮萧看着他一脸无趣地走进电梯里，不禁露出了一丝狡黠的笑意。这时已经过了下班时间，整层楼空荡荡的，只剩下宋淮萧一个人。不过是无数寻常的朝九晚五当中的又一个，但这时，他看着空荡荡的写字间，破天荒地觉得有点儿寂寞。

——无情的人是不会寂寞的。

只有有情的人才会寂寞。

他曾经坚信自己可以成为一个无情的人，但是现在，他发现他不可以了。因为他喜欢上那个叫郁心雅的女孩了。

他想，她此刻应该还坐在公交车上，窗外华灯渐起，灯光映着她的脸，她的眼睛里会有星河万丈。

他多么希望这一刻自己就坐在她身旁。

然而，他只能坐在这小小的一方斗室里想她，除了想她，他什么也不能做。

窗外有风吹进来，吹着茶几上绿萝的叶子轻轻摇摆起来。平时总喜欢借和绿萝聊天来整理思绪的人，这会儿却一句话都不想说。他只是看着那棵绿萝发呆，直到外面天色又暗了一些，他有点儿无奈地叹了一口气："真的不能有例外吗？"

周六那天，心雅准备进行她的第二步计划。

家里的书架上有去年一整年的《风堂》杂志，那是她当初为了应聘兼职编辑而买的，每一本她都巨细无遗地看过。

她记得，宋淮萧曾经在其中一本杂志上提到过他少年时的经历，他为了糊口而去打工挣钱。那时的他还是未成年人，很多店铺的老板都不敢请他，只有一个面馆的老板贪他工钱便宜，暗地里收了他到厨房后面洗碗。有一次，他摔坏了一个盘子，老板骂他，骂的时候顺带着喊了他的名字"宋淮萧"——在那篇文章里，这三个字对应的应该就是未成年时期的宋淮萧吧？

关于当年景家别墅发生的事情，心雅不能直接问宋淮萧，但是，她可以试着问问另一个他，毕竟盘问一个未成年的孩子应该比问一个成年人更容易。

这天，心雅找出了那本杂志，用羽毛笔在文章中的"宋淮萧"三个字画上一个圈，一画完她立刻就拿着笔跑出了家门，还把门反锁了起来。那一刻，她紧张得心都快跳出来了，她把耳朵贴在门上听里面的动静，果然，没一会儿，客厅里就传出了脚步声。

少年版的宋淮萧还不满十四岁。他已经把头发剪短了，从金黄色染回了黑色，也不再穿那身夸张的兽皮了。此时的他刚被老板骂过，站在心雅家的客厅里，手里还拿着一块白盘的碎片。

因笔而生的人，很清楚发生了什么事，他做了个舒展筋骨的动作，淡定地开始打量四周的环境。

心雅趴在门上，小心翼翼地问："宋淮萧？"

里面的少年走到门口，拧了拧门锁，发现门打不开，他警觉地问："你是谁？"

心雅拿出强势的态度，说："你先别管我是谁，我有点儿事情想问问你，如果你坦白地回答我，我就开门放你走。"

少年不满地说："你先开门，开了门我就回答你。"

心雅对少年的要求置若罔闻，直接问他："去年发生的事，你还记得吧？"

门里面的人赌气没作声。

她继续问："去年……我是说，对你来说的那个去年，你是不是去过一户有钱人家的别墅？那户人家姓景。"她已经查过了关于景父之死的详细报道，很多细节都知道了。

门内的少年听到心雅的问话，眼神突然有了波动，但他还是没说话。

心雅看他果然没有自己期待的那么配合，便提醒他说："这是十八楼，进出都只能走这道门，如果我不开门，你哪儿也去不了。"

第二部分

{那个人，就算不在身边，但也在心里}

少年沉不住气问："那又怎么样？"

心雅说："那我就会打电话叫警察来，说有人闯进我家里。"

少年一听，气得踢门："你信不信我真把你家给砸了！"

那时的宋淮萧脾气比现在暴躁得多，踢起门来一点儿都不含糊，随即心雅还听到了家里传出打碎瓷器的声音。应该是电视机柜下面的那套茶具被他给砸了，那可是她爸爸最心爱的茶具了，她虽然心疼，可还是不让步："你砸吧，把家里搞得乱七八糟的正好，你觉得警察看到了会怎么想？"

少年的心思毕竟比成人单纯，砸东西的声音果然消失了，少年只是扑过来开始不停地踹门。她倒不担心他能连防盗门都能踹开，便由得他踹。过了一会儿，少年累了，背靠着门坐到地上。

"你到底想知道什么？"

心雅看对方终于肯妥协了，不禁暗喜，说："我想知道那天晚上在景家别墅里发生的事情。"她又强调，"所有的！巨细无遗！"

少年有点儿轻蔑地笑起来："我知道你为什么要问我这个，那个男人叫景坤，是个有名的富豪，那天晚上，他从自己家的楼梯上摔下来，摔死了，对吧？你不会以为他的死跟我有关系吧？"

心雅说："把你知道的都告诉我，我就能判断有没有关系了。"

"那你干吗不直接问宋淮萧？"

"我能问他的话，还会找你吗？"

少年暗暗地做了一番盘算，决定先顺着心雅："好吧，那我就告诉你。"

少年的讲述清晰而冷静，虽然声音稚气未脱，但语气里透着一丝老成，给人一种年纪小小却经历过沧桑的感觉。

他说，那天晚上，景坤发现他的时候，他正在一间卧室里。卧室里面有很多玩具，地上还有一堆漫画书和乱扔的蜡笔。他的手里拿着一只海螺，那是他自己带来的海螺，并不是景家的东西。

景坤被他的出现震惊到了，一时发愣，站着一动也不动。两个人相互瞪了几秒钟之后，他突然撒腿往卧室外跑。

由于胳膊撞到了门框，他没有拿稳，海螺掉在了地上。

他跑进了另一间更大的卧室里，景坤追了过来。

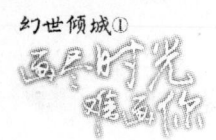

卧室在二楼,景坤一进来就把门堵了,他只好退到阳台上,见下方似乎是一些浓密的植物,高度也并不算高,比这更高的悬崖他都跳过,于是他犹豫了一下便跳了下去。跳下去之后,他发现靠墙的地方有一个电箱。

再后来他就把电箱上的闸头、电线乱扯一气,只见"砰"的一下火花四溅,别墅停电了。他便趁黑跑出了别墅。

少年很快就讲完了整个过程,心雅却还有点儿消化不过来。她想想还是觉得可疑,问:"那你为什么会出现在别墅里?"

少年刚才在讲述中回避了这个问题,她听得出来他是有意想隐瞒。

这时,屋里一片寂静,少年没有再回答。

心雅贴着门,问:"不是想让我相信你吗?你不说清楚,我怎么相信你?"

里面还是没有动静。

心雅决定再吓下他:"不配合的话,我只好报警了。"说着,她把耳朵贴到门上,依然听不出里面有任何动静。她不禁想到了自己当年刚捡到这支笔,还在研究它的用法的时候,曾经圈过一个苹果,但那个苹果仅仅在她的桌面上出现了几分钟就消失了。

她看了看时间,从少年宋淮萧出现到现在,大约过去了二十分钟,他不会就这样消失了吧?

还是他故意不作声,想骗自己开门?

她想了想,决定再试探他一次,便掏出手机,站到猫眼可视的范围内,开始假装打电话报警。

她拿着电话说了一通,戏都演完了,屋子里还是无声无息。

她又等了一会儿,别无他法,只能开门了。

钥匙插进锁孔里转动了两圈之后,她微微地推开一条门缝往里看,就在这时,门背后竟然伸出来一只手,扣住她的肩膀,把她朝客厅里一拽。她知道自己上当了,后悔晚矣。

少年敏捷得像一只猎豹似的,把她反手擒住,对着她的膝弯一踢,她腿一折跪在了地毯上。

"刚才是你问我问题,现在轮到我问你了。"少年得意扬扬。

心雅想挣扎,但是少年的手却跟一只大铁钳似的,扣得她死死的,她的挣扎毫无作用。

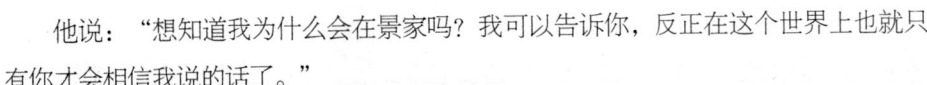

他说:"想知道我为什么会在景家吗?我可以告诉你,反正在这个世界上也就只有你才会相信我说的话了。"

他感觉到她的挣扎,又加了几分力来压她:"那是因为景坤把我复活了呀!"

话音落下的一瞬间,心雅忽然不挣扎了。

少年满意地笑了笑,说:"宋淮萧是我来了这个世界以后自己给自己取的名字,我的本名叫巫木。"

他又问:"漫画家龙泽其的《木马人》,你知道吗?"

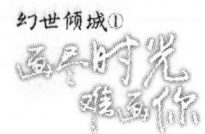

第八章
骑 士

那一刻,好像用任何词语都无法形容她内心的震惊了,心雅瞪大了眼睛。从那个自称叫巫木的少年的讲述中,她终于知道了事情的经过。

那一天,景坤开车回别墅给景檐拿玩具车,他刚下车就踩到了一个有点儿硌脚的东西,正是那支羽毛笔。

和当年心雅在路上偶然捡到笔一样,他们都无法解释这支笔为什么会出现。后来才有人告诉心雅,这支笔是有灵性的,它会无端端出现,也会无端端消失,谁捡到了它,也并不代表会一辈子拥有它。

当时,景坤还以为这支笔是小景檐的玩具,就把它捡起来拿回了景檐的卧室。

他在卧室里找玩具车的时候,有一位生意上的合作伙伴给他打来了一个紧急电话,他需要记下一串电话号码。于是他又拿起了那支笔,还顺手抓了一本漫画书,打算把号码记在书角。

他习惯性地先用笔在书上画了画,想试一下这支笔还能不能用。他就那么随手一圈,正好圈住了书页上巫木的名字。直到他抄完电话号码,挂断电话转身的时候,他才赫然发现房间里多出了一个穿着兽皮的男孩。

漫画《木马人》讲述的是一个流落荒岛的城市少年与岛上的一群木马族人一起对抗海盗的故事。

巫木就是故事的主人公,那个流落荒岛的少年。

而漫画中被圈的文字写到巫木刚和丛林里的狮子搏斗完,正坐在海边享受着难得的安宁。当时,他正在把玩一只捡到的海螺,所以,被圈画之后,他就拿着那只海螺出现了。

心雅听巫木说完,心想,羽毛笔明明有七十二小时定律,她试过那么多次,好多东西都是在满七十二小时的时候消失的,多一分钟都不会存在。如果宋淮萧是一个被羽毛笔复活的人,他不可能至今还留在这个世界上。

她一脸不信地扭过头看了看巫木,调侃说:"你长大以后可不会这么鬼话连篇的。"

巫木顽皮地笑了:"漂亮小姐姐,你信不信我,是你的事;现在是我问你,你知

第二部分

{那个人，就算不在身边，但也在心里}

不知道宋淮萧为什么没有消失？"

其实，这不仅仅是现在这个巫木最想解开的疑惑，也是多年来藏在宋淮萧心里最大的疑惑。七十二个小时过去以后，当年的宋淮萧发现自己并没有像水汽那样蒸发无痕，他顿时欣喜若狂。很长的一段时间里他都不敢相信自己真的遇到奇迹了，他依旧担心也许走到下一个路口他就会消失。但是，一个月过后，他还在；一年过去，他也还在；一年又一年，他仿佛已经完全属于这个世界了。他想知道这是为什么，巫木也想。

遇到心雅，巫木便期望她作为羽毛笔的现任主人，对笔有更多的了解，能解开自己的疑惑。因为巫木想复制宋淮萧的奇迹，他也想活下来，不想消失。

心雅撇了撇嘴，说："你放开我！"

巫木押着她："不放！除非你回答我。"

她有点儿急了，嚷嚷道："说了我不知道！"

"不知道？还是不想说？"终究是个孩子，他因为生气而有点儿幼稚地冲心雅的后脑勺做了个鬼脸。

"真的不知道！"

巫木继续审犯人似的说："那你去过幻世之境吗？告诉我怎样才能找到幻世之境？"既然羽毛笔来自幻世之境，那么，找到幻世之境，也许就能获取更多准确的信息，找到宋淮萧没有消失的原因。

心雅无奈地说："我也是无意中捡到这支笔的，当年景坤不也是吗？我们都没见过幻世之境。"

巫木思考了一下，说："好吧，既然你什么都不知道，那不如把笔给我，我自己会研究的。"

他看她两手空空，又问："笔呢？"

从心雅跪着的角度，他只要稍微一回头就能看见那支掉在门边的笔，但巫木却没有注意到，又问了她一遍："笔在哪儿？"

心雅悄悄地打量着周围，发现离她不远的沙发扶手上，搭了一条她看电视的时候用来盖着的毛毯。她灵机一动，做出一副无奈妥协的样子，用眼神指了指门说："喏，笔掉在门口了。"

巫木回头朝门口一看，果然看见了那支笔，他立刻松了手，扑过去捡笔。就在这时，心雅噌地站了起来，一把抓过毛毯，把毛毯朝巫木的头盖过去，她人也跟着扑了上去，从后面按住了他。

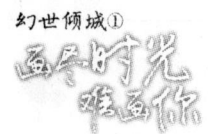

巫木的手刚要碰到笔,被毛毯这么一盖,他脚步一晃,正好把那支笔踢开老远。他生气地用手肘往后撞,想撞开心雅,他力气很大,心雅被他撞得很痛,但她依旧像八爪鱼一样隔着毛毯黏在巫木的背上。

就在这时,门口传来了对面邻居的声音:"哟,小雅这是干吗呢?"

心雅就像抓到了救命稻草,大喊:"迟叔叔,这个人是小偷,快帮忙抓小偷!"

邻居一听,二话没说就扑过来了。

一番折腾过后,巫木不但没有抢到羽毛笔,还被心雅的邻居给扣住了,差点儿被邻居给绑在桌腿上。他想三十六计走为上计,突然像只小狼狗似的,冲邻居的胳膊一口咬下去,邻居痛得缩手,他便趁机跑了。

这天晚上,心雅辗转反侧。

宋淮萧、巫木、漫画里的人、被推翻的七十二小时定律,还有当年景家别墅发生的事,景坤的死……所有这些,到底哪些是真的,哪些是假的,又或者全都是真的,全都是假的?心雅感觉脑袋里乱糟糟的。

实在睡不着,她一个翻身下了床,把那十二本《风堂》杂志全从书架上抱了下来,一本一本翻开找宋淮萧的文章,想看看有没有另一篇回忆录,可以让她再利用一次,召唤出第二个巫木。

但是,她没有找到,最后她蜷在床角,抱着杂志睡着了。

第二天,日上三竿,心雅是被宋淮萧的电话叫醒的。

"喂,郁心雅,大家都到齐了,你人呢?"

心雅迷迷糊糊地问了一句:"我在哪儿?"

宋淮萧气呼呼地说:"你在哪儿?你问我?"

心雅揉了揉眼睛,突然想起来,周五那天夏满满通知过她,周日的时候编辑部的人要到福利院做义工,因为福利院搬迁,缺人手,还说如果身边有朋友也可以召集来参加,多多益善。她那时还问了阿栀,阿栀说她周日正好有空,答应跟她一起去福利院。谁知道她满脑子都想着巫木的事,却把这事给忘了。

她挂了电话后急忙下床刷牙洗脸,套了身轻便的衣服就出门往福利院赶。

到福利院的时候,所有人都已经开始干活了。

阿栀也到得比心雅早,她找到宋淮萧,做了自我介绍以后,宋淮萧把她拨给了夏满满。她和夏满满等人一起，正在帮住在一楼的几位孤寡老人把家什抬上搬家车。

心雅过去跟阿栀打了个招呼，宋淮萧便过来了："昨天晚上干吗去了，睡到日上三竿了还不起来？"

心雅一看见宋淮萧就想到了昨天那个巫木，心里有点儿别扭，说："嗯，睡晚了。"

宋淮萧见她气色不好，关心地问："怎么了？病了？"

心雅摇了摇头。

宋淮萧说："我们现在按楼层分任务，你到二楼帮我吧。"

心雅犹豫着说："要不我就跟阿栀一个组吧？"

"她们这儿人手够了，二楼有几间房要搬的东西挺多的，还缺人。你还是去二楼吧。"宋淮萧并没有察觉到心雅有意避开他，心雅正想回话，忽然听到背后竟然传来了景皓的声音。

"宋主编。"

心雅回头一看，不禁吃了一惊，和景皓一起来的，还有景檐和乐诗。

心雅这才知道，原来景皓说的那个和她同校的堂弟就是景檐。

景皓一看到心雅就笑开了花："哇，看你这表情，怎么吃惊成这样了？没想到又见到我了吧？宋主编没跟你说，这次活动是我安排的吗？"

"你？"

"嗯！"景皓得意地说，"福利院的院长我认识，知道他们最近新址落成要搬迁，但是预算出了点儿小问题，为了节约，我就提议用义工了。"他微微弯着腰，背着手歪着脑袋来看心雅，"不过别担心，这么大个福利院，不会只有你们编辑部的人，我还请了别人，所以如果累了的话就歇着吧。"

景檐看景皓对心雅说话的神态语气都有点儿暧昧，他感到非常不自在。

宋淮萧斜了景皓一眼，故意催促心雅说："你还站着？都迟到了就别磨蹭了，赶紧上楼去吧。"

"哦，马上就去……"心雅赶紧快步跑上了二楼，加入了干活的队伍。

宋淮萧本来想安排景皓、景檐还有乐诗到三楼帮忙，可景皓脸皮厚，非得去二楼跟心雅搭伴。

心雅之前一直觉得景皓嬉皮笑脸、为人轻佻，但来来回回搬了几次东西以后，却发现他其实是个很细心的人，做起事来很认真，不怕脏也不怕累，对他的印象开

始改观了。

替一个有小儿麻痹症的孩子整理房间的时候,景皓不小心把那孩子的一颗水晶球给打碎了。八岁的小姑娘当场伤心地大哭,景皓蹲在地上又是唱歌又是做鬼脸,最后才总算把她给哄笑了。

心雅在对面房间看到了那一幕,觉得很温馨,她也笑了。正好景皓抬头看过来,目光跟她的笑容撞上,他便背着手大步流星地走过来,问心雅:"是不是突然发现我特别有魅力?"

心雅终于不再冷着脸对他了,说:"那再发挥一下你的魅力,帮智叔把这袋东西搬到车上吧,我去趟洗手间。"

景皓做了个手势:"没问题!"

心雅刚跨出房间,乐诗正好来了,两个人差点儿撞上。乐诗微微一歪头,站着没动,笑眯眯地望着心雅,示意她先走。心雅隐约觉得对方的笑容里带着某种意味深长,但转念又觉得肯定是自己想多了。

福利院的宿舍楼是"回"字形的,洗手间在一个转角处。心雅走过去时,在经过靠近洗手间的那间房时,关着的房门忽然开了,有人打着哈欠从房间里面走出来,她一看,就愣住了。

"巫木?"

他怎么会在这里?

巫木也愣了:"欸?你……"话还没说,心雅就把他推回房间里,自己也跟了进去,把门关上了。

"别推我!"巫木揉了揉惺忪的睡眼。

"你怎么在这里?"

巫木撇嘴说:"我身无分文,听说这个地方可以给无家可归的人提供免费的吃住,我就来喽。"

心雅打量了一下这个看起来像杂物房的地方,说:"那你就待在这里面,别出去了,知道吗?"

巫木心想,我凭什么听你指挥?他不服气地回答:"不知道!"

心雅只好耐心地跟他讲道理,小声地说:"现在宋淮萧也在这里,被他看见你的话就麻烦了!"

第二部分
{那个人，就算不在身边，但也在心里}

巫木转念一想，问："上次我还没问你呢，你们俩是认识的吧？景家那件事情你如果直接问他就会很尴尬，所以你才找我的？"他看心雅没有反驳，又问，"你没看过《木马人》吧？不知道漫画里的巫木是一个什么样的人？"

心雅的确没看过，的确不知道。她也不知道巫木为什么这样问她，只听巫木又说道："他是个孤儿……"

漫画里的巫木流落荒岛是因为他贪玩，逃票爬上了一艘远航船，后来遇到了海难，木马族的渔船救了他。

木马岛周围的海盗为了抢夺岛上的珍稀资源而不断残杀木马族人，很多成年人都死在海盗的屠刀之下，所以，岛上出现了一些无家可归的孩子，巫木就把这些孩子集结起来，用孩子们的智慧和灵敏与海盗周旋。

在龙泽其所有的漫画中，巫木算是最不完美的男主人公了。他性格叛逆，喜欢耍小聪明，有一肚子的坏点子，也没少给木马族人惹事。

大多数儿童漫画的男主角都是一身正气的，但他却是一半正气，一半邪气。只不过，现在的宋淮萧和初来乍到的巫木相比，在性格上有了很大的转变，是因为他磨砺了、成熟了，而生活的环境也大不相同了，他再也不用面对诡计、杀戮，所以他变得更阳光、更温和了。

但不管是漫画里的巫木，还是来到这个世界上的巫木，又或者是现在的宋淮萧，他们都有一个共同的特点。

他们都很善良。

巫木把孤儿们召集起来，想把海盗赶出木马岛，是因为他不希望再有更多的孩子像他那样成为孤儿。

巫木说："当时我是出现在景家的一间儿童卧室里面，那个男人看年纪应该正好是一个小孩子的父亲。整本漫画书里，不管被复活的是哪个时期的巫木，他都不会伤害一个孩子的父亲。如果你看了漫画，我想你就会更理解的。他、我、宋淮萧，谁都好，我们都不会伤害景坤！"他又说，"而且，我昨晚突然想起来了，昨天我还有一件事情没有告诉你……"

心雅忙问："是什么？"

巫木有点儿狡猾地笑了笑，说："给我笔我就说喽。"

心雅不肯让步，语重心长地劝他："可你本来不应该属于这个世界的。"

巫木往一个木箱子上一坐，一只脚踩高，一副占山为王的姿态，不服气地问：

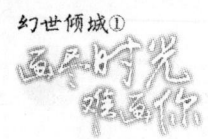

"那我就没有活着的资格了吗?现在!这一刻!我就属于这个世界,我就是一个活生生的人。"

见心雅没有反驳,他知道自己占了理,又问:"是谁把我从三个字变成一个人的?你既然给不了我希望,为什么又要自作主张让我活过来?你觉得这样对我公平吗?不残忍吗?"

心雅感觉鼻腔里好像突然钻入了一股冷空气,在她的全身游走起来,她有点儿错愕地望着巫木。

她竟觉得巫木说得有道理。

长久以来,如果被圈画的只是死物也就罢了,但若是活物,一个活生生的人,谁甘心做这个世界的过客,匆匆来去呢?

巫木说:"你试想一下,把一碗水端给一个在沙漠里快要渴死的人,却只给他看,不准他喝,你知道他是什么滋味吗?"

心雅可以想象那是多么难受,但是,只靠想象的她怎么能体会其中的痛苦呢?她忽然心虚了,轻声道:"是不是每一个像你这样的人,都会有跟你一样的想法?"

巫木不耐烦地说:"我怎么知道别人怎么想?反正我是这么想的!"

心雅想到了邓焯音,当初姥姥没有像巫木这样责怪她,大概是因为姥姥对她仍有长辈对晚辈的慈爱和宽容吧?而"白衬衫"也没有责怪她,是不是因为他们的交流本就很匆忙,他还没有顾得上呢?

可是,眼前的巫木却是孩子心性,有一说一,直言无忌,却恰恰给她敲了一记警钟,她心里忽然很矛盾。

小小的年纪就经历过战争和杀戮的巫木有着同龄人所不能及的冷静与成熟,他看心雅整个人的气场都降了下来,猜她听进去了自己说的话,于是决定改变策略,硬招用完,得用软招了。

他又说:"姐姐,如果你在担心我会给你惹麻烦,我发誓:第一,我不会告诉任何人我的身世,还有羽毛笔的秘密;第二,我会离开这里,离你和他都远远的。你想啊,我和他的时间轨迹已经不一样了,我们相差了十二年,以后我是我、他是他,我们互不影响。你有什么好担心的呢?而且像我这样有主角光环的人设,可好可好了,绝对不会变坏的,就跟你们这里的《小学生守则》上面写的那样,还会为社会做贡献呢!"他又强调,"我保证,有生之年我都会确保你们不会因为我而有任何麻烦!你一定不会后悔让我活下来!"

第二部分

{那个人，就算不在身边，但也在心里}

心雅望着巫木诚恳的眼睛，有点儿心软。这时，风把没有上锁的窗户吹开了一点儿，心雅和巫木听到有说话声传来，透过窗户他们看到有几个人正从对面的楼梯间上来，那其中就有宋淮萧。

巫木一眼就认出了宋淮萧："是他！"

巫木有点儿激动，目光紧紧地跟着那个成年后的"自己"。

心雅想关窗，却被巫木制止了。巫木一直看着他们把沙发从房间里抬出来，又慢慢地抬下楼。巫木叹了一口气："我真羡慕他啊，可以活下来……如果我也能活下来，十年后我就会是他那个样子吧？我觉得我说不定会比他还帅！对了，他现在是做什么的？"

心雅说："他是个作家，还是杂志的主编。"

巫木撇嘴："唉，比只会端菜、洗盘子的我强多了。所以我将来也会很有出息的！"

心雅听他这么说，有点儿哭笑不得。她看了看巫木，松口说："笔在我家里，我没有随身带，现在给不了你。"

巫木大喜："漂亮姐姐，这么说，你肯帮我了？"

心雅严肃地说："你也别太乐观了，我们未必就能找到线索。"

巫木说："至少多个机会嘛！要真找不到我也认了，反正我们这样的人，不消失就是赚了，消失也正常。"

心雅睨了他一眼："小屁孩，刚才是谁跟我说很痛苦的？你是在装可怜啊？"

"没有没有！那……我们这样的人，对生死再怎么看重也比你们普通人看得淡啊。这也是我们帅气的一面！"巫木不想心雅再纠缠于他的态度问题，嬉皮笑脸地说，"漂亮姐姐，你真是人美心也善！"

心雅说："那你就乖乖留在这间屋子里别出去，别被人，尤其别被他看见，等我忙完了再来找你！"

巫木做了个遵命敬礼的动作，说："没问题！"

心雅又想起刚才巫木说昨天还漏了一件事没告诉他，她便问他是什么事，巫木想了想，反问她说："漂亮姐姐，你为什么要查景家的事情呢？你会告诉别人，当年在别墅出现过的人就是宋淮萧吗？"

心雅若有所思："你为什么这么问我？"

巫木说："他真是无辜的，你就相信我吧！他没有伤害谁，你就算告诉别人，他去过别墅，对整件事也没有任何帮助，只会给他添麻烦……怎么说我跟他也有点儿渊源，

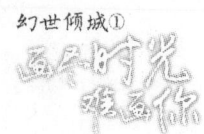

我不想看他有麻烦。"

心雅觉得这是套话的好时机，便正色说道："我首先得知道真相，后面的事，我才有分寸，知道怎么做。"

巫木想了想，说："那好吧，我信你喽！昨天我……"突然，巫木说到这里，嘴还在动，声音却发不出了！

心雅心头一紧，意识到有事情要发生了，惊慌地喊他："巫木！"

话音未落，只见巫木的身体倏地变成了半透明。心雅伸手想抓住他，手指尖刚碰到他的胳膊，却抓了个空。

巫木消失了。

房间里只剩下了心雅一个人。

狭窄的房间忽然变得空旷起来，空旷得恍如一片巨大的荒原。心雅失神地站着，算了算时间，还不到二十四小时，这么快巫木就消失了，刚刚还在为自己可能有机会活下来而高兴的巫木就这样消失了。

心雅突然觉得胸口堵得慌，拖着沉重的双腿走出了房间。

接下来，打包、搬东西、收拾垃圾，傍晚还由景皓做东，大家一起吃了顿饭，整个过程心雅都闷闷不乐的。

晚上，心雅一回到学校，就开始上网搜索《木马人》的电子版，找到了以后，她一口气读完了它。

果然，漫画里的巫木最渴慕的就是人间亲情，他甚至还因为同情一个身为人父的海盗而遭到对方的暗算。漫画里的巫木总是不知不觉就被心雅在脑海里替换成了宋淮萧的脸，仿佛是他在杀伐决断，是他在险境求生，是他高举着火把烧掉了海盗的粮草，也是他奋不顾身地救了差点儿被活埋的木马族人。

是他……在人前坚强，在人后却还是会悄悄地掉眼泪……原来他曾经经历过这样的人生啊……

心雅那晚梦见了大海和孤岛。

第二天，早课才上了一半，整个教室就沸腾了。

所有的同学都埋着头用手机看着一段热门视频。

所有人的目光全落在了心雅的身上。

此时，一段由匿名者在昨天半夜上传的视频在短短几个小时内就已经成了各大门户网站的热门头条。

视频里的一男一女在一个房间里交谈，但由于拍摄镜头所在的位置离房间较远，所以视频并没有录到他们谈话的内容，只录到了一些嘈杂的背景人声。

那一男一女正是心雅和巫木。

当宋淮萧他们上楼来抬沙发，窗户被风吹开以后，直到巫木消失，心雅都没再把窗户关上，偷拍的人就正好钻了那个空子。

视频以巫木凭空消失、心雅呆站在原地结束，传视频的人说他因为目睹了这么离奇的一幕，觉得太刺激了，忍不住想把这件事情分享出来。

后面的回帖众说纷纭，有人责备发帖人偷拍，侵犯别人隐私，但更多的网友还是把关注点放在了男孩消失这件事上。大家都感到不可思议，不明白他是怎么消失的。

也有人说，真相其实很简单，那就是发帖人对视频进行了特效加工，他们还说要找专业人士验证视频有没有被动过手脚。

还有网友怀疑，这可能是某商家的炒作，他们坐等商家的下一步动作。

网友们的热烈讨论迅速地把视频推上了话题榜第一位，而且热度还在不断上升。

没过多久，陆续有网友表示，自己已经找身边的专业人士鉴定过了，视频并没有经过任何加工，也就是说，视频里的男孩是真的凭空消失了。而作为视频的女主角，心雅是唯一有可能知道真相的。于是，她理所当然成了大家关注的焦点。

尤其是在学校里，认识心雅的人都缠着她问视频的事，还有一些原本不熟的同学也过来套近乎，想问出真相。

心雅其实比谁都震惊，她也有一肚子的疑惑，想知道究竟是谁偷拍了他们，是福利院的人，还是当时去做义工的人之一？那个人目睹了如此匪夷所思的事情，却没有当场冲出来质疑，反而是冷静地偷拍，再把视频放上网，直觉告诉心雅，对方的用心似乎并不单纯。

究竟会是谁呢？

事情如果再继续发酵，会不会越来越不可收拾？

万一暴露了那支羽毛笔的存在，甚至暴露了宋淮萧的身世，如何是好？

……

心雅想来想去，心烦意乱。每次面对别人的追问，她都觉得心虚又尴尬。但她还是尽量稳住，从容应对。她不管网友是怎么说的，始终坚定地说视频被人做过手脚，那个男孩并没有消失，他只是离开房间了。

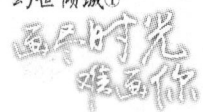

又过了一天，那段视频被网友转载到各大论坛和视频网站，扩散到全国，甚至已经开始有新闻媒体报道这件事情了。这天傍晚的时候，学校里还来了两名记者，沿途向人打听怎么能找到中文系的郁心雅。

记者找到心雅后，心雅费了好大的劲儿才摆脱他们。

记者走了以后，心雅不想再住在学校里了，她怕还有记者会来，或者又有哪个认识的或不认识的校友来问她关于视频的事，她准备回家住，暂时避一避风头。

夜里，刚一进家门，电话就响了。

电话是宋淮萧打来的。

宋淮萧说，他就在心雅家楼下。

心雅走到窗边，还能看见楼下被路灯的一束光笼罩着的男人的身影。

宋淮萧问："下来吗？有些话想问你，可能当面说比较方便。"

"嗯，你稍等一下。"她猜他是看到视频了，否则不会是有点儿尴尬又凝重的语气。她也不打算再隐瞒他了，而且，从视频爆出的那一刻开始，她就知道她想瞒也瞒不了了。

她匆匆跑下楼，见路灯下的宋淮萧两手插在裤子口袋里，目光专注地看着她走过来。

心雅有些尴尬地问："你怎么知道我在家里，不是在学校？"

"我猜的，来碰个运气。"

"那你运气还不错，我也刚到家。"

宋淮萧指了指前面的路："有点儿冷，边走边说吧？"

夜色还早，但小区外的街道已经颇为安静了。风吹落叶，行人寥寥，路边小店里飘出舒缓的音乐，他们并肩慢慢地走着。一开始两个人都没有说话，走了一会儿，宋淮萧问她："你有什么想跟我说的吗？"

心雅有点儿局促，说："不是你有话想问我吗？"

"我今天整理书柜的时候才发现，有人动过我的相册。"他顿了一下，又说，"这段时间，除了你，没有别人来过我家。"

心雅觉得自己像一个做了错事的孩子，点了点头说："是我。"

宋淮萧的表情里顿时流露出掩饰不住的失望："你能给我解释一下是为什么吗？"

心雅缓缓地走到路边一张长椅上坐下来："第一次去你家里，无意间看到相册里的一张照片，我就产生了似曾相识的感觉，所以后来就想再次求证……"她低着头,不敢直视宋淮萧的眼睛,她把自己复活少年宋淮萧的目的和全部经过都如实地告诉了他。

宋淮萧的表情一直淡淡的,仿佛内心并没有什么波澜。听心雅说完,他还漫不经心地笑了笑,问她:"那你还想知道什么?"

心雅没想到他会这么问,觉得有点儿手足无措。

宋淮萧便主动说:"昨天下班的时候我看到了视频,那一晚上我都没睡着。我还认得他身上穿的那套衣服,那是我打第一份工之前,从富人区的旧衣回收箱里面捡的。"

"捡衣服的时候我就想,三天早就过了,可我竟然还没有消失,我也许永远都要留在这里也说不定呢?那我一定要把自己的秘密藏起来,一辈子不让人知道,我一定要过得跟这里的人没有区别。"

她忍不住打断他:"那你现在知道你为什么没有消失了吗?"

宋淮萧摇了摇头,说:"还是不知道。"

这些年来,他不知道自己存在的原因,也不知道生命的尽头究竟在哪里,所以他难免过得提心吊胆。他虽然朋友不少,但却没有一个可以交心的知己,他只能像个傻瓜一样,跟植物说心事,因为他始终不确定,他到底能不能做到对一个人有始也有终,无论是友情,还是爱情。

他也在椅子上坐了下来,脚尖轻轻地踩住一片枯叶。

这时,晚风又吹落了很多街道两旁树上的枯叶,黄叶纷扬,像一只只蝴蝶盘旋在两个人身边。宋淮萧又问她:"你说巫木还有一个遗漏的细节没告诉你,他就消失了,那你想知道这个遗漏是什么吗?"

她抿着嘴看着他的侧脸:"嗯。"

宋淮萧说:"如果我没有猜错的话,应该是时间。"

景坤暴毙于家中是当时的一个大新闻,所以宋淮萧也看了相关的报道。报道中提到,死者大概是八点钟摔伤的,出现颅内出血和颈椎骨折。由于当时家中无人,他没能得到及时的救治,昏迷了半个小时后便死亡了,他的死亡时间大约是八点半。

但是,宋淮萧离开别墅的时候却是七点二十八分。

"1928"这几个数字是宋淮萧来到这个世界上看到的第一组数字,所以他记忆犹新。

那天,他刚跑出景家别墅,不小心在别墅外面跟一个路人撞了个满怀。那是个胡子拉楂、长头发的中年男人,男人低着头边走边玩手机,这一撞,男人的手机被撞掉了,屏幕也摔碎了。

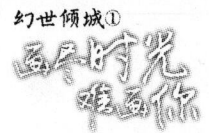

他帮男人捡手机的时候,便看见了屏幕上显示的时间:19:28。

宋淮萧从来不认为景坤出事跟他有任何关系,也没有想到自己会被怀疑。关于巫木和景坤的事,他不再有任何隐瞒,全都告诉了心雅。

说完以后,他摊手笑说:"就这些了,没有别的了。虽然你可能还会有疑问,不过,我还是希望你能相信巫木,相信我。"他目光专注地看着心雅。

心雅点了点头。

宋淮萧不知道她的点头意味着什么,不过,能说的他都说了,于是问她:"心雅,需要我送你回家吗?"

他最后这一问,问得心雅豁然开朗。她一直觉得宋淮萧今晚的态度有点儿奇怪,现在她知道这份奇怪是来自哪里了。

就是来自他这份异常的客套。

以前有两次在公司加班,到天黑才离开,宋淮萧总是笑嘻嘻地向她扬着手里的车钥匙,对她说:"郁心雅,上车,送你回学校。"他从来不会用今天这种方式来征询她的意见,显得有点儿生分。以他的性格,明明和陌生人也很容易打得火热,但是现在,他对她,却近似对一个陌生人。

心雅心里有点儿不是滋味,很想再跟他说点儿什么,但一时之间又不知道从何说起了。她只好指了指街对面,说:"呃,我既然出来了,就顺道去那边的便利店买点儿东西,买完我自己回家就可以了。"

宋淮萧的眼色晦暗不明:"好,那你注意安全。"

他没等她说"再见",便转身离开了。

心雅望着他的背影,在夜色中如一幅逐渐淡去的水墨画,她心里有一种说不出的惆怅感。

一阵冷风吹过来,她回了回神,走过马路,走进了便利店。

在便利店里买了零食和牙膏,准备付账的时候,她想起忘记买明天的早餐牛奶了,在去拿牛奶的时候,她忽然从旁边货架上摆着的几面小镜子里看到了宋淮萧。他就站在便利店门外的一个邮筒旁边,邮筒并不能完全遮挡住他,但他还是尽量把自己匿在灯光照不到他的阴影区。

心雅结完账从便利店出来,故意在门口站了站,想看看他会不会过来跟自己打招呼,可他并没有过来。

心雅开始缓缓地往家走。

宋淮萧就在后面默默地跟着她。

回家的路很短，不到十分钟，她走在前面，宋淮萧和她隔了十几米，在街的另一边，他的目光一直追随着她。

走到小区的入口处，心雅碰见了住在楼下的芳姨，芳姨招呼她说："小雅，来跟芳姨一起回去，这段时间乱，晚上别一个人外出，尤其你爸还不在家呢，你得加倍小心。"

心雅问芳姨发生什么事了，芳姨一脸痛惜地说："你是没看见，刚才外面街上就有个姑娘被几个喝醉酒的流氓给骚扰了。听说是附近的工地上来了一批人，没事就爱在这一带闹事。"

心雅听芳姨这么一说，似乎明白了什么，立刻回头一看，夜色茫茫，已经看不到宋淮萧的身影了。

其实，宋淮萧心里清楚，心雅没有当面直截了当地来问他，而是在背后调查他，除了怕尴尬，还因为她担心他不会说实话。

这份不信任，放在任何人身上，他都表示理解，原本人与人之间就很难有绝对的信任。

总之，他一定不会为此感到难过。

但是现在，他难过了。

因为郁心雅不是别人，她就是郁心雅。

不知道从何时开始，这个世界上的人就被他划分成两种了。一种叫作其他人，另一种就叫作郁心雅。

言谈间的礼貌疏远，是因为他想刻意掩饰自己内心的波澜，他不太确定自己到底应该用什么样的态度去面对她。两个人之间，微妙而尴尬的因子就像飘舞在半空中的落叶一样，一直都在。所以，他匆匆地离开了。

他原本以为时间还不算晚，从他们分别的街口到心雅家中的路程也很短，沿途都有路灯也有行人，这样的环境应该是很安全的，可是，他们刚一分开，他就听到路旁有人说附近有个女孩被借醉行凶的流氓骚扰了。他立刻忍不住为她担心，于是转身往便利店的方向追了过去。

心雅回家的路上，他就远远地跟着她，做一个沉默的影子。直到看见她遇到了邻居，他才放心地离开。

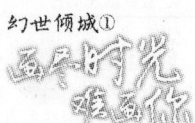

那是一个身不由己的过程,来源于情难自禁,来源于心之所向。

他带着一身倦意回到家,一回去就瘫在床上,把脸埋进了枕头堆里。过了一会儿,传来了微信提示音。他别过脸,懒洋洋地抓起来一看,消息是心雅发过来的。

你今天和我说的这些,我可以告诉景檐吗?

他回她:可以。

心雅的回复很快就来了:谢谢你。还有,对不起。

那一刻,进门之时的困倦一扫而空。他明白这条信息里别有深意,她是在暗示他:关于你的事,我以后不会再背着你自作主张了,我要做什么,会先征得你的同意。她是何等心思玲珑剔透的一个人,他的情绪她其实都懂。

宋淮萧故意逗她:既然都道歉了,就得拿出诚意吧?

心雅看乐了:那我下次来公司给你买一盆绿萝吧,你那盆好像已经快不行了。

宋淮萧立刻发了一个假装发怒的表情:谁说的?我家信惠好着呢。

她立刻拆穿他:嘻嘻,等不好的时候就去买一盆新的来换,也还是叫信惠,你以为大家不知道?

是谁告诉你的?

夏满满喽!

好,我明天就要她买十个可爱多谢罪!

你还吃可爱多?

要不然呢?我能这么可爱,全靠吃了可爱多!

心雅抱着手机笑出了声,两个人你一言我一语,不知不觉聊到了夜深。

那天晚上,心雅做了个难得的美梦。

她梦见自己拖着沉重的行李箱流落街头,宋淮萧开着红色的跑车经过,把她带回了家,还给她做了好吃的三明治。后来,梦里的场景无论怎么转换,宋淮萧都会在场景里的某个地方,守护着她,像个骑士。他的眼神在梦里深邃而温柔。

过了两天,视频的事情依旧甚嚣尘上,心雅没少应对同学的八卦甚至记者的追问。她一概坚持说视频被人做过手脚,而视频里的男孩跟她只是偶遇的关系,是对方到福利院偷东西吃时被她发现了,现在早已不知去向。她知道只要自己不说出真相,大众得不到真相,风波总会停止。

这天,C大门口来了一个骑着三轮车卖盆栽的小贩,三轮车里正好有几棵绿萝,心雅一见，想起自己答应过宋淮萧给他买绿萝，于是就挑了一棵，看时间允许，她决定把绿萝送到公司去。

她坐在出租车上望着马路一侧倒退的街景时，依稀看到一个撑着黑伞站在路边的男生很像景檐。

车开得很快，画面一闪而过，她看得不清楚。

那个男生的确是景檐。

只是，那时的她并不知道，她和景檐之间的擦肩而过，早就不止这一次了。

两天前，宋淮萧来找心雅的那个晚上，景檐也来了。他的目的跟宋淮萧一样，也想问关于视频的事情。他先问了心雅的同学，同学说心雅已经回家去了，他又打听到了心雅家的住址，于是他刚一到就看见心雅和宋淮萧一起从小区大门走出来。

他们出来的时候，蹲在垃圾箱旁边抽烟的两个男人站了起来，景檐听到其中一个问另一个："是不是她？"

另一个说："是的，没错！我收到的消息蛮准的，她果然住这儿，走！"

景檐扫了他们一眼，两个男人的胸前都挂着记者证。

他两三步追了过去，两名记者被这个冷不防冒出来的家伙吓了一跳。"谁啊这是？"其中一个矮个子的记者眼尖，嘀咕了一声："景乐集团的太子爷？"

景檐没心思跟他们做自我介绍，冷冷地问："哪家报社的？"

矮个子答："《城际周刊》。"

景檐又问："是在跟哪个明星吗？"

高个子说话了："别理这小子了，赶紧去追郁心雅。"

景檐料到了记者是为了视频而来，他把手一伸，拦在他们面前："我看别去了，反正你们什么也问不出来。"

那个高个子的记者是个暴脾气，偏偏景檐的脾气比他还火暴，一个非要追着心雅想问她关于视频的事，一个偏不许他上去打扰她，闹了几句口角之后，就相互推搡起来。

那一刻，远方有朦胧的街灯和风吹落叶的温柔，两道身影并肩缓行，画面恬淡而宁静。景檐这边却是狂风呼啸。

这时，一辆银灰色的宝马车一个急刹停在路边，开车经过的乐诗从车里冲下来。

景檐正按住那高个子的记者，抡起胳膊，准备一拳打下去，乐诗刚好来得及拉住他："景檐！住手！你这是干什么呢？"

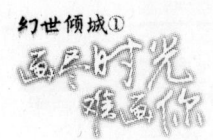

高个子记者趁机把景檐推开了。

旁边那个矮个子的记者一直骂骂咧咧,还说他刚才已经拍下了景檐的一举一动,景乐集团未来的继承人为了维护某热门视频的女主角,当街与人拉扯,有照片为证,他们下周就要在周刊里曝光他。

景檐一听,想冲过去抢记者的相机,却被乐诗拦住了。

景檐和乐诗之间有从小一起长大的情分,小时候他把乐诗当成姐姐,长大后以为她会成为自己的堂嫂,所以对她也都是迁就呵护,视同自家人。他在外人面前再怎么不可一世都好,但对自家人的态度一直很温和。虽然还不至于对乐诗言听计从,但他很尊重她。她不准他再动手,他便忍了忍,放记者走了。

记者走了以后,远处心雅和宋淮萧的身影也已经看不见了。

景檐站在原地,自嘲地笑了笑,对乐诗说:"英雄救美就这么被你打断了。"

乐诗左看右看,问:"浑小子……'美'在哪儿呢?我吗?"

那一刻,头顶的一盏路灯光忽然暗了几分,整条街仿佛都跟着暗了几分。晚风吹落行道树的枯叶,叶落有声,极其轻微,恍如一个人几不可闻的叹息。景檐想,是啊,她在哪儿呢?

在他心里吧?

就算不在身边,但是,也在心里。

第三部分

{ 在有生的瞬间能遇到你,竟花光所有运气 }

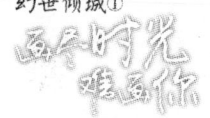

第九章 守护

景檐撑着黑伞站在路边，一辆出租车从他面前快速驶过，他突然莫名地有点儿想念心雅。

不多时，乐诗从他身后的一栋写字楼里面走出来，蹑手蹑脚地来到他身后，猛地拍了他的肩膀一下："喂！"

景檐一点儿吃惊的反应都没有，转身问："搞定了？"

乐诗做了个好的手势："搞定！"

景檐似笑非笑地说："谢谢你。"

乐诗故意打趣道："你又不是什么大明星，占的版面还不到一个巴掌大，人家才不介意随时撤掉呢。"

他们背后的写字楼里面就是《城际周刊》的编辑部，而乐诗的爸爸认识周刊的老总，所以她去找老总要了个人情，周刊已经答应了不公开景檐当街闹事的照片了。

景檐说："其实公开也没什么大不了，是你说要来的。"

"还怪我多事喽？我知道没什么大不了，公开了你也红不起来，可是景爷爷那里怎么交代？"

景檐微微一笑，他明白乐诗的好意。

乐诗知道景檐就算不在乎被别人指点谈论，可他不会不在乎爷爷对他的看法。她不客气地说："姐姐我成你救命恩人了，怎么谢我啊？"

"请你吃饭吧？"

"好啊！那不差再看场电影喽？"

"我晚上还约了人，看电影你找景皓吧。"

乐诗眨巴着眼睛问他："约谁啦？你的'英雄救美'的'美'？"

景檐没吭声。

乐诗说："别以为我不知道你为什么会闹事……郁心雅，对吧？那视频火得……连我都看见了。你不想让记者采访她？怎么这么紧张她啊？"

景檐白了乐诗一眼："多事。"

乐诗沉默了片刻，渐渐收起了嬉皮笑脸的表情，说："景檐，你知道我为什么不想找景皓吗?"

景檐不用问也知道她会说下去,他只是看着她。

她说:"我不喜欢景皓。景皓也不喜欢我。我们可以做朋友,但做不了情侣。"

景檐有点儿吃惊。他对感情的事一向缺乏敏锐的触觉,如果乐诗不说,他会一直以为她跟景皓是要走向婚姻殿堂的。

乐诗又说:"而且……我知道景皓最近对一个女生很心动,想追她。"她说着,向景檐投了个意味深长的眼神。

景檐接到那个眼神,似乎读懂了什么,握着伞的手微微紧了一下。

乐诗说出了景檐心中的猜想:"那个女生就是郁心雅。"

心雅到公司的时候,正是下班的时间,办公室里大家都在一边收拾东西,一边商量着一起去吃晚饭。

宋淮萧不在办公室,心雅捧着绿萝走进他的办公室,果然看见他原来的那盆绿萝叶子大部分已经黄了。

她没有把枯萎的绿萝扔掉,只是把自己买的这一盆放在了旁边。

这时,她听见办公桌上的电脑里传出"当"的一声,像是程序出错的提示音。

她走过去一看,宋淮萧的电脑正在杀毒,只完成了三分之二,软件弹出了程序错误的提示,要求重启。

她刚想点击重启键,夏满满就过来趴在门上敲了敲说:"心雅,我们去吃韩国烤肉,一起吗?"

心雅笑着说:"不了,我晚上还要回学校抢选修课名额,怕来不及。"

夏满满挥手说:"那我们走喽,拜拜!"

"再见——"

心雅跟夏满满说话的时候,手指一直没有离开鼠标。她的手指无意间按到了鼠标,桌面上的一个文件夹被打开了。

屏幕上显示出一个装满照片的文件夹。

那个文件夹她也有,公司里每一个去过福利院做义工的人都有。文件夹里的照片是景皓拍的,是那天大家劳动的场景。

但是,宋淮萧的这个文件夹却跟别人的不一样。他在文件夹里面还有另一个文件夹,文件夹的名称叫作"郁心雅"。

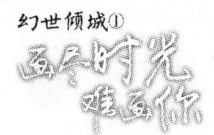

心雅点开一看，宋淮萧竟然把所有有她的照片都挑了出来，单独放在了这个文件夹里。

她脸上一热，匆匆地关掉文件夹，跑出了办公室。

她下楼以后，看见远处有一辆洒水车正缓缓地开过来。她望着那辆洒水车，忍不住笑了起来。

有一件事是心雅后来才发现的，那天景皓一共拍了七十二张照片，但他只分享了七十一张。有一张照片他没有分享出来，是在心雅和宋淮萧一起"抢救"一个差点儿被摔碎的花瓶时拍的。

一个玻璃花瓶从搬家车边缘掉落，他们俩眼明手快，一起接住了那个花瓶。

接住花瓶的那一瞬，他们相视而笑。

景皓的相机碰巧捕捉到了那一幕。

那时心雅仰起头望着宋淮萧，微笑的侧脸轮廓精致无比，她眼睛里的光明亮得恍如泛着一条星河，那光芒令景皓对宋淮萧心生妒意。但他隐瞒那张照片还有一个理由，作为无意间闯入画面的一个背景，景檐也在那张照片里。

也因为照片里两个人旁若无人的对视，景檐的脸上出现了掩饰不住的焦灼和失落。

景皓觉得，这张照片实在太有趣了。照片中的三个人，任何一个人看到这张照片，也许都会从彼此的神态动作里面领悟到什么吧？

这天晚上，景檐没能拒绝乐诗看电影的要求，只好陪她去了。虽然他已经约了人，有事情要谈，但也只好在电影开始之前，给对方发了一条短信，把约会改期：我有事，明天再找你。

收件人：简阿栀。

阿栀收到景檐的短信，按捺不住一颗小心脏"扑通扑通"乱跳。虽然有点儿失望，不能立刻见到他，但她还是表现出大方明理的样子，回复他：没关系，那明天等你的消息，你先忙。

阿栀做梦都没有想到景檐会主动联系她，还提出约她见面。

她满脑子都想着跟他见面的时候应该涂什么颜色的口红，穿什么样的衣服，她巴不得快一点儿见到他。但是，第二天景檐临时被爷爷叫去作陪，和景皓一起，爷孙三人去了外地参加一个重要的慈善宴会。

直到周一,阿栀才见到景檐。

学校附近的咖啡馆里,阿栀比约定的时间早到了半个小时。景檐刚一踏进咖啡馆,阿栀立刻站了起来,有点儿拘束地将两手交叠垂在身前,那姿势像个迎宾。

景檐在她对面坐下,说:"坐吧。"

阿栀坐下来,局促地把餐单推向他:"你想喝点儿什么?她们说这里的康宝蓝很不错,还有……"

"我只喝黑咖啡。"景檐打断她。

"哦——"阿栀有点儿尴尬地冲服务员比了个手势,服务员走过来,她点了两杯黑咖啡。

等服务员离开,景檐微微皱起眉头盯着阿栀:"你也爱喝黑咖啡?"

"其实我平时不喝咖啡,对咖啡也不了解,所以喝什么都行的。"她只是想跟他喝一样的东西。

景檐沉默了片刻,说:"你能猜到我为什么约你见面吗?"

阿栀隐隐觉得对方的气场有点儿慑人,小声说:"不知道。"

景檐不想绕弯子,开门见山地说:"视频是你录的吧?"

阿栀撑着沙发座椅的两只手突然抓紧了坐垫:"什……什么?"

刚才景檐那句话虽然是个疑问句,但是,内容却是肯定的。这是他连续两天去新福利院打听的结果。福利院里有个半边脸被烫伤过的老奶奶说,搬迁的那天,她从三楼下二楼的时候,看见一个女孩子趴在廊柱后面,一直举着手机不知道在干什么。那个女孩子,老奶奶虽然不认识,但她说,女孩戴了一个有蝴蝶结的发箍。

在所有的义工里,那天戴发箍的只有简阿栀。

阿栀结结巴巴地否认:"不……不是我!我没……怎么会是我呢……"

景檐盯着她:"对啊,怎么会是你呢?出卖自己最好的朋友。"

阿栀还是不承认,眼泪都快出来了:"我没有,真的没有!我为什么要这么做啊?真的不是我!"

服务员把咖啡端了上来,景檐轻轻地抿了一口,说:"你为什么要这么做,只有你自己才知道。"

"真的不是我……"阿栀直勾勾地盯着咖啡杯上冒起的白烟。

景檐对她的否认置若罔闻:"为什么要这么做?"

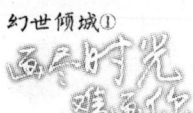

阿栀好像定住了似的,一动也不动,也不回答。

景檐说:"如果你现在沉默,那以后我们之间绝对不会再有半句话的交集。"

阿栀一听,缓缓地抬起头来:"景檐,你认定是我吗?"

"是!"他回答得快速而有力。

阿栀的嘴角抽了抽,红着眼睛笑了:"那个孩子不是跟你爸爸的死有关吗?"

景檐没料到她会知道得这么多,问:"谁告诉你的?"

阿栀淡淡地说:"我从你和心雅那里听来的。"看景檐很疑惑,她又说,"你不是知道我跟踪你吗?"

景檐想了想,猜测问:"咖啡馆那次?"

阿栀点头说:"那天你们一走,我就跟着你们了。你是不是以为找个空旷点儿的地方说话就可以避免被我跟踪偷听了?你没在意附近那两个垃圾桶吧?"

那一天,阿栀就躲在垃圾桶的后面,强忍着刺鼻的气味,监视着景檐和心雅的一言一行。为了避免暴露,她每次跟踪景檐的时候都会先把手机调至静音。心雅丢了鞋子之后给她打过电话,她是看见了来电显示的,但她一直攥着手机不敢接,怕一出声就会被他们发现。

"你们聊到了羽毛笔,还聊到了你爸爸的意外,我都听见了。我曾亲眼看见小瓷消失了,所以……再光怪陆离的事情我都相信……"虽然她不知道他们对话里提到的男孩长什么样,但是,在福利院里听到心雅跟巫木的对话内容,她就豁然开朗了。

"唉,心雅是不是还没有告诉你,她已经找到你想找的人了?"

景檐的内心忽然涌起一阵波澜,这几天他几乎将所有的空闲时间都用来追查视频的幕后黑手了,只去过一次心雅家楼下,却没有跟心雅说上话,心雅也没有找过他。

阿栀认为自己已经猜透了此刻景檐的失落:"她为什么不告诉你呢?是不是因为维护某个人,比帮你得知当年的真相更重要啊?"

景檐不做任何表情:"某个人?"

"一个你们都认识的人。一个……对心雅来说,很重要的人,重要到她无条件帮他隐瞒,维护他。"阿栀冷笑起来,"那个人……比你重要。"

景檐依旧不动声色。

这时,阿栀故作为难地说:"我其实也听得不是太清楚,你不如去找心雅亲口给你解释吧?如果……她肯说的话。"

景檐的身体慢慢向后一仰,靠着沙发椅背,两手抱胸盯着阿栀,问道:"这就是你的目的吗？"

"嗯？"

"挑拨我和郁心雅？"

阿栀一听，咬牙切齿地质问道："你和心雅之间是什么关系？用得上'挑拨'两个字？"

景檐眉头一皱："不可理喻！"

"景檐，既然你已经都知道了，那不管我再怎么努力，你都不会喜欢我了，对吗？"言下之意就是破罐子破摔，没什么好惺惺作态的了，她决定告诉他，对，我就是想挑拨你们！

心雅和巫木的对话，阿栀是躲在门外偷听的。偶尔有人经过的时候她就假装在绑鞋带，然后起身作势要走。心雅和巫木的对话她听一点儿漏一点儿，但大意是懂了。

后来，宋淮萧他们上楼来抬沙发，她怕被发现，于是就绕到了廊柱后面。

她听见了巫木劝心雅不要把宋淮萧出现在别墅的事告诉外人，她也知道景檐有多渴望找到当年的那个小男孩，于是，她的脑子里顿时有了一个念头：如果心雅不告诉景檐，那就由我来告诉他吧，这或许是令心雅和景檐产生罅隙的大好机会呢？于是，她便想偷偷地拍一段房间里两个人见面的情形。

视频其实是录到了声音的，但阿栀故意做了消音处理。因为心雅和巫木对话时提到了宋淮萧，如果不消音，景檐直接从视频知道真相，自己的苦心可能就白费了。

只不过，拍着拍着，巫木恰好消失了，这倒是阿栀没有想到的。

阿栀原本打算直接把视频匿名发给景檐，但是，她还是很心虚。毕竟那天的义工当中，有很多人还不知道心雅和景檐是同学，拍到心雅的视频准确无误地发给景檐的话，肯定是知道他们关系的人，这就把嫌疑人的范围缩小了很多。所以，为了保险起见，她以路人猎奇的口吻将视频发布到了网上。她还打算，如果景檐没有看到视频，她就再想办法让他看到。

跟阿栀的担心相反，视频一发布就引起了很大的轰动，完全超出了她的预想，景檐也不需要任何人提醒，就看见了那段视频。

然而，就在阿栀为自己的阴谋得逞而沾沾自喜的时候，景檐找到了福利院的老太太。阿栀不仅没有想到自己偷拍的时候被老太太看见了，更加没有想到，景檐会那么不遗余力地纠察幕后黑手。

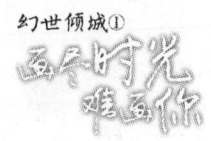

他是为了心雅。阿栀明白。明白得嫉妒，嫉妒得发疯。

简阿栀这个幕后黑手并不高明，说话的时候字字句句都透着一种冷眼看戏的挑拨，景檐想不明白她的意图都难。他又端起面前的咖啡喝了一口，回答她刚才那个提问："就算我没有识穿你，我也不会喜欢你。"

阿栀的嘴角轻轻抽动着，脸上的表情很僵硬，仿佛先被人在心里狠狠扎了一刀，然后还有狂风巨浪压过来，淹没了她，令她下沉窒息，无法呼喊求救。一直以来被景檐冷漠无视，就是这样的感觉。

阿栀终于忍不住哭了，但是脸上还挂着咬牙切齿不服输的表情。

"为什么跟你一起卷入粟宁事件的是心雅？跟你一起遭何楚报复被关在井底的也是心雅？为什么她要和你分享笔的秘密，你也要和她分享你的过去？为什么是她，是她……总是她？为什么不可以是我啊？"

她越说越大声，最后几乎是在咆哮了，咖啡厅里本来就很安静，她一喊，所有人都在往这边看。

景檐沉声说："你再这样控制不住自己，我立刻走！"

阿栀继续咆哮："你走了我就告诉这里的每个人视频到底是怎么回事！"

景檐怒不可遏："简阿栀，你现在像个什么样子？"

阿栀哭着冷笑说："什么样子？不就是你不喜欢的样子吗？"她看起来像个在撒酒疯的人，"你喜欢的人……是心雅，对不对？"

景檐觉得喉咙发堵，没说话。

阿栀擦了擦眼泪，说："那双鞋……还有创可贴，我……景檐，你扔掉的，你买给她的，我捡回家了。你知道吗？"

阿栀自己都觉得可笑，甚至觉得很可耻。那天景檐买了鞋子回来，不见了心雅，一生气就把鞋子扔在了路边。等他走了以后，阿栀过去把鞋子捡了起来，但她不敢穿那双鞋，也舍不得穿，她把鞋子收藏在衣柜里，仿佛那是一件无价之宝似的。明知道鞋子不属于自己，但她还是安慰自己说：就当是景檐送给我的吧，这或许是我能从他那里得到的唯一礼物了呢！

景檐没有想到阿栀对自己的感情会这么深，他忽然觉得她有点儿可怜。但是，再可怜也无法减少她的可恨，他依旧对她反感不已。"简阿栀，嫉妒郁心雅就是你在背后出卖她的理由？她把你当什么？你把她当什么了？"

第三部分
{在有生的瞬间能遇到你，竟花光所有运气}

阿栀的眼泪又下来了："你喜欢她吧？你就是喜欢她吧？"

景檐其实很想说"是的，我就是喜欢她，所以我连一个正眼都不会施舍给你这样虚伪阴险的人！"但是，他竟然忍住了。

因为在那一刻，他还是想到了心雅。

如果被好友出卖这种事情发生在自己身上，景檐一定毫不犹豫地和对方翻脸。但是，这次是心雅的事。

他虽然不知道心雅有多珍视阿栀，但他知道，她已经失去过一个最好的朋友了，现在，她只剩下阿栀了。想到这里，他就忍不住心软。他缓缓地说："简阿栀，我不喜欢郁心雅。我当她是朋友……我身边很少有真正的朋友，但是现在她算一个……不过我也仅仅把她当朋友而已……"

他编了个义正词严的理由，又说："我最痛恨的一种人就是出卖朋友的人，因为我自己就被朋友出卖过……所以……我很看不起你，但是……这和郁心雅无关……我要说的就这么多，最后再警告你一次，别在背后搞小动作。如果你能管好你自己，或许，我们还能够做个……朋友……"

最后这句话他是逼着自己说的，他根本不想和简阿栀这样的人成为朋友。但是，他希望简阿栀不要再伤害郁心雅了。

那个他喜欢着的郁心雅。

要不是为了心雅，他不会追查视频的来源，也不会出面见阿栀。他愿意为心雅做很多很多的事，哪怕不被她知道。

他想在任何有她的场景里守护着她，像她的骑士。

景檐对阿栀说完那番话以后就起身走向了收银台，留阿栀在座位上坐着发愣，她时而流眼泪，时而又觉得哭不出来了。

这一次，阿栀没有再跟踪景檐，她以后都不会再跟踪他了。因为她知道事已至此，她在景檐面前再也不会有翻身的希望了。所以她放弃了，是怀着恨意放弃的。

虽然景檐一直在否认自己喜欢心雅，可是，论及感情，强悍如他，也是弱点毕露。他太不会撒谎了，高傲如他，何曾那么挖空心思地去维护过一个人？他大概都忘了什么叫作欲盖弥彰。

如果自己以前对景檐喜欢心雅这件事只是心怀猜测，那么，经此一役，阿栀已经能完全肯定了，景檐是喜欢心雅的。

景檐到收银台买单的时候，收银台一侧，壁挂的电视机里正在播报一则突发新闻。

突发事件就发生在半个小时前，就在景檐刚进咖啡馆的时候，一列试运行的轻轨发生了失控脱轨事故。

轻轨运行失控，以高速状态撞向了轨道旁边一栋三层高的建筑上，现场情况极为惨烈。

那栋建筑是D市有名的铁道艺术馆。

艺术馆里正在举办一场怀旧展。

怀旧展的主办方是D市最大的地产商之一，展览是为了配合商家的楼盘推广计划而举办的。

负责楼盘推广的宣传执行人是宋淮萧的朋友，前阵子宋淮萧写的那个怀旧文案就是在帮这位朋友。怀旧展的相关文案也是出自宋淮萧的手笔，朋友还给了他两张艺术馆的入场券，说他如果有兴趣可以到现场看看。

宋淮萧拿到入场券便想到了心雅这位幕后功臣，他想邀请心雅一起去看怀旧展。但是，再三犹豫之后，这天下午，他还是自己一个人去了铁道艺术馆。

这几天雾霾很严重，时而还下起绵绵细雨，阴暗与潮湿交替来袭，令人身在其中觉得昏昏欲睡。从市中心向铁道艺术馆所在的郊外走，越走越冷清，宋淮萧开车看见路两旁都是光秃秃的大树，一派了无生机的样子，他也觉得索然，有点儿后悔去看这场可看可不看的展览。

到了铁道艺术馆，停好车，天空又开始飘起了毛毛细雨。他没有带伞，下车后紧了紧外套，快步朝艺术馆的正门走去。

通向正门要经过一条花园小径，他走在小径上，抬头就能看见二楼的展馆。展馆的外墙是透明玻璃，透过玻璃窗他能看见里面有很多展架，展架上陈列着老式的家用摆设和厨房用具，有红牡丹的暖水瓶、搪瓷的水盅、老式黑白电视机……

玻璃窗内时不时会出现驻足观赏的身影，看起来里面观展的人应该还不少。他正这么想着，忽然脚步顿了一下，他看到了心雅。

只见二楼的展馆内，穿着绿色连衣裙的女孩一边走一边打量着展架上的物品，她的身姿优雅，神态专注，在这沉闷的季节里，她的身影就像一抹提前盛开的早春新绿，将整个世界都装点得生意盎然起来。

心雅原本不是冲着这场展览来的，是因为艺术馆旁边的铁道公园里有一个户外活动营，可以提供户外派对的场地和设备，班里打算把今年的圣诞节活动安排在这里，

第三部分

{在有生的瞬间能遇到你，竟花光所有运气}

她作为学生干部，这天下午，便跟团支书一起来活动营找负责人谈具体的事宜。谈完之后，团支书一个人先回学校了，她却被公园入口旁边放着的两块广告牌吸引住了。

广告牌上有这次怀旧艺术展的图文介绍，在宣传文案的署名栏里，她看到了宋淮萧的名字。

一半是出于对展览本身的兴趣，而另一半原因则是想给宋淮萧捧场，她便买了一张入场券进了展馆。

这时，心雅刚进入馆内不久，走到那台黑白电视机旁边的时候，余光瞟见楼下的花园小路上好像有人。她仔细一看，发现原来是宋淮萧，她开心地冲他挥了挥手，用手势问他是不是也来看展览。

宋淮萧笑了笑，也用手势示意：我上来找你。

就在他的手还停在半空中没有放下来时，一阵巨大的爆破般的撞击声毫无征兆地响起。

接着他便看到艺术馆二楼的玻璃窗裂开了，就像电影里爆破的场面一样，碎玻璃四散飞溅，有一些冲他砸落过来。他本能地抱住头，蹲下身去。他刚蹲下，突然又如梦初醒，抬头看向艺术馆，只见整座艺术馆大楼都倾斜了，而二楼的展馆里，不但玻璃窗垮塌炸裂，展架也全都倒塌了。

最边上那个倒塌的展架下面，一抹绿色的身影清晰可见。

心雅被展架压住，侧身躺在地上，已经一动不动了。

轻轨是从艺术馆的斜后方冲入的，车头已经深深地嵌入了大楼底部，整座艺术馆摇摇欲坠，随时都有倒塌的风险。

宋淮萧冲进艺术馆，馆里的人正尖叫着蜂拥往外跑。他逆向而行，冲上二楼，只见二楼展馆已经变成了一片废墟，倒塌的展架还有天花板上掉下来的砖块砸伤了不少人，展馆里的哭救声呼天抢地。他在废墟堆里手脚并用地前行，好几次都被器物的尖角划伤，忍着伤、忍着痛总算找到了心雅。

倒塌的展架压住了心雅的小腿，她倒在地上一动不动，看样子是昏死了过去。

宋淮萧见她像个薄薄的纸片人一样躺着，脸上和腿上都有血污，闭着眼睛的时候眉头紧皱，像是十分痛苦。他扑过去轻轻地推了推她的肩膀："心雅？心雅……"

她纹丝不动。

宋淮萧试图推开那个展架，把心雅从展架下面拉出来，但是，展架本身虽然不重，可一个接一个的展架倒塌重叠，相互挤压着，很难挪动，根本不是他凭一己之力可以

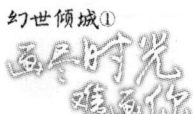

　　做到的。就在这时,地板突然又震动了一下,天花板上又掉了一些墙灰下来,展馆里受困的人们的哭喊声更尖厉了。

　　宋淮萧赶紧跪在地上,两只手分别撑在心雅身体的两侧,用自己的身体遮住她,怕会再掉落什么东西砸伤她。

　　这时,由于地板的震动,造成展架移位,腿部又传来一阵痛感,心雅被生生痛醒了。

　　一睁开眼睛就看到宋淮萧近在咫尺的身影,她突然失声哭了起来。她这一哭,吓坏了宋淮萧:"怎么了?心雅,疼吗?哪里疼?"

　　心雅全身都疼,根本说不清到底是哪里疼。只不过,她本来什么都可以忍,身体的疼痛可以忍,心里的恐惧也可以忍,因为她知道越危难的时刻自己就越应该像个女战士,若是黑暗中没有光,她就要以自己为光。然而,在睁开眼看到宋淮萧的那一刻,她突然什么都忍不住了。

　　身体的疼痛不能忍,心里的恐惧也不能忍,她只要看他一眼,就已经软弱得不成样子了。

　　心雅很想把被展架压住的手抽出来,去握住他的手,但是她动不了。宋淮萧看见她的肩膀微微扭动着,似乎明白她想干什么,他赶紧摸了摸她的头,说:"别怕,有我陪着你呢。救援的人应该就快到了。"

　　宋淮萧这么一说,心雅才恍然意识到他这样奋不顾身冲进来是冒了多大的危险,她急切道:"你……先到外面去……"

　　"没事的,我陪着你等救援的人来。"

　　"这里!危险!"

　　宋淮萧笑了笑,声音轻轻的,还带着点儿宠溺的意味:"可我不怕啊……"

　　那一刻,心雅忽然觉得,她的不幸中有了最大的幸运。那幸运就是他。

　　那一刻,只有她自己知道,他的陪伴对她而言意味着什么。她想到了曾经出现在自己梦里那个宛如骑士的他,而现在,梦境成真了。她真的有了一个守护自己的骑士。她的心里好像有什么东西开始静静地绽放了。

　　心雅鼻子一酸,又哭了起来。

第三部分

{在有生的瞬间能遇到你，竟花光所有运气}

第十章
噩 梦

事故造成了几十人伤亡，别具一格的铁道艺术馆大楼在那之后也成了危楼。

救援队奋战了十几个钟头，终于成功地救出了所有的伤者。

心雅和部分伤者被送到了理爱医院。她除了右腿骨折，其余都是外伤。医生为她肩膀和手臂的伤口缝了针，骨折的腿也打上了石膏，天刚擦黑时被送入院，等所有的治疗完成，已经是深夜了。

宋淮萧从艺术馆跟到医院，又从急救室外面跟到普通病房里面，尽可能寸步不离地陪着心雅。

心雅因为受创精疲力竭，导致神志模糊，被抬上救护车以后发生的事情她都不太清楚了，直到第二天清早醒过来，她听隔壁床的阿姨说起，才知道宋淮萧在病房里守了她一个通宵。

她看了看四周，没见宋淮萧的身影，她问阿姨："那他人呢？"

阿姨说："他刚出去一会儿，说是肚子实在太饿，坚持不住了，出去吃完早点就回来。他啊，昨晚一直在这儿守着你，可没少受罪，他自己也受伤了，要不是护士催他去处理伤口，他都不说的。"

心雅忙问："他伤得重吗？"

"咬咬牙就能忍过去的，能有多重？你也别担心啦。"阿姨笑得很亲切，"哦，对了，他走之前说，如果你醒了，让我转告你，别害怕，什么事儿都没有，你的伤啊，全是好了之后连疤痕都不留的那种。"

心雅忍不住笑了笑说："谢谢阿姨。"

阿姨笑嘻嘻地问心雅："他是你男朋友吧？对你可真好。阿姨我啊都进手术室了，我老公对我也没那个小伙子对你一半上心，你这闺女可是个有福的人哪！"

心雅有点儿不好意思了："他不是我男朋友……阿姨，我要是有福，就不会躺在这里了。"

阿姨说："我知道，你们是轻轨事故送进来的吧？十几个人都死了呢，你还活着，不是吗？这叫大难不死，必有后福，我说啊，也是福！"

心雅和阿姨聊着聊着，宋淮萧回来了。还没进门他就听到了病房里那个熟悉的声音，

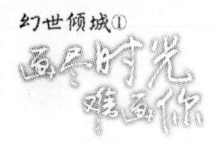

他的脚步忽然一顿，闭上眼睛长舒了一口气。这分明是她的劫后余生，但是，却也像他的劫后余生一样了。

像溺进深海里，在垂死挣扎之际忽然被过往的船只捞了起来，呼吸到第一口氧气，对命运感激得五体投地。

心雅在医院住了一个星期。

这一个星期，学校的病假是宋淮萧帮她请的；杂志社的工作宋淮萧也分给别的编辑帮她做了；由于她爸爸还没有回来，办理住院手续和跟进康复情况的也是宋淮萧，他不仅一样也没落下，还会煲汤送来给心雅喝。

清炖排骨、玉米排骨、莲藕排骨，都说是以形补形，有助于骨骼恢复。后来还煲了个猪蹄汤。

心雅看着宋淮萧拧开汤壶倒出一大块猪蹄，问："这又是以形补形？"

宋淮萧忍着笑说："这可是你自己说的，我没说。"

"但你是这么想的。"

"那你喝不喝？不喝我给隔壁阿姨喝。"

心雅伸手抢碗："我喝，喝！"她捧着汤碗，鼓起腮帮子吹了吹气，一小口一小口喝得津津有味。

宋淮萧忽然也有点儿馋了，问她："好喝吗？"

她含糊地说："嗯，好喝！"

"给我尝一口。"

"你不是喝过了吗？"

"我煲好就给你提过来了，一口都还没尝呢……我尝下……"

心雅用手臂挡着碗："要喝你自己回家喝，这是我的！"

宋淮萧故意跟她抢，说："这汤热量很高，你喝多了要胖的……"

两个人就像小孩子似的，一个非要抢，一个非不给，在病房里闹了起来。突然，病房门口传来了景皓的声音："咦，我们是不是来得不是时候啊？"

心雅和宋淮萧闻声一看，除了景皓，阿栀和景檐也来了。

心雅有点儿尴尬地把汤碗递给宋淮萧，宋淮萧接过碗，顺手递给她一张纸巾。她擦了擦嘴，问阿栀："你怎么会跟他们一起来的？"

"我们在楼下碰见的。"景皓抢答道。

景皓手里还提着一个牛皮纸袋,他不客气地拉了一个凳子坐到病床边,把牛皮纸袋往床上一放,说:"我在想探望病人带点儿什么礼物呢,鲜花、水果你肯定都不缺,干脆就来点儿更实际的。"

心雅笑着说:"你不会装了一袋人民币吧?"

"我是那么俗气的人吗?"景皓开始把牛皮纸袋里的东西往外掏,"这个眼霜,除黑眼圈和浮肿很有效的,你住院肯定睡不太好,擦点儿这个,第二天看起来精神些……还有这个面霜,帮你恢复神采的,擦了脸红红的,不用上腮红都好看……这个呢……是口红,颜色很淡的,不上妆涂也特别自然……"

心雅忍俊不禁:"真有意思,头一次听说看病人送化妆品的。"

景皓颇为自豪地说:"那是啊!这些都我亲自去买的,我跟售货员咨询了好久呢。心雅,我对你很有心吧?"

心雅客气地说:"谢谢你。"

景皓一个人唱着独角戏,阿栀和景檐只能在旁边干站着,一句话都插不上。倒是宋淮萧有点儿男主人的样子,拉了个凳子过来,叫阿栀坐。景檐看他又去找凳子了,不想承他这个情,自己也跟了过去,主动把凳子端了起来,说:"大家都是客人,我自己来。"

宋淮萧尴尬地笑了笑,隐隐觉得景檐对自己并不怎么友好。

心雅为了不让景皓再说下去,故意把话题转移到阿栀身上:"你昨天刚来过,今天又来啦,就这么想我呀?"

阿栀捏了捏心雅的脸说:"对啊,我想你,担心你,怕你老不出院,没人陪我玩了。还怕……"她瞟了宋淮萧一眼,"怕……才几天的工夫,你就被别人给抢走啦!"她这话听起来像是在调侃宋淮萧,但其实是在暗讽景檐。景檐自然也听得懂话里的玄机,对阿栀又是一阵厌恶。

心雅还没有意识到这间小小的病房里已经波澜暗涌了,她只当阿栀在开玩笑,拽了她一下:"阿栀,你越来越牙尖嘴利了呢……"正说着,突然从窗外吹进来一阵冷风,心雅鼻子一痒,打了个喷嚏。

外面的大风刮得很凶,初冬的寒意正盛。

景皓看心雅打喷嚏,笑着说:"你还是躺着吧,别重伤未愈又感冒发烧了。"

宋淮萧从沙发上拿了一件外套给心雅披上,又替她把背后垫着的枕头理了理,让

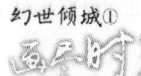

她可以坐得舒服些。

景檐走到窗边,打算把窗户关上,但使劲拉了几下,窗户还是纹丝不动。

另外一床的病人提醒他说:"小伙子,那扇窗坏了,合不上了。"

景檐只好作罢,拍了拍掌心沾的灰,恢复了刚来时那样,站在景皓身后,沉默得如一道墙。

天快黑的时候,大家都离开了,心雅躺着玩了一会儿手机,不知不觉睡着了。

不多时,一阵敲敲打打的声音惊醒了她,她睁开眼睛一看,原来是技工来修理那扇关不严的窗户了。

心雅不禁有所猜测,问那个技工道:"请问,为什么现在修窗?是有人要求的吗?"

技工一边用榔头敲打变形的窗框,一边说:"是啊,有人打电话到后勤部,后勤部让我来,我就来喽。"

虽然技工说打电话的人没有留名,但心雅还是觉得,那个人应该就是宋淮萧了。

这天半夜里,寒风大作,连窗外光秃秃的粗树枝也被吹得东倒西歪。心雅躺在床上,看着紧闭的窗户,竟然傻笑起来。她又想到了宋淮萧。

入院以来,睡不着的深夜里,她总是会想他。

那是她生平第一次在夜深人静的时候那么想念一个人,像在舌尖上涂了蜜,也像在心田里开了花。

她总是盼着天快亮,因为天亮他就会来看她了。

隔壁床的阿姨说她是大难不死必有后福,她想,那她的福,一定就是他了吧?

出院的那天,宋淮萧说好中午会开车来接心雅。心雅吃过早饭就开始整理床位,她的行李少,没多久就收拾得干干净净了。行李袋放在床尾,她坐在床头,打算玩着手机等宋淮萧。

就在这时,她忽然看见一道熟悉的身影从门外一晃而过,她赶紧起身追出去,喊道:"陶叔?"

陶森没想到会在医院里碰到心雅,有点儿吃惊地问:"你是来探病的?"

心雅苦笑说:"我是被探病的。"

两个人把各自的遭遇一说,没想到竟然是同病相怜,陶森竟然也是事故的受害者,出事那天他也在铁道艺术馆看展览。他受的伤比心雅严重多了,入院这么多天,他才刚能下床走动。

第三部分
{在有生的瞬间能遇到你,竟花光所有运气}

心雅扶着陶森到廊椅上坐下,陶森问她:"哦,对了,我有个事正想问你,那段视频……里面那姑娘是你吧?"

心雅尴尬地笑了笑说:"您也看见啦?呃……是我。"

陶森问:"那个小子是谁?"

心雅还是用自己编好的那套说辞:"就是个无家可归的孩子,到福利院想偷东西吃,被我教训了几句。他是好好地走的,没有消失。"

陶森问:"那视频怎么回事啊?"

心雅笑着说:"陶叔,您不会也相信这世上有凭空消失这种事吧?视频明显被人后期做手脚了。"

陶森将信将疑:"欸?是吗……"

"嗯!"心雅认真地点了点头。

陶森还是满脸疑惑地问:"可我怎么觉得,他跟那天咱们在路边遇到的那个黄毛孩子长得一样呢?你不认识他?"

心雅忙说:"一样吗?不像吧……"

"不像?陶叔我眼力、记忆力都好着呢,我要是见过一个人,隔多久都能记得。视频我特意看了好几遍了,真的就越看越像!"

心雅不想纠缠于这个话题了,说:"陶叔,您就是看太多遍了,老给自己心理暗示,所以才越看越像,别多心啦!"

陶森说:"又说我多心,上回我跟你说,我十几年前就见过那个孩子,你也说我多心……明明他撞坏了我的手机,我记仇记到现在呢!那个时候,手机多贵啊……"

心雅笑嘻嘻地拍了拍陶森的肩膀:"陶叔,吃早饭了吗?要不——"话说到这里,她忽然意识到自己差点儿错过一个重要的问题,有点儿结巴地问,"陶叔……您刚才说,撞坏……手机?"

"嗯……"

"那……"心雅努力地回忆着,想起了一个她遗漏的细节,"采访那天……您是不是还跟我提过《木马人》?"

"对啊!"

那晚陶森说那个爆炸头、穿兽皮的"小野人"很像出自龙泽其的漫画《木马人》,还说自己在十几年前就遇到过一个外形跟"小野人"非常相似的男孩,当时心雅对他说的那些话并没上心,可是现在,她再回想起来,感受却不同了。难道当年宋淮萧离

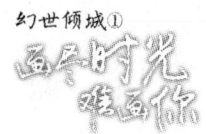

开景家别墅以后撞到的那个男人就是陶森？虽然最近宋淮萧和陶森也见过面，彼此都没有认出对方，但时隔十几年，匆匆一面，相互不认得也不是什么奇怪的事。

"陶叔，当时您是留的长头发吗？"

"你怎么知道？我那头发留了好久，后来被一个半吊子理发师给剪了，我可心疼呢，我……"

心雅忙问："您确定没有记错？"

陶森自夸地说："我记忆力可好了！"说着，他拉高了左手的衣袖，"你看这里——"

心雅见他的左前臂还缠着纱布，而纱布的旁边还有一道旧伤疤，他说："这道疤，就是那个时候留下的……那个孩子撞到我，撞坏了我的手机，都还不是最倒霉的……最倒霉的是，他刚走，路上突然开过来一辆车，差点儿撞到我。我躲车的时候把手给划了，好了以后就留下这疤了。唉！那估计是我人生里最倒霉的一天了，你说我能不印象深刻吗？"

陶森每次想起那天的事情，似乎余愤还在，他忍不住多抱怨了一句："不过，我倒霉，那家人比我还倒霉，听说在自个儿家里摔死了。"

心雅惊讶："景家？"

陶森也很惊讶："你那时才多大？这事儿你也知道？"

心雅没有回答陶森的问题，而是追问道："您说……差点儿撞到您的也是景家的车？"

"是啊！"

"您确定？"

"确定啊！"陶森一脸奇怪。

心雅越想越觉得不对劲："那……那辆车是从别墅里开出来的吗？"难道是景坤见宋淮萧逃跑了，开车出来追他？而后再回到别墅才出的事？

但陶森的回答立刻推翻了心雅的猜想。

他说："不，车是开回别墅的。"

这下心雅彻底明白哪里不对劲了，根据之前相关的报道，还有景檐的阐述，出事那天晚上，从天黑到用人发现景坤横尸客厅，这段时间里，景家没有一个人提到有人回过别墅。那差点儿撞到陶森的车又是从何而来呢？或许那不是景家的车，而是别墅里还来了外人？但无论是谁，为什么不向警方交代呢？是忽略了，还是刻意，甚至……恶意地隐瞒？

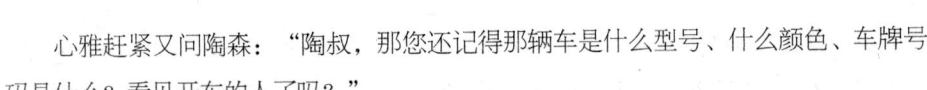

心雅赶紧又问陶森:"陶叔,那您还记得那辆车是什么型号、什么颜色、车牌号码是什么?看见开车的人了吗?"

陶森笑着说:"你还真当我过目不忘啊?我去记车牌号干吗?"他半眯着眼睛,认真地想了想,"不过我还记得……那辆车是……啊!是深蓝色的!"

又和陶森确认了一遍当年的细节以后,时间还不到中午,心雅没有等宋淮萧来接她,就迫不及待地出院了。

她想立刻找到景檐,把她知道的全都告诉他。

之前有几次想跟他聊聊,却都没有找到合适的机会,后来又因为轻轨事故进了医院,结果便拖到了现在。

他们约在了学校附近的私家会馆见面,那是全区最高的一幢建筑的顶层。中式古典装修风格的会馆雅致而幽静,心雅到的时候,景檐已经在那里了。

他坐在雕花窗边,侧脸轮廓被外面透进来的微光细细地勾勒着,立体而不失柔和。窗外雾霾散尽,半城繁华清晰可见,他正欣赏着窗外的风景,带着点儿笑意,嘴角轻轻勾起,眉眼间有一种淡淡的满足。

心雅忽然想起了自己刚认识他的时候,他在餐厅里吃饭,那时的他似乎也是这样的状态,从容,带着点儿慵懒,很是自得其乐,但是,她偏偏觉得那时的他是故作姿态。那时她那么排斥他,现在却愿意为了他的事操心,她好像发掘了他身上不少的优点,甚至有点儿欣赏他了。

心雅笑笑,走到他旁边,轻声说:"我没迟到,是你来早了。"

景檐抬起头来看着她,目光追随她在对面坐下。他注意到她走路的姿势还是有点儿别扭,很小心翼翼,他想但愿他刚才选的这个位置是对的,这套沙发椅的软度和高度对她来讲应该是最合适的吧。可他虽然这么心细,嘴上却还是淡淡地问:"没事了?"

"不能跑、不能跳,更不能做剧烈运动,医生说让我平时注意些,日常行动还是没问题的,完全康复应该还得再等一阵子吧。"心雅看了看窗外,又说,"原来这里的视野这么好!真是幸运啊,还能有机会看见这么美的风景。"

景檐还是一贯的嘴上不饶人:"一点儿小伤,说得好像经历了什么生死关头似的。"

可是,嘴里说是小伤,谁又知道他那天在得知她受伤时有多寝食难安,心急如焚?

心雅笑着白了他一眼。

景檐问道:"你在电话里说有很重要的事得当面才能说清楚?"

"嗯,是关于你爸爸的。"

景檐的眼神微微一收,似乎料到了,但心情还是有点儿起伏难平。

心雅从自己圈画少年宋淮萧说起,说到福利院的偶遇、神秘的视频,还有和宋淮萧的对质,以及在医院碰到了陶森,所有这一切她都巨细无遗地告诉了景檐。提到别墅还曾有一辆深蓝色的车出现过时,景檐放在桌子下面的手忽然紧张得握成了拳头,他怔了好一会儿都没有接话。

心雅看他发呆,问他:"你是不是知道深蓝色的车是谁的?"

景檐回了回神,轻轻地点了点头。

心雅并不想追问他车主是谁,毕竟这些都是景檐的家事。她更好奇的是,景檐既然早就看到视频了,为什么一直没有找自己求证,反而一直按兵不动呢?这不像是她认识的那个雷厉风行的景檐。

景檐听心雅这么问,喝了一口茶,说:"因为我知道你会告诉我。"

心雅刚往茶杯里加了一滴蜂蜜,澄金的茶水上浮着几朵玫瑰花,她低头搅拌着,对于景檐的回答她并不太相信。"你应该是在拐着弯儿地标榜自己料事如神,而不是在夸我坦诚——"她一边说一边抬头看他,忽然发现坐在对面的景檐不但唇角上扬,而且眼神也温柔似水,正盯着他那个茶杯若有所思,她很好奇他是想到什么了,才会这样一脸陶醉,她歪着头专注地看着他,"——吧?"

景檐欲言又止。

只有他自己知道,这一刻他的若有所思,他的欣慰暗喜,都是因为她,因为她没有令自己失望。

心雅没有像阿栀挑拨的那样,为了维护别人而逃避隐瞒。

她依然是他心目中飒爽而坦荡的模样。

只有景檐自己知道,他有多感激她以这样的模样走到了他面前,成为他畏光的世界里最灿烂而又不会伤害他的一道光芒。

他只要这一道光芒就够了。宛如弱水三千,只取一瓢。

想到这些,百炼钢都化成了绕指柔,他怎么能不欣慰陶醉呢?

这时,景檐的手机响了,他起身走到无人的角落接电话,回来之后犹豫了片刻,说:"以后不会再有人追问你关于视频的事了。"

心雅满脸疑惑:"为什么?"

景檐说:"现在网上已经有人站出来承认偷拍和给视频加特效了,还会有专门的

第三部分

{在有生的瞬间能遇到你，竟花光所有运气}

特效讲解并还原视频公开。"

"还'会'有？"

"嗯。"

"不是你有预知能力，而是……这些是你安排的吧？"

"嗯。"

心雅托着腮笑嘻嘻地看着他："你猜我在想什么？"

"不猜。"

心雅自己说了出来："你这是在帮我吗？"

"不可以吗？"

"可以，很可以！我只是……有点儿意外而已……"

"那支羽毛笔……我也有份的，你别用它四处招摇，暴露了就麻烦了。"

心雅忍俊不禁道："你以为见者有份啊？笔可是我的！"

景檐自得地喝了一口茶，说："如果我有用得着的时候，我会找你要的。"

心雅还是第一次觉得跟他聊天如此轻松愉快，笑了笑没说话。

他为她安排过一场电影，为她阻拦过记者的骚扰，为她追查了视频的偷录者，也为了保护她而出面警告简阿栀，就连医院的那扇窗户，也是他向医院后勤部申请修理的。他只想博红颜一笑。

——然而，每一次，她的红颜一笑，他却都错过了。

刚才那个电话是朋友通知他，视频已经准备好了，一切会按计划进行。接完电话之后，他忽然有一个很强烈的念头，他想在她面前邀一次功，他不想再做一个无名英雄了，他要看着她对自己笑。

她笑的时候，他便想到了一首老歌里是这样唱的：春风再美也比不上你的笑，没见过你的人不会明了。

他庆幸他见到了。

离开会馆，心雅打算回学校，而景檐因为约了爷爷和景皓吃晚饭，要去海域酒店。

林侨生把车从车库里开出来，景檐正准备上车，忽然听到心雅在喊他："景檐！景檐！"她满脸通红地跑过来，脸上微微带着一点儿忍痛的表情，景檐见她这副模样，不禁着急地说："不是说腿还没好，不能剧烈运动吗？"

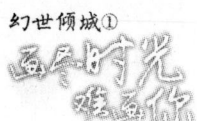

心雅拉着车门,喘着气说:"我……我拦不到车,你能不能送我一程?"

"去哪里?"

她的眼神有点儿飘,像是故意移向别处不和他对视:"理爱医院。"

上车以后,景檐坐在副驾驶的位置,心雅一个人坐在后排,她将脸侧向窗外,目光一直失焦。景檐隐隐觉得她有点儿不对劲,问她:"你又去医院做什么?"

"嗯……"心雅并不愿解释。

景檐从车内的后视镜里看到她整个人都失魂落魄的,又问:"郁心雅,你怎么了?"

心雅的眼睛无力地眨了眨,轻轻地说:"没什么。"

他发现她的眼睛微微有点儿泛红,刚才明明还好好的,现在却好像有了很多血丝。他凝神看着她,没再追问。

车开到医院,心雅下了车,景檐还是不太放心,就让林侨生把车停在路边等他,他也跟了过去。

心雅在前面走着走着突然跑了起来,腿伤未愈,她一瘸一拐地跑到了急救大厅。还没有进入大厅,她就看到了在门外一辆救护车旁边低头蹲着的夏满满。

心雅缓缓地走过去,走向夏满满的每一步她的双腿都像灌了铅似的。

"夏满满……"

夏满满听见心雅喊她,抬起头来。心雅看到她的眼睛已经肿得像桃子似的了。

心雅走到夏满满面前,颤抖着问:"何小溪呢?"

"在大厅里面。"

"张编和徐编呢?"

夏满满的声音越来越抖:"在……都在里面。心雅……"

心雅打断她问:"那金财务呢?"

夏满满意识到心雅想问遍杂志社的每一个人,以此来拖延时间去面对现实,她轻轻地拉起心雅的手,说:"先进去吧。"

心雅突然用力甩开她:"我不想进去!"

"心雅,你别这样……"

心雅仰起头,看着旁边的一幢大楼,那是理爱医院的住院部。大楼的外墙整齐地排列着一扇扇等距的窗户,那其中,有一扇窗户原本是坏的,冷风会从关不严的窗户中间挤进来。

常常是在深夜,被冷风一吹她就惊醒,然后很久都睡不着。

第三部分

{在有生的瞬间能遇到你，竟花光所有运气}

她其实想说，在那些睡不着的深夜里，她静静地躺着，脑海里想的都是同一个人。

她想问那个人，是不是你找技工来把窗户修好了啊？窗户修好以后，深夜里没有冷风再吹醒我，我睡得很踏实了呢。可是，睡得太踏实了，我忽然少了很多想你的时间。你说怎么办呢？

她想问那个人，如果以后我想你了，可以给你打电话吗？可以走街串巷飞檐走壁地去见你吗？

她想问那个人，我可以把你放在我的心上吗？

原来，答案竟然是——不可以。

昨天晚上，那个人还在电话里和她约好了接她出院，然而，刚才也是他的电话，她接听以后没有听到他的声音，入耳的却是夏满满的哭声。夏满满说："同事们都在医院，主编出事了！"

今天中午，在公司附近的一条小巷里，有人持刀行凶，企图抢劫一位路人。宋淮萧当时正好路过，便挺身而出和歹徒纠缠，恼羞成怒的歹徒连捅了他几刀，由于伤势太重，他没能撑到医院。

这一切来得太突然了，心雅觉得自己就像身在梦里，整个世界都不真实，而且还是一场噩梦。

一场宛如灭顶之灾的噩梦。

在这场噩梦里，夏满满告诉她，主编原本昨天就交代说他今天不会来公司，因为要去接心雅出院，下午还要跟一个作家谈合作。心雅自行出院之前给他发过消息，说有急事要去找景檐，不用他来接了，明天会和他联系。

宋淮萧接到心雅的消息之后，想想反正也闲着，倒不如去公司处理一些琐事。恰好又临近中午，他把车停到公司楼下以后，准备先去附近的饭馆吃饭，没想到在半路却遇上了歹徒行凶。他见义勇为，却遭到疯狂歹徒的恶意报复，虽然歹徒很快就被发现情况的热心路人制服了，但是，那些命中要害的伤口却再也无法愈合了。

心雅呆滞地站着，像一尊石像。

她不停地想，不停地问自己：我为什么不等他？为什么要自行出院？如果他来了医院，这惨剧是不是就不会发生了？她想得头都要裂了，五脏六腑好像都被烈火灼烧着，烧出了一片焦土，一片万里无垠的荒原。但是她感觉不到痛，她好像已经失去了感觉。

她就那么站着，站着，站着……

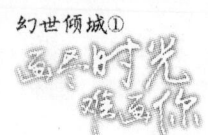

停着的那辆救护车准备出发了，发车前司机用力按了按喇叭，提醒靠近车尾的人注意避让。

心雅就站在车尾，但她还是一动也没动。

夏满满赶紧拉着她退到路边，等救护车开走，夏满满问她："去见主编最后一面吗？大家都在里面。"

心雅木然地点了点头。

夏满满拉着她走到一间急救病房门口，她看到病房门上的红灯已经灭了，从病房门上的玻璃窗里透出来的是一片死寂。心雅从玻璃窗里望进去，能看到很多人的背影，那些背影挡住了病床。她知道宋淮萧就躺在那张病床上，从人群的缝隙里她刚好能看到他的手，她忽然打了个冷战，如梦初醒般挣脱了夏满满，说："满满，我从小就怕看到死人，我还是不进去了。"

夏满满吃了一惊："心雅，不怕的，张编他们都在里面。"

心雅还是摇头："真的不看了。"

夏满满意识到心雅还是想逃避，但是她也只好尊重心雅的意思，说："那好吧。那我们一会儿就要运送遗体去殡仪馆，你也不跟车吗？"

心雅想了想，说："我自己坐车去吧。"

心雅恍恍惚惚地坐车到殡仪馆时，同事们已经分工在忙葬礼的事了。大家都知道主编没有亲人，葬礼的事他们都愿意主动承担起来。男同事面带沉痛，但情绪还算稳定。女同事比较脆弱一点儿，有的还在哭，眼睛红红的。

何小溪算是女同事里面最坚强的一个，也还算冷静，大家的分工都是她安排的。她看见心雅来了，走过来摸了摸她的脸，关切地问："你还好吧？"

同组的人都知道主编对这个新来的小编辑照顾有加，在他们眼里，说宋淮萧和心雅的关系宛如师徒也不为过。

心雅点头说："还好……有什么我可以帮忙的吗？"

何小溪掏出一串钥匙，说："这是主编家里的钥匙，殓妆师说应该再给他换一身干净的衣服，你去拿吧，要整套的。"她把钥匙递给心雅，又说，"在他包里没发现身份证，能找到的话也一起带来吧，最好也找一找户口本，有些手续可能要用。"

"好的。"

于是，心雅又从殡仪馆坐车回到市区，到了宋淮萧家小区门口，她刚下车就觉得

第三部分

{在有生的瞬间能遇到你，竟花光所有运气}

受过伤的那条腿痛得有点儿厉害了，应该是刚才自己跑的时候拉到了伤口。她只好缓缓下车，一步一步慢慢地走。

刚走到小区中心的香樟树旁时，她隐隐感觉到背后有人在跟着她，她猛地想起了那晚她一个人回家的时候，宋淮萧就曾经跟在她身后，默默地守护她。她忽然笑了，看来这一切果然是梦啊！

他还没有离开，他还在，他还会守护她呢！

她心头一阵汹涌，回头一看……

香樟树下站着一个手持黑伞的人，是景檐。心雅的笑容僵在了脸上。

景檐从医院跟到殡仪馆，又从殡仪馆跟到这里，他看着心雅失魂落魄地坐车，失魂落魄地和人交谈。

她的失魂落魄，令她看起来像一副僵硬的皮囊。

他大步走到她面前。

心雅没有问他为什么会出现，此刻这个问题对她来说一点儿都不重要。她说："我去他家里拿点儿东西。"她猜景檐已经知道发生什么事了。

景檐也不多言，点了点头，说："嗯，我陪你上楼。"

心雅虚弱地说："不用了，只是拿套衣服而已，我一个人就行了。你忙你的去吧。"

他早已经把约好的家宴推掉了，说："不，我陪你。"

心雅忍不住有点儿生气了："我就想一个人去，你让我一个人去好不好？"

景檐拿出了一贯的霸道，冷冷地说："郁心雅，别废话！"

这种时候，她实在不想跟他吵架，于是冷冷地说："景檐，这关你什么事？你别跟着我了……"

景檐抓住心雅的胳膊，说："要么我们一起上楼，要么你也别上去！"

心雅终于忍不住，尖声吼他："你简直不可理喻，景檐！算我求你，你让我静一静行吗？"

景檐也拉大了嗓门："我已经说得够清楚了！不行！"

"你别跟着我！阴魂不散！走开！"

"放开我！别拉着我！你听见没有？"

心雅急得脸都红了，声音又高了八度："景檐，你到底想怎么样？放开！放……滚开啊……"她怎么都挣不开他，最后索性声嘶力竭地喊叫起来，一只脚还踢了出去，

正踢中他的膝盖,"走!走开啊!你让我一个人,一个人,一个人……求求你……啊……"

她忽然感到两腿一软,全身的力气都在瞬间如崩塌一般消失了,她蹲在地上,将脸埋进膝盖里痛哭起来。

她终于哭出来了。

这一刻,景檐也感到如释重负。

刚才的郁心雅多么像当年在爸爸的灵堂前坐着的自己啊,苍白、空洞,灵魂不在了,活着也像死了一样。

当年的小景檐趁宾客们没注意,像游魂一样飘进了后堂。他走到爸爸的棺材旁边,趴到棺材上端详爸爸宛如熟睡般的脸,也不知道为什么,他很想用头撞向那冰冷的棺材,并且他也的确那么做了。撞击的力度由轻到重,速度由慢到快,他觉得整个世界都因为他的撞击而跟着颤抖起来,晕眩感令他顾不上心里的痛苦了。后来幸亏景皓发现了他的异动,冲过来把他拖开了。那走火入魔的一幕,在亲戚朋友们当中,至今也是一个毛骨悚然的话题。

景檐很怕心雅会重蹈他当年的覆辙,所以,他故意无理取闹,想惹她发脾气,希望刺激她把心中的情绪都发泄出来。

看到她哭,他反而松了一口气。

心雅蹲在地上,身体不停地发抖。

她其实明白景檐的苦心,哭出来的这一刻她忽然就明白过来了。

她知道小区里有些住户听见了她的哭声,特意走到阳台上来看她。她感觉到背后撑伞的那个人和他的影子在朝她靠拢,他大概是想用伞遮住她。偶尔还有路人经过也会好奇地探看,也都被他或挡,或直接用冷冰冰的眼神赶开了。就连哭,他都怕她受打扰。

和景檐一起坐车回殡仪馆的路上,心雅的情绪稍微缓和了一些。想到自己刚才的失控莽撞,她有点儿不好意思地说:"我刚才是不是踢得太重了?"

景檐想也没想就说:"嗯,可能骨头裂了。"

"谢谢你,景檐!"

景檐转过脸来深深地看着她,又难得地温柔了一次,说:"会好的。"

她点了点头:"嗯!"

是啊,第一天守灵彻夜难眠,第二天又悄悄哭肿了双眼,第三天落葬,站在墓碑前,

第三部分
{在有生的瞬间能遇到你,竟花光所有运气}

心雅掉的眼泪就不那么多了。

是会好的,时间是治愈伤口最上乘的良药,只要时间不停,一切都会好的。

——逝者已矣,而生者终将奋力前行。

这是宋淮萧曾经写过的一句话,这句话成了心雅在告别仪式上发言的总结语。

告别仪式上,夏满满再次哭成了泪人,最坚强的何小溪也一而再、再而三地红了眼,而心雅的眼睛里虽然一直充着泪,但是她很努力地让那些眼泪没有溢出来,她倔强地保持了嘴角微微上扬。

第十一章
初 雪

这一年的冬天，虎刺梅依旧如往年一样，迎着寒风开满了城里的大街小巷。

这一年的冬天，似乎和景檐以往度过的每一个冬天没什么不一样，但是，这年冬天，一向对演唱会毫无兴趣的他却看了人生中的第一场演唱会。

这一年的冬天又好像和他以往度过的那些冬天大不一样。

演唱会是乐诗硬拖着他去的，那是歌王陈奕迅的亚洲巡回演唱会。

乐诗喜欢陈奕迅很多年，也看了很多场他的演唱会，但每一场她都能激动地在台下尖叫哭泣，仿佛每一场都是她第一次去看他的演唱会。用她自己的话说，她对歌王永远宛如初见。

景檐安静地坐在人群里，看周围都是跟乐诗一样眼泪汪汪、语无伦次的女孩，他觉得自己就像从另一颗星球来的，完全无法融入她们的世界。

他心不在焉，并不在意台上的人究竟唱了几首歌，歌声有多动人，他依然在想着几个小时以前景家发生的事情。

几个小时以前，他结束了自己几天来的犹豫，终于决定把心雅的发现告诉爷爷。

不过景檐隐瞒了羽毛笔的存在，只说自己很意外地通过一个朋友找到了当年那个神秘海螺的主人，但主人已经意外去世了，他却也因为这个人而找到了另一条线索，街头画家陶森可以为这条线索做证。

这条线索就是一辆深蓝色的私家车。

准确地说，是一辆深蓝色的宝马车。

那是自景檐有记忆以来，家里唯一拥有过的蓝色系的车，而车的主人是蓝倩。

景檐过生日的那天，蓝倩在席间接到朋友的电话，因为朋友遇到了一点儿麻烦，急需她出面帮忙，于是她不得不在中途离开，赶去跟朋友见面。

她离开酒店的时间比景坤稍微晚一点儿，那之后她再出现就是在用人发现尸体报警以后了。警察赶到现场的时候，她也正好开着车回来了。

当天由于巫木弄坏了别墅的电源，所以别墅入口的监控也未能起到作用。所以，蓝倩自己没说，就没人知道在和警察一起抵达之前，她还回过一次别墅。这一瞒，就瞒了十多年。

景国霖听完景檐的讲述，反应还算淡定，很快他就让人把蓝倩叫到了书房。

蓝倩虽然一开始极力否认，但是被景国霖以大家长的权威压住了所有气焰。景国霖说："我不需要证据，在这个家，我的看法就是王法！就算你现在不承认，从现在起，我也会觉得你可疑！你自己好好想清楚，以后在这个家还怎么自处？"

景国霖说这番话的时候，景檐就站在他身后。景檐看着屋内光线将爷爷有棱角的脸一半勾勒在明光里，一半推入黑暗中，令他更显冷峻威仪，景檐想，果然这就是他的爷爷啊，宛若一位掌握了生杀大权的帝王。

景檐其实并不喜欢爷爷一贯居高临下、不容疑辩的个人作风，但是，潜移默化之中，他自己又很大程度上受了爷爷的影响。以前他觉得这样不好，这一刻他却觉得，这样似乎也没什么不好，至少这对蓝倩真的起效了。

蓝倩心里虽然不服，却只能强忍着，松口道："是的，我是隐瞒了，我的确在小叔出事期间回过别墅。"

话音落下，爷孙俩同时感到一阵心寒。

蓝倩接着解释道，出事的那晚，她因为要去帮朋友而匆匆离开了酒店，当时，那位朋友惹上了一些麻烦，急需用钱。于是蓝倩开车回别墅取银行卡。当她回到别墅，车刚开进屋前花园的时候，朋友突然又打电话来说，钱的问题已经解决了，只要蓝倩去陪她聊聊天、散散心就行了。

就这样，蓝倩并没有进屋，连车都没有下就直接掉头开出了别墅，所以她压根儿不知道那时候景坤就在客厅里，在生死边缘挣扎。陶森当时匆匆从别墅前经过，只看到蓝倩的车开进去，但她很快又开车出来了，这一幕陶森并没有看到。

那天晚上，蓝倩刚跟朋友见面，得知景坤出事的消息，她急忙又赶回家中。她说，她不敢告诉其他人她已经回来过一次，是担心会受到大家的责备，因为她明明是在景坤还有救的时候回来的，却没能救到他。说到这里，她已经泣不成声了。她抓着景檐的手，嘴巴还一直在动，却发不出声音，她最后两腿一软，跪坐在地上，抓着景檐的那只手还是没放。

这时候，景皓进来了。

进来之前，景皓已经在门外偷听了一会儿，他走进来抱着蓝倩，抬头望向景檐："我妈妈是想跟你说，她对不起你……这些年，她其实已经很自责了，你能不能原谅她的自私？小檐……"

景皓又看向景国霖，目光里都是恳求："爷爷……"

景檐和景国霖互看了一眼，景国霖点了点头，说："扶你妈妈起来吧。"

景皓去扶起蓝倩，可她还是坐着不肯起来，双手牢牢地抓着景檐，她还在等景檐的原谅。

在景檐的心目中，蓝倩的形象一向是硬朗冷静的，他从来没有见过她哭，就更别说哭得像这样近乎崩溃了。

景檐还记得景皓小时候罔顾大人的警告到江边游泳，溺水后被救起来时情况十分危急，换了别的家长早就抱着儿子哭得撕心裂肺了，但蓝倩竟能忍着一滴眼泪都没有掉，还可以冷静地为景皓做简单的急救，等救护车来。从积极配合救护人员，到送景皓办理入院手续，她都操持得有条不紊。

景檐那时一直跟在蓝倩身边，看她穿着高跟鞋优雅地在医院里穿梭，他觉得这个女人坚强冷静，既令自己钦佩，也令自己畏惧。她好像从来没有慌乱的时候，至少，景檐从来没见过。平复集团员工的罢工闹事，她没有慌过；大地震那年指挥员工有序逃生，她也没有慌过；和竞争对手争夺重点大项目，她还是不慌不忙。总之，无论任何时候都能保持镇定自若的一个人，却跪在自己面前，举止紧张，语无伦次，号啕大哭，这是他从来没有想过会发生的事情，倒让他有点儿不知所措了。

其实，蓝倩给出的解释已经比景檐所做的最坏的打算好很多了，他甚至有点儿庆幸真相并没有他设想的那么糟糕。

妈妈离开以后，景檐的日常生活都是由蓝倩在照顾。景檐原本就是不容易亲近的性格，而蓝倩也不是那种开朗热情的长辈，两个人的相处始终带着距离感，但是，对于她这些年对自己的付出，景檐是感激的。

景檐虽然不赞同她一直说谎隐瞒，但是，他相信自己可以说服自己理解她。更何况，本来他的家人就已经所剩无几，如果真要责怪蓝倩，那他失去的可能就不止这个亲人，还会失去跟他像亲兄弟一样的景皓。

他看了看景皓，景皓也恳切地望着他，很多话都装在了他这个恳切的眼神里面。

景檐终于叹了一口气，对景皓点了点头。景皓的脸上顿露喜色，两个人便一左一右把蓝倩搀了起来。

蓝倩一站起来就激动得抱住了景檐，这个拥抱来得猝不及防，景檐愣住了，不知道该做出什么反应。

第三部分

{在有生的瞬间能遇到你，竟花光所有运气}

他蓦地想起来，这应该是有记忆以来，蓝倩第一次和自己这样亲近。也是妈妈离开以后，第一次有长辈给他这样深的一个拥抱，不禁令他怀念起了妈妈还没有离开之前，甚至爸爸也还在世的时候，他从他们的怀抱里予取予求得到的那些温暖，他感到眼眶都有点儿湿润了。

蓝倩紧紧地抱着景檐，先是把脸埋进他的肩膀，然后又慢慢地抬起头来，盯着站在景檐身后的景皓。

景皓的眼神里闪过一丝暧昧不明，他故意轻轻地错开了妈妈的视线。

一家人在书房里又聊了一会儿，离开的时候，景国霖要求大家以后不许再提旧事，把这一页翻过。景檐看了看蓝倩和景皓，点头表示同意，先离开了书房。

景皓扶蓝倩回房休息了一会儿，快到黄昏的时候，他又陪她去参加一个朋友的结婚周年晚宴了。

他们刚走，乐诗就来了景家，手里还拿着两张演唱会的贵宾票。

景檐以为她是来找景皓的，谁知她却满脸无所谓地把一张票塞给了他，要他代替景皓，陪自己去看演唱会。

景檐本来想拒绝的，但是因为下午发生的事情，他的心情很烦闷，乐诗又在软磨硬泡，他便答应了她，权当出来换个环境，透透气。

看演唱会的时候，景檐的心不在焉，乐诗是看在眼里的。舞台上的大明星虽然深深地吸引着她，可是，她在看演出的同时，却依然不忘用眼角余光偷看自己身边的景檐。

乐诗轻轻地用胳膊撞了撞景檐，问："喂，你知道我最喜欢他的哪首歌吗？"

景檐没心思猜，说："不知道。"

乐诗说："是《明年今日》。"

景檐只是淡淡地听着，没有给出任何反应。他看着台上的人大声地报出了接下来要唱的歌名，正好就是乐诗刚才说的《明年今日》。

乐诗激动地把手拢在嘴边，声音不大不小地喊道："真是太知道我的心意了！我喜欢你！"

乐诗一喊完，歌曲前奏响起，她忽然把脸转过来对着景檐，用他刚好可以听到的分贝喊了出来："景檐，我也喜欢你！"

景檐的目光瞬间从舞台上移到乐诗的脸上，四目相对，他若有所思地望着她。

他在想，她刚才说的这句"我也喜欢你"，到底是朋友之爱、亲人之爱，还是男

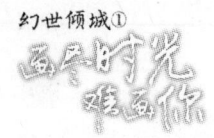

女之爱？他有点儿听不清台上人在唱什么了。

乐诗看景檐发愣，"咯咯"地笑了起来。她忽然趴在景檐的肩膀上，把嘴凑到他耳边，就像小时候说悄悄话那样："景檐，你知道我为什么喜欢这首歌吗？我特别喜欢那句'在有生的瞬间能遇到你，竟花光所有运气'，每次听到这一句，我都会想起你。我愿意花光我所有的运气来遇见你，因为我喜欢的人不是景皓，而是你……"这下景檐彻底听不清楚台上的人在唱什么了。

"在有生的瞬间能遇到你，竟花光所有运气。"所以，仅仅是遇到你，就再也没有运气拥有你，无法和你一起老去。这其实是一句看似甜美却又让人撕心裂肺的歌词，总有些听歌的人悄悄地红了眼眶。

这天晚上，心雅也在演唱会现场。

她是一个人来的，也坐在内场，正好和景檐同一排。只不过他们中间隔了十一个人。这十一个人令他们从开场到散场都没有发现对方的存在。

陈奕迅也是心雅很喜欢的歌手。她虽然不像乐诗那样，看过很多场陈奕迅的演唱会，但是，他的每一首歌她都会唱，他是她不动声色地放在心中崇拜着的一位歌手，这是她第二次来听他的演唱会。

第一次听是在五年前，也是一个人，那个时候心雅就想，下一次我要和自己喜欢的人来听他的演唱会。

然而，她没有想到，五年后，看见他巡演的海报遍布城市里的各个角落，她对着那张海报说出来的第一句话却是："你看啊，我喜欢的人都不在了。"

演唱会这天，是宋淮萧离开后的第十四天。

这十四天里，心雅的生活和以往并没有任何不同，她还是在学校和杂志社之间来回奔走，学业和工作都没有落下。同事们并不会避忌提到宋淮萧，他们还把他办公室里的一些私人物件瓜分了，这个要了一个相框，那个要了一个镇纸，都当成宝贝似的，说这是主编用过的，见物如见人，很有亲切感，又说要沾才气，用了以后自己也会成为像主编那样优秀的人。

没有人贪图物品的价值，贪的都是对物品主人的一点儿念想。

心雅要走了那盆绿萝，放到自己的办公桌上，细心地照顾它。有一次，她想问题想得入了神，还不自觉地对着那盆绿萝自问自答起来。回过神的时候，她发现夏满满

第三部分

{在有生的瞬间能遇到你，竟花光所有运气}

正在一旁诧异地看着她，她尴尬地笑了笑，说："完了，我是不是也要变成跟他一样了？以前他是奇怪的宋淮萧，以后我就是奇怪的郁心雅了？"

夏满满噘了噘嘴，说："真佩服你们这些每次提到主编都能轻描淡写的人，可我还是不习惯啊，心雅，一想到他不在了，我就很难受，他的东西我一样都不想要。"

心雅站起来挽住夏满满的胳膊，歪着头靠在她的肩膀上，说："我们也都难受呢，可是，笑着过和哭着过，你选哪个？"

是啊，笑着过和哭着过，你选哪个？

心雅的选择是笑着过。

所以，她笑着走进了热闹的演唱会现场；笑着听了很多动人的情歌；笑着想自己是不是在有生的瞬间遇到宋淮萧，已经花光所有运气。明明医院里的阿姨说她是有福的人，她原来也以为她是，可到底还是没能预料到有一天她会在人山人海里观看一群人的狂欢是如何照亮她一个人的孤单。

她笑着红了眼眶。

演唱会现场热火朝天，场馆外却冷冷清清，还下起了大雨。

一辆黑色的轿车停在馆外的马路边，景皓一只手搭在方向盘上，转过脸看着坐在副驾驶位置脸色阴沉的母亲："妈妈，你还好吗？"

蓝倩从手包里掏出了一瓶随身的药油，用指腹沾了一点儿涂在太阳穴上："没事，你继续开车吧。"

他们去参加宴会时，蓝倩忽然觉得不舒服，所以景皓陪她提前离席了。

景皓说："我把窗户再打开一点儿，你透透气，缓缓再走，不然路上容易晕车。"

蓝倩没有反对，头靠着座椅背，闭上了眼睛。

景皓神色复杂地打量着自己的母亲，张了张嘴，却没有出声，这已经是他今晚第三次欲言又止了。关于下午在书房里发生的事情，他有很多话想对蓝倩说，但是他内心很矛盾，不知道应不应该开口。他望着车窗外的茫茫大雨愣了一会儿神，渐渐有了决定。

大雨落在景家别墅的花园里，路灯下的草坪泛着一层金色的水光。景国霖站在卧室的窗边，凝神盯着那片水光。手机贴在耳边，响了几声之后，传来对方恭敬的声音："景老，是您吧？"

景国霖低声说："嗯。老傅，在你的侦探社里找个谨慎一点儿的来帮我办件事，

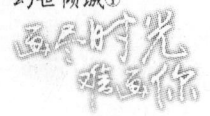

我要查三个人。"

老傅连连答应："您说……"

"派意集团的财务总监汪琳乔，崇元三中的数学老师蒋逸雯，还有我大儿媳，蓝倩……"

嘴上说着既往不咎的景国霖若真就下午的事情罢手，他就不是叱咤商界的景国霖了。他很难信得过谁，除了他自己以外，那个多年尽心尽力为他办事的私家侦探社老板老傅，也是他比较信得过的人。他要老傅帮他查的其中两个人，一个就是蓝倩口中遇到麻烦的朋友，而另一个则是后来帮朋友解决了麻烦的人。他要查证蓝倩所言是否属实，如果她没有说谎，他才能真的做到既往不咎。

老傅办事效率很高，不出两天就已经把景国霖想要的结果送到了他面前。

调查结果显示，蓝倩没有说谎。她说的发生在朋友身上的事情，每一个字都跟当年的事实对得上。

餐厅里，老傅打量着知道了真相也还是一副心绪不宁的样子的景国霖，问："您还是不放心？"

景国霖问道："老傅啊，认识我这么多年，你了解我吗？"

老傅笑着说："还算了解吧。"

景国霖问："那如果，我打个比方，你偷了我的东西，却在我面前说自己没偷，我说我相信你是清白的，你会怎么想？"

老傅直言："我会觉得您并不相信我。"

景国霖问："为什么？"

老傅说："刚才不是说了吗？我多少有点儿了解您。"

景国霖苦笑说："一个只是多少有点儿了解我的人都知道我不会那么轻易就相信，那你觉得我会怎么做呢？"

老傅说："应该就像现在这样吧，找人查我。"

景国霖说："果然连你都猜到了，那你会坐以待毙等我查出真相吗？"

老傅似乎理解了景国霖的担忧，他是怕蓝倩早就防着他的调查，做了应对措施了。不过老傅对于自己的侦探社很有信心："您放心吧，我们还没有出过岔子，而且是您交代的事情，我都是亲自跟进的。她们没有做过手脚，没说谎，真相就是我告诉您的这样。"

第三部分
{在有生的瞬间能遇到你，竟花光所有运气}

景国霖又想了想，说："嗯，是啊，不管怎么样，这就是真相了，够了……老傅啊，你也明白的，我每一次找你办事，你都……"

老傅嘴快接着说："都不能被别人知道，我明白的。"

"嗯，你办事，我是放心的。这次的酬劳已经到你账户了，你确认一下。"

"不用确认了，对您我还有什么信不过的？"

景国霖和老傅吃完晚餐，老傅先走，景国霖又在餐厅里逗留了一会儿，才从备用电梯下到停车场。

说不清到底是为什么，虽然蓝倩所言已经得到证实，但景国霖还是感到心里不踏实。他回到家里，觉得两侧太阳穴微微胀痛，人有点儿犯晕，吃了治疗头痛的药以后就早早地睡了。

又过了几天，景檐是在看到心雅的微博以后才知道，演唱会那晚，她竟然和自己离得那么近。

他平时对于社交软件兴趣寥寥，在那次帮福利院搬迁之前，他的微博账号只更新过一次。那天搬迁完以后，景皓自掏腰包请所有人吃饭。饭局上大家相互交流聊天，添加社交账号也成了免不了的一个环节。景皓缠着心雅要微博账号，年轻的单身女孩要么围着宋淮萧，要么就来和景檐套近乎。

景檐依旧是生人勿近的气场，连委婉的说辞也懒得编，一口就回绝了："我不喜欢添加陌生人。"

女孩子们你看看我、我看看你，一脸尴尬，都不敢再和他说话了。

不过，心雅说账号的时候，景檐却竖起了耳朵听。心雅说她的微博名叫"捡到笔的青空鱼"。"青空鱼"是心雅的笔名，至于怎么解释"捡到笔"，景皓想刨根问底，不停地追问，心雅却只是笑着避而不答。当时，景檐还偷偷地看了看心雅，她也察觉到了，目光回了过来，四目相对，她的眼睛里有一点儿顽皮的笑意。那一刻，那种全世界只有他和她一起共享秘密的感觉，像蜜糖涂在心里，也像棉花包裹了他，气氛暧昧得不像话。

那天回到家里，景檐就登录了久违的微博，并且把"捡到笔的青空鱼"设置成了自己的特别关注。

他的特别关注分类里有且只有这一个人。

他并不会很频繁地登录微博去跟进心雅的动向，他觉得那样会让自己看起来像个

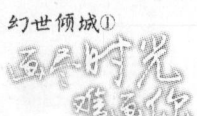

卑微的偷窥狂。

演唱会结束后好几天景檐才登录微博，而关于那次演唱会，心雅精雕细琢，用了正好一百四十个字抒发自己的感慨，除了文字，她还配了一张从观众席拍向舞台的照片。从照片的拍摄角度来看，她和他离得很近。

可以容纳数千人的演出场馆，他们之间的那点儿距离几乎可以忽略不计了，他却没有看到她。他心里有一种失落感。

那晚乐诗向他表白了。他想，如果自己也能对心雅表白就好了。他给乐诗发了一张标准的好人卡，说自己对她并没有男女之间的那种喜欢。他想，如果他也向心雅表白的话，她会怎么回答他呢？他拿起了手机。

下午三点半，心雅和阿栀坐在甜品店里，一人点了一碗热腾腾的芝麻糊。

放在桌子上的手机屏幕忽然由黑变亮，提示有新短消息。

那个提示显示的时间虽然很短，但是，眼尖的阿栀还是看清了发件人的名字：景檐。

心雅回复之后，阿栀故意问她是谁发来的消息。心雅说，是团支书在跟她确认下周圣诞节野营活动的细节。

阿栀一听，觉得像被人用针往心里扎了一下，她不轻不重地把手里的勺子朝碗里面一丢，陶瓷的撞击发出一声响，附近的人都听到了。心雅尴尬地小声问："阿栀，你怎么了？"

"我说了芝麻糊里不要加花生的，这家店怎么搞的？"

"刚才点单的时候，你不是跟服务员说要加花生吗？"

阿栀的眼睛瞪得大大的："是吗？我有说吗？"

心雅笑着说："你以前不是就爱吃花生吗？"

"可我现在不爱了！"

心雅把自己的芝麻糊推到阿栀面前："那你吃我这碗吧，没有花生，我也还没动过呢。"阿栀赶紧把心雅那碗芝麻糊拿过来，说："好啊！心雅，你对我真好！你说我怎么就这么好命，遇到你这样的朋友了呢？"

这时，短信又来了，又是屏幕一亮一暗，像在阿栀心里又扎了一根针。她伸出手去拉心雅放在桌上的手，说："心雅啊，我不能没有你这个好朋友的！"

心雅觉得阿栀怪怪的："你怎么了？怎么忽然说这种话？"

阿栀笑了笑，松开心雅的手，说："我就是想到最近发生的事，觉得人生无常，

第三部分

{在有生的瞬间能遇到你，竟花光所有运气}

太没安全感了。像你明明那么喜欢宋淮萧，可是他却说不在就不在了。"

心雅被说到痛处，笑得有点儿勉强："是啊，人生无常。"

阿栀低头搅拌着碗里的芝麻糊，眼睛里闪过一丝狡黠："心雅啊，不知道为什么，宋淮萧走了以后，我有一个很奇怪的想法。"她慢慢地说，"我在想，要是这个世界上有一种神奇的力量，可以令人死而复生就好了，那你就可以和自己喜欢的人永远在一起了。你说这样好不好啊？"

心雅的心也像是被人用针扎了一下，她尴尬地说："怎么可能会有死而复生这种事？"

阿栀的笑意味深长："嘻嘻，是啊，怎么可能呢？我就随口说说嘛。心雅，要是真的能死而复生，你希望他活过来吗？"

心雅感到不太自在，说："生死有命，不是都说，不可以逆天吗？"

阿栀说："那肯定是因为说这话的人没有逆天的能力，有的话谁不想啊？你难道不想吗？"

这个话题令心雅全身都冒起了鸡皮疙瘩："阿栀，别聊些乱七八糟、有的没的了！"她想岔开话题，便问，"待会儿咱们再出去逛逛，然后晚上去吃日本料理吧？"

阿栀晃了晃头，津津有味地吃着碗里的芝麻糊。

"哦，不了，我妈刚才给我发短信说舅舅家里有点儿事，让我晚上过去。嗯，再过半个小时我就走了。"她继续说，"如果我有本事让一个死了的人重新活过来，不管用什么方法，我都会尝试的，真的！不然，像你这样，要忍受失去的痛苦，太难过了，心雅，我都心疼你。"

心雅几乎有点儿烦了："好了阿栀，别再瞎说了。"她故意岔开话题，"你再给我说说你们班那个足球王子的八卦呗？"

阿栀吃完芝麻糊，补了个妆，拿起包施施然地走了。她一走，整间甜品店内的光线好像都明亮了一些。

心雅又看了看手机，还有一条十五分钟前的未读短信，依旧是景檐发来的。

其实，景檐的短信内容只是告诉心雅，深蓝色车的事他已经弄清楚了，算是解开了一个心结，他向心雅道谢。

心雅一直以为这件事情只有她和景檐知道，所以，阿栀问她和谁发短信，她只好说了个谎。

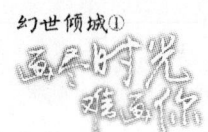

在心雅看来那是善意的谎言，但是，阿栀却不这么认为。

有一句话真的是阿栀掏心挖肺说出来的：她不可以失去心雅这个朋友。

所以，郁心雅也绝对不可以和我简阿栀曾经喜欢过的人有任何感情纠葛！如果心雅和景檐有什么，那无疑就是在往自己的伤口上撒盐，她会无法面对，她甚至有可能会失去心雅这个朋友。

以前宋淮萧在，宋淮萧就是阿栀的一颗定心丸。但现在，宋淮萧不在了。

阿栀也知道心雅有羽毛笔在手，她其实不是第一次有这种念头：如果心雅可以用羽毛笔再创造出另一个宋淮萧，景檐不就又没机会了吗？

阿栀好几次想鼓动心雅这么做，直到今天，她终于把这话说出口了。但她又不能跟心雅挑明自己知道那支笔的存在，所以只能在言语间对她暗示催促。

而最令心雅感到不安的是，阿栀说的，是她曾经认真想过的。

她曾经悄悄地躲在家里，翻开一本杂志，手里就紧紧攥着那支笔。

她知道只要动动手，一个活生生的宋淮萧就会出现在自己面前。

但是，她最后还是没有那样做。

那样做有什么用呢？

现在她可以利用的文字只能是半年以前的，而半年前，她和宋淮萧根本不认识，她圈画出来的只是一个完全陌生的人。而就算她现在留下文字，记录彼此之间的点点滴滴，等到半年后，她再用这文字复制出一个同样对自己深情温柔的宋淮萧，但是，她就能留住他了吗？

不出三天他依然会消失，他们还得再面临一次离别。

她的姥姥也说过，无论怎么样，用神笔创造出来的人，永远都不会是本人。

失去了就是失去了，创造出来的人只是画饼充饥、水中捞月，何必呢？

想到这些，心雅便一再告诫自己，不可以陷入病态的循环。她也不想再有更多的少年巫木在自己笔下诞生，而自己却不能对那条生命负责。不过，阿栀的那番话却令她感到心里发颤。

因为她害怕被怂恿，怕自己不够坚定，不够冷静。或者说，她怕她对宋淮萧的感情，比自己想象的更执迷。

阿栀一走，她才松了一口气。

离开甜品店以后，心雅漫无目的地走在街上。商场门口巨大的圣诞树，小店橱窗

第三部分
{在有生的瞬间能遇到你，竟花光所有运气}

里挂满的彩球和装饰雪花，浓浓的节日气氛像一张密不透风的网从天而降，把这座城市包裹得严严实实。

心雅走着走着就到了公司楼下，已经到了晚饭时间，她走进了一条小巷。小巷的深处，有一个自称老池的年轻人在那里开了一间私房菜馆，菜馆的名字叫"有间食堂"。

公司同事张深最先发现了这家店，后来，这家店的名气越来越大，成了附近白领们十分青睐的一家饭馆。而宋淮萧出事的时候，就是在去这家店的路上。

心雅进店的时候，全店只剩下最后一个桌位了。

即便是周末，周围写字楼里的人没有上班，但城里慕名而来的食客们依然把这间小店挤得满满当当。

心雅走到那个空位坐下，好一会儿才有人来招待她。

这家店的服务员态度都有点儿冷漠，点餐慢，上菜也慢，她已经见惯不怪了。

心雅点了两菜一汤，菜全上齐的时候，她冷不防听到背后那桌有人不轻不重地说了一句："这旁边最近才出了个案子呢！"她握着筷子的手微微一顿，回头一看，说话的是一个中年男人。

男人就住在这条巷子里，家里来了几个远房亲戚，他们聊着聊着就把宋淮萧的事情当谈资了。

一桌人都对此事表示出浓厚的兴趣，听得津津有味。

男人说的每一句话心雅都能听得很清楚，他说可惜了一个见义勇为的大好青年，又说那个青年是附近杂志社的主编，还是个作家，一说到他的作品，另一个人惊讶不已："天哪！我看过我看过！原来就是他啊！"

那一刻，大堂里虽然吵闹，但是，再嘈杂的声音也盖不住那桌人的议论纷纷。

背后的那桌人聊得正兴起，忽然被一道相机的闪光灯打断了。

"不好意思，打扰一下诸位！"拍照的人拉大了嗓门，心雅一听，那竟然是景皓的声音。他说："我是美食专栏的记者，这么多位大哥大姐，我能不能跟你们要点儿时间，做个采访呢？保证不是无偿劳动，怎么样？"

心雅的嘴角一动，苦笑着想，他什么时候成美食专栏的记者了？

那桌人被景皓说的"非无偿劳动"吸引了，你看看我，我看看你，纷纷点头表示愿意。

于是，景皓拉了个凳子跟他们挤在一起，装模作样地问东问西，还用手机录了音，俨然是个美食记者。

直到那些人结账离开，他们都没有再提宋淮萧。

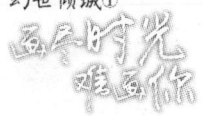

他们离开以后，景皓才又拉着凳子坐到心雅旁边，朝她的碗里看了看，问："都快吃完了？"

心雅问："你怎么会来这里？"

"你没听见吗？我现在是美食记者，当然要追着美食来了。"说完，他自己又笑了起来，实话实说，"其实我是在附近为下期专栏做采访，正好肚子饿了，受访的那个人说'有间食堂'的东西好吃，我就来喽。"

心雅回头看了看背后的人去桌空，问："你帮他们买单了？"

景皓说："没有，都不认识，我干吗犯傻？"

"那你刚才说受访是有偿劳动？怎么偿的？"

"我骗他们的你也信？我忽悠起人来啊，卖了他们还给我数钱呢。"

心雅忍俊不禁："美食记者，亏你能瞎编。"

"我还不是为了阻止那些人再继续议论宋主编？他们再那么说下去，就是往你心里捅刀子，这个时候我不英雄救美，岂不是错失了大好的表现机会？"

心雅认真地看着景皓："谢谢你。"

景皓歪头说："那就不要走，陪我吃完这顿饭吧？"

心雅点了点头。

景皓点了两个菜，正大快朵颐时，心雅问道："你知道的吧？我喜欢他。"

景皓嚼着米饭含糊地问："谁？宋淮萧？"

"嗯。"

"知道。"

"其实我没有跟任何人说过，就连阿栀都没有说。可我也不知怎的，他出事以后，大家都在担心我，好像大家都看出来了。"

"有句话叫当局者迷，旁观者清。我第二次见你的时候就感觉到了，他处处都在维护你。"景皓想了想，又问，"你这么问我，不会是想告诉我，你喜欢的人是他，我没有机会吧？说句不适宜的话，他现在已经不在了，而你的生活还得继续，不是吗？"

心雅慢慢地说："他走了以后我才知道，原来身边这么多人都看出我们之间的关系不一样了，但是，反而是我们俩之间没有说破……我知道他把我的照片分了一个单独的文件夹保存，可我没有告诉他，我看到那个文件夹了……而且，我看到的时候其实是很开心的。"

"所以……有些话真的应该早说的，拖着反而不好。"心雅意有所指地看着景皓。

景皓领悟到了，放下筷子："绕来绕去，你还是想早点儿告诉我，我没有机会？"

心雅想了想，又说："那我再问你一个问题吧？如果换了是你，我出事那天，你眼看着大楼就要塌了，你也会冲进来找我，陪着我一起等死吗？"

景皓的眼睛微微一眯，像在思考。

心雅专注地看着他，说："你想好了再回答我。"

景皓没有立刻回答，低下头，继续吃碗里的饭。饭吃完了，他又盛了半碗汤，慢慢地吹开汤面上的浮油，小口小口地喝。

心雅也不着急，安静地坐在一旁，一句话都没说。

景皓喝完汤，到收银台结了账，和心雅一起走出了饭馆。

青砖古巷，他们并肩而行。一臂之隔，他能闻到她身上淡淡的香水味。那味道仿佛有茶的清香，也有糖的甘甜，有水的纯净，也有酒的醉人。

他知道他逃避不了，必须给出一个答案，他不禁无奈地笑了起来："难道你知道我会怎么回答你？"

"嗯！"

"为什么你会知道？郁心雅，你就这么肯定我不会冲进去救你，觉得我是贪生怕死的人？"

心雅歪头看着他："所以你的答案是，你不会救我吧？"

景皓虽然不太情愿，但还是不打算隐瞒，他严肃地点了点头，说："嗯，不会。"

心雅一边笑笑一边说："我没有抬高谁抑或贬低谁，事实上，那个会冲进来的人未必就值得被歌颂。也许他冲进来根本于事无补，只是多一个送死，那他就不是伟大，而是愚蠢了。"

景皓接着说："要我说实话吗？不会有几个人冲进来的。"

"我知道啊，所以我才觉得他特别特别珍贵。因为，如果有一天，我喜欢的人也遭遇了危难，我的选择也会跟他一样。但是，你的选择，你们很多人的选择，却都跟我们不一样。"

其实，不用心雅再解释，景皓也已经明白她的意思了。他说："因为你会把对方放在第一位，所以，你希望和自己在一起的那个人，也把你放在第一位，就像他那样？"

心雅点头说："但我不是要他为了我连自己的安危都不顾，我只是说，我只会为了跟我同路的人而心动。"

景皓停下脚步问："你确定我和你不同路？为什么？"

心雅有点儿尴尬地说:"直觉吧。希望你不会觉得我这样的判定冒犯了你。"

景皓摊手:"很缥缈啊,我还是觉得自己死得不明不白。"

心雅苦笑着说:"别说'死'字,我有阴影,怕不吉利。"

景皓撇撇嘴,继续边走边说:"可我还是觉得你的想法太理想主义了。或许这也是我跟你的不同路。"

"在没有遇到他之前,我也觉得我的想法太天真了。可是,他偏偏成全了我这份天真。所以我跟自己说,那就继续天真吧,也许……我还有下一次幸福的机会呢?不是有人说过吗?'很多人一辈子都不会遇见你梦想的真爱。只会因为害怕孤独地死去而选择随便找个人,互相饲养。'可是……我竟然遇到了。所以……我其实是幸运的吧?"

心雅分明是笑着说这番话的,可景皓听着却完全笑不出来。他忽然有一种想逃离这个话题的急迫感,便说:"好了,那不说了,你今晚的意思我完全明白。郁心雅,我会慎重地考虑要不要再继续喜欢你的。反正啊,我这个人……向来易放,也易收……"

心雅点头说:"所以这又是我跟你的不同了……"

景皓揉了揉她的头发:"我跟你最大的不同是,你可以吃放了一百个辣椒的辣子鸡丁,而我只能吃放了五个辣椒的炝炒莲白。"

心雅理顺被他揉乱的头发,说:"那我要说的都说完了,我回学校啦。"

"你回去吧,我还约了朋友,不能送你了。"景皓又特别补充,"是同路人。"

心雅笑眼弯弯地看着他,挥手说:"那我走喽,拜拜!"

景皓也挥了挥手:"路上小心,拜拜——"

车来人往的十字路口,背后是老巷昏灯,两侧是高楼霓虹,告别之后,一个向左,一个向右,背道而行。

景皓还没走多远,忽然迎面刮来一阵冷风,夹杂着某些碎屑在脸上。他听到走在前面的一对情侣议论:"下雪了!"

他摸了摸脸上的碎屑,真的是雪。

细碎的白絮,和风一起穿行在黑夜里,是这年冬天的第一场雪。

女生紧紧挽着男友的手臂,头靠在男友的臂膀上,说:"亲爱的,你有没有听过一种说法,据说和你一起看初雪的那个人,就是你要相守一辈子的人。"男友嗤之以鼻:"你是韩剧中毒了吧?满大街和我一起看初雪的人,我都跟他们一辈子吗?"

女生闻言立刻跳起来捂男友的眼睛,嚷着说:"那你别看,别看!"

小情侣嘻嘻哈哈打闹着走远了,景皓的脚步越来越慢,最后停了下来。

他想回头。

如果回头还能看见郁心雅，那算不算和她一起看过这场初雪了？会有一辈子在一起的机会吗？

他低下头，自嘲地笑了笑。

算了，不管她是怎么看出自己并非同路人，但他也是真的和她不同路。他不打没有把握的仗，也不做没有回报的投资。她已经明确地拒绝了他，他就应该悬崖勒马。趁现在，还来得及。

于是，他没有回头，大踏步往前走去。

心雅坐上出租车后，雪花落在挡风玻璃上，司机满脸惊喜地喊道："哟，下雪了！"心雅盯着窗外，真的下雪了。路灯下飞舞的雪花有点儿像小时候隔壁邻居家弹出的棉絮，柔软中带着俏皮的可爱。这时，她发现同向行驶的还有一辆洒水车。

洒水车开得很慢，心雅的目光一直盯着，她鬼使神差地说了一句："司机，开慢点儿。"

司机问："姑娘，咋啦？你晕车吗？"

心雅说："我想再看看。"

司机顺着心雅的视线望了一眼，大咧咧地说："洒水车？你在看洒水车？嘿，那玩意儿有啥好看的呀？"司机刚说完，后面的车便按了两下喇叭，开始催促了。

司机只好踩了油门，说："哎哟，不能再慢了，再慢的话后面的司机得怼我了。你也别回头看了，姑娘，都过去了还看啥呀？"

心雅缓缓地回过神来："都过去了吗？"

第四部分

{ 我在新年的烟花下独坐,愿用
一生为等你而蹉跎 }

第十二章
重 生

D市位于南北方交界处,冬雪不罕见但也不常见,而且向来都是点到即止的。所以,这一次的雪也并没有下太久,断断续续的,快到圣诞节的时候,薄薄一层积雪也化了个干净。

心雅腿部受过伤,虽然已经好得差不多了,但是医生仍然建议她短期内不要做太大幅度的肢体运动。所以心雅之后放弃了他们班圣诞节的户外野营活动。

12月23号那天,同学们都去野营了,心雅一个人闲来无事,想约阿栀,但阿栀又以家里有事为借口拒绝了她。百无聊赖之际,小婶给她打来电话,问她爸爸是不是快从国外回来了。心雅一想,反正也很久没见小叔和小婶了,于是,放下电话她便到小叔的花圃去了。

心雅的小叔郁政是个园艺师,年轻的时候专门给有钱人做花园的规划和打理。后来,由于小婶患上了心脏病,常年受病痛的折磨,脾气也变得越来越古怪,城里面很多高分贝的户外声音,诸如汽车喇叭声、建筑工地打桩机的声音,甚至是店铺里快节奏的促销音乐声,都会令她感到心烦躁郁,于是,夫妻俩商量之后,决定搬到郊外,住在祖上留下来的老房子里。

搬家后的前两年,小叔依然在城里给别人打理花园。由于时常往返于城郊之间,他觉得很辛苦,一度还想搬回城里,为此还跟小婶闹了几次不愉快。后来,小婶不知道从哪里借了一笔钱,夫妻俩在植物园附近买了一间花圃,开始做鲜花的培育和销售。

大概是靠着以前和富人打交道时积累的人脉,花圃的生意起步很快,而且小婶总有门道能接到一些大单,所以开花圃的第一年就赚了几十万元。夫妻俩有了钱,谁都不抱怨了,感情也越发好了。

这天,心雅来到花圃的时候,正赶上小叔和小婶忙得不可开交,他们正跟花圃的员工们把一盆盆的虎刺梅和万年青往车上搬。心雅赶紧把围巾摘了塞进包里,也跟着帮忙。小婶眼看救兵来了,也不客气,让心雅也跟车走,说是植物运到目的地以后,还要进行一番布置,要她搭一把手。

心雅上车一问,才知道目的地是景乐城。

第四部分

{我在新年的烟花下独坐，愿用一生为等你而蹉跎}

景乐城为游客安排了圣诞表演，要搭临时舞台，所有的植物都是用来装饰舞台的。

舞台就搭在景乐酒店旁边的雕塑广场，车子一到，景乐集团的工作人员已经迫不及待了，立刻拥过来，搬花搭台，大家的手脚都很麻利。

郁家花圃这边除了心雅和小婶，还跟来了四名员工。

小婶让心雅跟着一个姓刘的大叔，她自己又再折回花圃，因为还有两车植物要送。

刘大叔拿了张草图给心雅，让她当指挥官，指挥员工按照草图上绘制的图案来摆放舞台的植物。

心雅新手上路，做得十分谨慎。

舞台的右侧有一个小水池，按照图纸上的计划，水池上那座半圆形的拱桥上面每隔半米都需要摆放一盆万年青，再搭上银色的雪花灯，打造一条银河灯带。刘大叔和一个绰号叫骆驼的年轻人一起把一盆一盆的万年青抬上桥，心雅看他们渐渐有些吃力了，便拿起了桥边的一捆雪花灯，跟在他们后面。他们把万年青放好，她就把雪花灯缠上去。

原本一切都进行得很顺利，眼看着万年青已经快要摆放完毕，雪花灯也布置得妥妥当当了，忽然，经过心雅背后的骆驼没注意被灯绳绊了一下，骆驼往前一扑，撞在心雅身上，心雅被撞得身体一晃，直接从拱桥上摔进了下面的水池里。只听"扑通"一声，布置舞台的人全都围过来了。

还好拱桥不高，水也不深，摔倒是没摔着，不过她全身都湿透了。

室外的气温很低，心雅还挂了一身的冰水，吹着寒风，她冷得直哆嗦。景乐城的一个负责人从酒店里出来，给了心雅一条厚毛毯裹着，说带她到房间里整理一下，心雅忙不迭地裹着毛毯跟去了。

房间在一楼，窗外是个大花园。房间里开足了暖气，心雅脱掉湿淋淋的衣服，用毛巾擦干了皮肤，冻僵了的身体似乎才开始恢复知觉。

她裹着毛毯坐在床边给小婶打电话，小婶说下一趟来的时候可以给她带衣服过来，她得在房间里多等一会儿。

心雅挂掉电话，想起酒店房间里可能有浴袍，她便走到衣柜前面，刚拉开衣柜的门，忽然听到窗外传来"咔嚓"一声，像是有什么木棍之类的东西被踩断了。

她扭头一看，窗外好像有个贼头贼脑的男人！

她以为自己被偷窥了，其实那个人是小偷，溜到附近是想看有没有能下手的对象。

心雅吓得失声一叫，顺手从柜子里扯出一个衣架，朝窗口一扔。

砰——

衣架没打到男人，撞在了窗框上。男人往后一缩，躲开了，嘴里骂骂咧咧："怎么回事啊？"他还没反应过来，冷不防就看旁边有一道黑影飘过来，接着又是"砰"的一声，脸上就吃了一个拳头。

男人捧着脸，痛得龇牙咧嘴，"哎哟哎哟"地叫唤起来。

打他的人抓住了他的衣领，"砰"的一声，又是一拳。男人的叫声更惨烈了。

心雅跑到窗口一看，眼睛瞪得老大："景檐？"

这天下午，景檐是被爷爷安排到酒店来听一场演讲的。

会议厅在酒店三楼，景檐坐在靠窗的一个位置，正好可以看到楼下的舞台搭建。他很早就发现心雅了。他本来就听得心不在焉，发现心雅以后就更心不在焉了。他的目光一直追随着她，演讲台上的金融学家说了些什么，他几乎没有听进去。

心雅掉进水池的时候，景檐就悄悄离开了会议厅。

这个房间就是景檐给心雅安排的。

景檐想来找心雅，没想到看见有人在窗外鬼鬼祟祟，他也以为那个人是在偷窥心雅，气不打一处来，冲过来就打得对方叫苦不迭。

心雅怕景檐下手太重，连忙趴在窗口喊道："好了，好了……别打了！"

景檐只看了心雅一眼，赶紧把头扭到一边，红着的脸更红了："郁心雅，你能把衣服穿好再说话吗？"

心雅还裹着那条厚毛毯，毛毯不贴身，歪歪垮垮的，她的肩膀全露在外面。她往窗口一趴，身体又是向前倾的，胸前几乎就走光了。景檐一提醒，她低头一看，才意识到自己有多尴尬。她急忙把毛毯拢紧，支吾说："呃，那你也别打了，把他交给保安吧？"

小偷大声地嚷嚷："交什么保安？我是客人，是这个酒店的住客！你们……你们神经病啊！打我！我要投诉！"

"投诉？"旁边传来一个尖厉的声音，一个贵妇打扮的大婶过来了，"就是你！你刚才偷我钱包了！你还投诉别人？我的钱包呢？钱包呢？"大婶抓着小偷不放，后面还跟来了几个保安。

景檐发现心雅还裹着毛毯站在窗口看热闹，他有点儿着急了："郁心雅，你给我回屋里去！把衣服穿好！"

第四部分

{我在新年的烟花下独坐，愿用一生为等你而蹉跎}

"喊，你还命令我啊？"心雅立刻回嘴。

那个小偷看景檐那么维护心雅，误会了他们的关系，还在旁边嘀咕了一句："自己的媳妇儿不准别人看呗……"

心雅和景檐相互瞪了对方一眼，心雅一阵尴尬，赶紧退一步，把窗帘拉了个严实，又从衣柜里取出浴袍换上。

等心雅换好浴袍，窗外已经安静了。保安和贵妇把小偷带走了，心雅试探着问："景檐，你还在外面吗？"

"嗯……"声音隔着窗帘传进来。景檐又凶巴巴地责备心雅："有窗帘你也不拉上，你是想被偷看啊？"

她说："我怎么知道外面会有小偷啊？我以为花园里没路呢。"

景檐没再数落她，问："你衣服换好了吗？"

心雅有点儿不好意思地说："我穿着浴袍呢，一会儿小婶给我拿衣服来。"

这时，大概是云层散开的缘故，室外的光线更强了，景檐的影子被强光投在白色的窗帘上，心雅望着那道影子，只觉得这一刻心里无比踏实。见影子稳稳地映在窗帘上没动，她又想到景檐的日光性皮炎，轻声问："景檐，你没打伞吧？外面不晒吗？"

景檐半眯着眼睛看了看有点儿刺眼的天空，说："大冬天的，能有多晒？"

"不晒你也不用站在外面啊？"

景檐也觉得自己有点儿犯傻，手足无措，脑袋晕乎乎的，不知道是该留下还是该离开。

他刚想说"那我走了"，却听房间里传出"咣当"一声，伴随着的还有心雅的一声惊呼……

他赶忙问："郁心雅，你又怎么了？"

心雅没注意到窗边的地毯有一道褶痕，她被那道褶痕绊了一下，摔倒时旧伤口撞到了床角，痛得她冷汗直冒。

"我……景檐……我摔跤了……"

新伤旧患，心雅那一跤摔得不轻，小腿一用力就疼，走路就更疼了。于是，这天的景乐酒店里有很多员工都看着他们大老板家的小少爷抱着一个穿浴袍的女孩从房间里走出来，有几个女员工看得眼睛都直了，一脸的嫉妒不平，还有人暗中掏出手机拍下了景檐走过之后的背影。

景檐气定神闲，心雅却尴尬得只想找一条地缝钻进去。

林侨生已经按景檐的吩咐，把车开到了酒店大门口。景檐抱着心雅上了车，自己也坐进去。一直到车开走，心雅还是低着头，不想把头抬起来。

景檐看了看心雅，说："待会儿见到医生，要顺便让他给你接一下脖子吗？"

心雅知道他在调侃她，终于把头抬起来，说："你就笑吧。"

"我没笑。"景檐嘴里说没笑，脸上也没笑，但心里面却好像装了个小人儿，已经笑得颠三倒四了。

林侨生从前排递过来一个纸袋，景檐接过塞给心雅："一会儿下车之前先把衣服换好。"又补充了一句，"你小婶那边我已经跟她交代了。"

心雅抱着衣服袋子，噘嘴说："谢谢哦。"

他声音轻快，语气里还不乏得意："不客气！"

这时正是下班高峰时间，车流量很大，车子开得很缓慢。心雅穿着浴袍感到很尴尬，所以一直背对着景檐，故意做出发呆的样子。

景檐看她耸肩驼背，以为她还冷，又让林侨生把车内的暖气加大了。心雅心中一阵感动，但还是一言不发。

暗恋一个人是怎样的？就是当你没有看我的时候，我都在看你。

景檐觉得，自己的卑微大抵也是如此了。

他注意到心雅的头发还是湿答答的，发尖上偶尔还有水珠滴下来。他便抽出几张纸巾，把纸巾整整齐齐地叠在一起，对折成了规规矩矩的方形，然后轻轻地拿起了她的一缕头发，用纸巾裹住，从上到下顺着擦到发尖。

心雅惊讶之余，肩膀一抽，身体向角落里缩去。"我自己来吧……"她结巴着说，"呃，不好意思，把你的座椅弄湿了。"

景檐却不理她，放下一缕头发又重新挑了一缕，修长的手指再穿进发间："不是怕你把车弄湿……坐好！"

心雅错愕地看着窗外，车窗玻璃上偶尔会映出景檐的脸。

那是一张专注而温柔的脸。

从脸上的神情来看，景檐仿佛并不是在给她擦头发，更像是一个艺术家在对自己的作品进行创作。单看他眉宇间的投入和陶醉，还以为他精雕细琢的是什么举世无双的珍宝。

心雅忽然又想到了宋淮萧。

第四部分

{我在新年的烟花下独坐,愿用一生为等你而蹉跎}

她知道有人在意她的生死,但没有想到,还会有人在意她那区区几缕被水打湿的头发。

她的脸有点儿发烫。大概是自己想多了吧?她赶紧把视线从车窗玻璃上移开,两只手悄悄地抓紧了浴袍,僵硬地坐着,没再说一句话。

医生在检查了心雅的腿伤之后,给她开了药,缠了绷带,嘱咐她少活动、多休息。于是心雅的元旦假期只能泡汤了。其他同学们三人一组、五人成团,都约着就近旅行,她没法参与,就连夏满满说要在家里搞一个跨年派对,她因为行动不便,都没法参加。跨年那晚,她一个人冷冷清清地在家里看韩剧。

看到男主角伸出灵活的大长腿一脚把男二号踢进了游泳池,她再看看自己的腿,甭提有多羡慕了。

这时,有人来按门铃。

门外似乎是阿栀的声音:"心雅?心雅,你在家吗?"

心雅急忙单腿跳到门口,从猫眼往外一看,还真是阿栀。她把门一打开,阿栀就捧着一袋糖炒栗子跳了进来,说:"锵!惊喜吧?我来陪你跨年啦!"

心雅高兴极了,赶紧把阿栀迎进屋:"你怎么来之前也不跟我说一声?"

阿栀熟练地打开鞋柜,拎了双拖鞋出来扔在地上,边换鞋边说:"说了就没惊喜了嘛!你肯定在家啊,你这个小瘸腿还能去哪儿?"

小瘸腿郁心雅跳回沙发上躺着,还把小毯子分了一半给阿栀。两个女生一边吃栗子一边看着电视剧。还不到一个小时,阿栀就没耐性了,站起来说:"心雅,我能去玩你的电脑吗?"

心雅正被剧情吸引,眼睛盯着电视机屏幕,用手指了指书房说:"哦,去吧,没有开机密码。别动我桌面上那几个文档就行了。"

阿栀剥了一颗栗子塞进嘴里,擦擦手走向书房。

进书房门之前,阿栀回头看了心雅一眼。那一刻,她们如果有对视,心雅一定会发现阿栀的眼睛里面藏也藏不住的羞愧无奈,以及狠绝和嫉妒。

十分钟以后,心雅忽然听到书房里传出了阿栀的一声尖叫。她吓了一跳,赶忙从沙发上跳了起来,单脚跳到书房门口一看,顿时惊呆了。

时间是 2016 年 12 月 31 日,晚上八点,离新年的到来还剩最后四个小时。

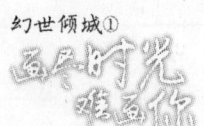

书房里面，除了阿栀以外，还多出了一个人。

那个人只穿了一件单薄的衬衣，站在电脑旁边。他看了看已经完全被吓傻的阿栀，然后慢慢地把目光移向心雅，那目光里有着毫不掩饰的警戒和陌生："你们是什么人？"

心雅痴痴地看着他，目光无法从他的脸上挪开一秒。

那是她朝思暮想的一张脸。

那是已经消失于这个世界，只能存在于她梦境里的一张脸。而眼前的这一幕，也曾无数次出现在她的梦境里。

现在，梦境居然成真了。

阿栀居然用羽毛笔从一本杂志里面复制出了一个活生生的宋淮萧。杂志还翻开着，阿栀还攥着那支羽毛笔，书房里突然静得只剩下每个人的心跳声和呼吸声。

宋又问了一遍："你们是什么人？"

宋这个称呼是心雅暗暗在心里为他取的，为了和真正的宋淮萧区分开，也为了时时警醒自己，他不是他，真正的宋淮萧已经不在了。

心雅定了定神，没有回答宋，而是看向阿栀："你……怎么会用那支笔的？"

阿栀瘫坐在椅子上，两眼发直，像是受惊过度的样子。听见心雅问话，她"噌"地站了起来，冲到心雅身旁，哭着挽住她的胳膊："心雅，心雅……怎么……怎么回事啊？他……他是鬼吗？"

宋的眉头一皱，疑惑地看着阿栀："鬼？"

心雅安抚地拍了拍阿栀的手背，说："你别害怕。你先告诉我是怎么回事，我才能告诉你是怎么回事。"

那一刻，阿栀想起了自己以前申请加入学校话剧社被拒绝的一幕。面试她的学长说话时带了点儿娘娘腔，把她从外貌到演技都嘲笑了一遍，说她根本不应该来面试，完全是在浪费大家的时间。

她站在话剧社的大厅中央，低头用力地抓着衣角，她觉得全世界的恶毒眼光都在那个瞬间偷袭了她。她忽然冲到学长面前，端起桌子上的一杯白开水，冲着学长的脸泼了过去。"我很会演戏的！"她咬牙切齿地说，"是你看错我了！"

是的，学长真的看错阿栀了。

她其实很会演戏，尤其是一人分饰两角的戏码，她已经可以算得上是炉火纯青了。

第四部分

{我在新年的烟花下独坐，愿用一生为你而蹉跎}

她对心雅说，自己的父母到外地走亲戚了，留下她一个人在家里，所以她就来陪心雅跨年了；但是，她却对她的父母说，心雅弄伤了腿，一个人在家没人照顾，她得去照顾她。

她是处心积虑要到心雅家里来。

她的目的就是想用羽毛笔复制一个宋淮萧。

最近，学校里有关心雅和景檐的流言蜚语越来越多，阿栀无法充耳不闻。有人说心雅和景檐曾经一起去看过演唱会，有人拿出了景檐抱着受伤的心雅离开酒店的照片，还有人说因为心雅受伤，行动不便，景檐还用专车接送她上学、放学。传闻真真假假，都令阿栀感到妒火中烧，她的危机感也越来越强烈了。

阿栀早已经暗示过心雅，可以利用羽毛笔来复制宋淮萧，弥补她心中的遗憾。阿栀一直在幻想，如果那支笔是属于她的，她就一定会用到景檐的身上，所以，她不明白为什么心雅不那么做。

而阿栀之所以不明白，是因为她对羽毛笔的认知很有限。

她以为，只要找到一本存在时间超过半年的杂志，动笔圈画，出现的就会是大家都认识的那个宋淮萧。

然而，当宋出现，用陌生的目光打量着她和心雅，她才恍然意识到似乎有些地方并不符合她的预想。

她圈画的是一本今年四月出刊的杂志，是宋淮萧的个人专栏的署名。由于署名是没有语境的，所以，这个宋便是来自今年的四月、印刷文字形成的那一天。那天，宋淮萧去喝了朋友的喜酒回到家，刚脱掉西装外套，身上穿着一件简单的白衬衫。那天的他还不认识简阿栀。

更不认识郁心雅。

拿出了自己全部演技的阿栀逼得自己眼眶发红，全身发抖，她战战兢兢地拽着心雅的衣袖，说她本来在看杂志，发现笔筒里有一支羽毛笔外观很奇特，她就拿在手里把玩，一不小心在杂志上画了一下——这个解释听起来还算合理。最重要的是，心雅原本就不会对她有任何猜疑。

心雅听完阿栀的解释，虽然也气她捣乱，但事成定局，她现在也没心思责怪她，她摸了摸阿栀的头，反过来安慰她说："算了，你先别害怕，没事。具体的……我一会儿再跟你解释，嗯？"

阿栀乖巧地点了点头。

其实，阿栀也知道，宋淮萧即便出现，最多三天他就会消失，她并没奢望借此一个宋淮萧就能够影响心雅和景檐之间的关系，她是希望，画饼充饥这种事，可以不断地发生。她觉得心雅需要一个助力。

心雅迈不出第一步，自己就帮她迈出去。毕竟很多事情都是会上瘾的。

尤其是对一个人的痴迷。

阿栀得留住心雅——自己最好的也是仅有的一个朋友。阿栀想，她们之间绝对不能因为景檐而有裂痕。

想到这里，阿栀下意识地把头埋得更低了，根本不敢再看心雅一眼。

心雅安抚完阿栀，缓缓地把目光移向宋。

宋站在书房明亮的光线里，整个人是那么的清晰真实。她在想自己上一次见到他是什么时候，是出院的前一天吧？距今也不过短短一个多月，却仿佛星移斗转，几番沧海，令她有恍如隔世的错觉。

隔世再见，她已经舍不得挪开视线了。

那一瞬，时间静止，万物都化成了虚有，世界黑暗一片。只有她和他，各自站在一团光亮里，目不转睛，两两相望。

她紧张得将两只手藏在身后，紧紧地握着拳，握了一手心的冷汗。

宋觉得心雅这个女孩怪怪的，她望着自己，眼神里有浓得化不开的缠绵，有显而易见的冷静和坚毅，却也有欲藏还露的悲伤和脆弱。他严肃地看着她，问道："我认识你吗？"他想想又换了个表达，"他……认识你吗？"

心雅突然冲口而出："对不起！"

"嗯？"宋不解地看着她。她重复了一遍："对不起！"

宋问："为什么说对不起？"

心雅的眼睑轻轻一垂，说："我知道你并不愿意被人用这种方式复活，是我疏忽了，对不起！"

这次复活的宋和上一次的巫木大有不同，他早已经不是当初那个紧张冲动、草木皆兵的毛头小子，虽然他也跟巫木一样，不大愿意成为一个只有三天生命的人，但是，大概是由于心雅主动道歉，态度又很诚恳的缘故吧，他不禁心软，好像没法对她动怒。他又问："那你能告诉我你是谁吗？"

第四部分

{我在新年的烟花下独坐,愿用一生为等你而蹉跎}

心雅急忙道:"郁心雅!我叫郁心雅!"就算知道此宋淮萧非彼宋淮萧,她也迫切地希望他能记住自己。

这时,阿栀悄悄地扯了扯心雅的衣袖,问:"他为什么不认识你了,心雅?他明明那么喜欢你……"

心雅用手肘撞了阿栀一下,想示意她不要出声,但宋还是听见了,不无吃惊地沉吟道:"喜欢?"

他又狐疑地盯着阿栀:"你呢?你刚才为什么说我是鬼?"

阿栀被宋略为犀利的眼神看得心虚,又往心雅的背后缩了缩。心雅正思考着应该从何说起时,宋忽然盯着阿栀手里的笔,眼神大为惊异。

心雅也注意到宋表情的变化,扭过头一看,那支羽毛笔竟忽然通体泛起了绿光。阿栀吓得把手一松,笔掉在了地毯上。

心雅也被吓到了,这么久以来,她还是第一次看见羽毛笔发光。她大着胆子把笔捡起来,绿光幽幽地映着她的脸,书房里充满了诡异的气氛。"怎么会这样?"

宋失声道:"是幻世之境!"

心雅一听,看向宋:"幻世之境?"羽毛笔发光,难道跟幻世之境有什么关系?

宋有些迫切地问心雅:"你能把笔给我吗?"

"你要笔做什么?"

"我要找到幻世之境。"

心雅明白,他想找幻世之境的目的跟巫木一样,他也想活下来。

心雅问:"但是,你还是不知道怎么靠这支笔找幻世之境啊?"

阿栀在一旁打岔:"幻世之境是什么啊,心雅?"

心雅匆匆解释道:"是这支笔的来处。"她迫不及待地看着宋,想再听他解释。

宋见心雅一脸疑惑,似乎对绿光一无所知,他问:"笔在你这儿多久了?"

"两三年吧。"

"你从来没有看见过它发光?"

心雅摇头。

宋解释说:"当幻世之境出现在附近的时候,所有来自境中的物体都会有感应,发出它的光芒。越靠近幻世之境,光就会越强烈,我可以根据光芒的强弱来判定幻世之境的远近方位,也许可以找到它。"

心雅不禁吃惊,她以前复活姥姥的时候,姥姥也提过幻世之境,但姥姥的所知极

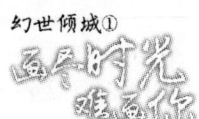

为有限,宋说的她就完全没听姥姥说起过。而上次巫木出现的时候,也只是说想借笔碰碰运气来找幻世之境,依然不知道究竟怎么找。她试探着问:"你说的这个,并不是你们这类人天生自带的认知吧?"

"的确不是。"

"那你是怎么知道的?"

"这个重要吗?"

心雅知道他有顾忌,不会对她说实话,于是故意说:"我见过巫木,我知道的远比你想象的多。"

宋吃了一惊:"你怎么会见到巫木?宋淮萧不可能把自己的身世告诉你!"

心雅说:"不是他告诉我的,是我误打误撞知道的。"

心雅决定打开天窗说亮话,把自己追查景家事件、见到巫木的经过告诉了宋,甚至连宋淮萧因为见义勇为而不幸身亡,也告诉了他,但她唯独对彼此的感情只字未提。说完,她看着笔身周围忽明忽暗的绿光,又问道:"幻世之境不是固定在某个地方吗?"

宋见自己在心雅面前似乎已经完全透明,没有什么秘密好掩藏了,便配合地说道:"不是,幻世之境是飘移不定的。它得和这支笔保持在某个距离范围以内,彼此才能有感应,笔才会发光。"

心雅的疑惑又回到了之前:"你是怎么知道这些的?"

"你见到的巫木是十三年前的宋淮萧,而我告诉你的这些,是宋淮萧在六年前遇到了某个人,从那个人嘴里得知的。"

心雅忙问:"他遇到了什么人?"

宋说:"是一个和你一样,拥有一件来自幻世之境的神秘物品的人。那个人叫柴树恒。"

六年前,宋淮萧曾经误会一个叫柴树恒的高中生到隔壁公司寻衅,引发了楼层火灾。但柴树恒其实是无辜的,罪魁祸首另有其人。起初连警方都把柴树恒当成了嫌疑犯,可是,短短一天时间,局面就发生了逆转。柴树恒不但洗脱了自己的冤屈,还帮警方破了案。

而宋淮萧则是以目击者的身份,向警方提供了线索,还与柴树恒当面对质,他俩算是不打不相识。柴树恒帮警方破案以后,一个很偶然的机会,宋淮萧竟然发现,柴树恒缉凶破案靠的是一枚神奇的耳钉。

第四部分

{我在新年的烟花下独坐，愿用一生为等你而蹉跎}

那枚耳钉正是来自幻世之境。

戴上耳钉的人，可以听到别人内心的声音。

本来柴树恒和心雅一样，对耳钉的存在秘而不宣，但经过那件事以后，耳钉的秘密被宋淮萧知道了。而同时，也由于那枚耳钉，柴树恒跟宋淮萧来往时，捕捉到了宋淮萧内心真实的想法，从而得知了他隐秘的身世。

两个人因为相互知道对方的秘密，关系变得有点儿微妙，后来反而成了朋友。

宋淮萧对幻世之境加强了认知，就是因为柴树恒。柴树恒跟他讲了不少有关幻世之境的细节。

柴树恒的耳钉是他的爷爷在临终前给他的。

据柴树恒说，柴爷爷在三十岁那年曾经离奇地失踪过。他失踪了三年，当所有的亲戚朋友都决定接受他有可能已经不在人世这个事实时，他却又安然无恙地回来了。而关于自己失踪这三年的经历，柴爷爷却不肯对任何人提起。直到他临终前，他把耳钉交给自己最疼爱的孙子柴树恒，才告诉树恒，他的失踪，是因为他无意间进入了一个叫"幻世之境"的地方。

幻世之境既不固定在某个地方，也没有固定的形态。也许上一秒它还在北极，但下一秒就有可能瞬移到了南极。它的外观是随时可变的，为了不引起注意，它常常会变成一间普普通通的居民房，或者是一截附着在火车尾的车厢，又或者是城市里许许多多行驶车辆当中的一辆。

而柴爷爷就是把幻世之境错当成了自己要乘坐的一辆公交车，上车之后才发现车内别有洞天的。

正因为幻世之境喜欢大隐隐于市，所以，被人无意间闯入的情况才时有发生。

柴爷爷不是第一个，也不是最后一个。

进入幻世之境的人可以选择马上离开，也可以选择留下，追随这神秘的力量，开启自己的时空冒险之旅。无论是岩浆涌动的火山口，还是密不透光的深海底，幻世之境都能轻易到达。就连几百、几千年前的世界，它也可以穿越自如。而柴爷爷就是乘着幻世之境，四处游历，度过了那三年。

柴树恒曾经怀疑爷爷是得了妄想症，但是，戴上耳钉以后，他又不得不相信爷爷说的那些话，因为耳钉真的可以帮助他探取别人的内心世界。

但是有一点柴树恒始终心存疑虑，他不明白爷爷为什么死守着幻世之境的秘密不肯对任何人讲，却又要在临终前把这个秘密向他公开。他问过爷爷，但爷爷还没有来得及回答他就离开了人世。

宋说:"柴爷爷曾经告诉过柴树恒,幻世之境在很多年前出过一次错,在龙卷风袭击海港的时候,它恰好以一艘轮船的形态出现在那个海港,结果被龙卷风搅得一塌糊涂。里面有一些东西掉了出来,有的被海水带走,有的被风、被人带走,散落在世界各地。其中就包括这支羽毛笔。"

心雅问:"那柴树恒现在在哪儿?"

"前年他出国留学了,和宋淮萧已经很久没有联系了。"

这时,在旁边听得聚精会神的阿栀有点儿激动起来:"心雅,你把笔给他啊!如果能找到幻世之境,他活下来的话,你们不就能在一起了?"

心雅听后又是一阵尴尬,看了看阿栀,示意她不要多嘴。

忽然,心雅的脑海里又闪过一念:"等一下!"她有点儿急切地问宋,"那有没有可能,幻世之境会以一座小木屋的形态出现?"

"嗯,任何形态都有可能。"

阿栀像被醍醐灌顶:"小木屋?心雅!你是说……小瓷……"

心雅看着依然发着绿光的羽毛笔,缓缓地说:"我怀疑小瓷也有和柴爷爷一样的经历。"

阿栀小声嘀咕:"小瓷在幻世之境里?心雅,那我们就更要找到幻世之境了,也许能找到小瓷呢……"

心雅看了看阿栀,又看了看宋,缓缓地把笔放在了书桌上。

离新年的到来还剩下最后三个小时。

宋和阿栀带着那支泛绿光的羽毛笔,一起离开了郁家,去寻找幻世之境。

由于腿上还有伤,行动不方便,心雅没有和他们一起去。她把笔交给了阿栀,叮嘱阿栀一定要保管好这支笔。他们离开以后,她一个人站在阳台上,望着黑夜里的万家灯火,兀自出神。

世界平和而寂静,她的心里却翻江倒海。

她虽然明白,对于巫木,对于宋,求生是一种本能,她无法残忍地拒绝,可是,她依然十分困惑,自己究竟应不应该为这种本能推波助澜。

她还记得巫木曾经说她残忍,恣意予人生命,却不能对这个生命负责。她虽然也

第四部分

{我在新年的烟花下独坐，愿用一生为等你而蹉跎}

感到羞愧，但她更知道，万物相连，蝴蝶效应是存在的。现在宋淮萧已经死了，如果这个世界上又再有另一个宋淮萧出现，会不会也影响到别人的人生轨迹？而这个别人，包括了宋在未来会遇到的每一个人。

包括阿栀。

还包括她自己吧？

如果他活了下来，自己的生活会因他而发生改变吗？

明知道宋和宋淮萧是两个不同的人，但是，她依然不能把他们完全区分开。望着宋，就好像看到了宋淮萧，她还是会心动，也还是会心痛。她好想扑在他的怀里大哭一场，好想对他说："你不要走，我好想你！"

我一直很努力地笑着度过没有你的每一天，我还告诉自己，要往前看，无须回头。我会有更好的未来，会有人抚平我所有的伤痛和遗憾，我一定会幸福。但是，你知道吗？如果我未来的幸福不是你，就像花开遍野，却枯萎了最美的一朵，我怕我会耿耿于怀，我怕我还会念念不忘。

心雅趴在栏杆上，想了很多，时间缓缓地过去，目之所及的灯光暗了几盏，人们开始陆续睡去了。

她慢慢地回到客厅，茶几上放着的手机一直没响过。她跟阿栀说了，如果有什么情况，一定要立刻打电话告诉她。她看了看时间，他们已经离开四十分钟了，不知道他们找得怎么样了。

她拿起水杯走到饮水机前，这时她才发现饮水机已经不再工作了。她拍了拍机身，指示灯一个也不亮，看来是坏了。

这时，阿栀和宋在北村美食街的入口下了车。出租车被他们指引着穿街过巷，有两次经过美食街附近，绿光的亮度和饱和度都空前强烈。宋认为，幻世之境很有可能就在北村美食街里面。

因为是跨年夜，此刻这条街里面依旧熙熙攘攘，扑鼻而来的炸鱿鱼的腥气令阿栀感到鼻腔里一阵憋闷。她把笔藏在背包里，宋总是频繁催促她查看绿光的强弱。他们穿过了人最多的区域，拐进一条支路，缓缓地往支路深处走。

阿栀一边走一边问宋："如果这次你不用消失，留下来以后你想做什么？"

宋环视四周，漫不经心地说："什么都没有想过，能留下来再说吧。"

阿栀说："心雅很喜欢你！留下来和她在一起啊！"

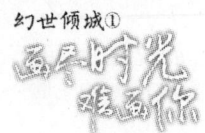

宋皱起眉头："我就算留下来了，还能以宋淮萧这个身份活着吗？真正的宋淮萧已经死了。"

阿栀着急地说："那心雅怎么办？"

宋拍了拍阿栀的肩膀："多陪陪她吧，好朋友。"接着，他说，"别再对她说谎了。"

"说谎？你什么意思？"

"虽然我不认识你，但是，用笔的人在下笔那一刻的轻重，我是能够感受到的。如果你落笔稳重有力，我也能复活得干干脆脆。如果你举棋不定，或者迷茫忐忑，落笔很轻，我或许就得多花上几秒才能成形。简阿栀，你属于前者，而不是后者。你明白我的意思吗？"

阿栀有点儿心虚："我……我不明白……"

宋挑明："如果你真的不清楚笔的用法，为什么可以下笔那么笃定？我不管你有什么用心，但我觉得，郁心雅对你，比你对她真诚多了。所以我想多嘴奉劝你一句，好自为之吧。"

阿栀感觉像被人扇了一个耳光似的，脸颊火辣辣的。这时，宋突然停下了脚步，表情严肃地看向了前方。

阿栀顺着他的目光一看，前方小路尽头有一栋四层高的唐楼，已经搬空了，楼前还立了一块牌子，写着"危楼待拆，注意绕行"八个大字。但是，这栋漆黑的唐楼里，顶层最左边的一扇窗户却幽幽地闪着光。光线有点儿暗，仿佛只是有人在里面点了几支蜡烛。

阿栀见状，赶紧打开背包，把羽毛笔拿了出来。这时，绿光更亮了，就像一个过度膨胀的气球，几乎要爆炸了似的。

宋盯紧着那个发光的房间，有点儿激动地做了个深呼吸，说："我们上楼看看吧！"

黑楼暗巷，僻静阴森。和百米之外的美食街相比，这里俨然是另一个世界。

这栋唐楼已经残破不堪了，有些地方的墙壁还烂了一个大洞，地上堆着砖块和被遗弃的破家具，楼梯的扶手上积了一层厚厚的灰，还结了蜘蛛网，风一吹，蜘蛛网在暗夜里飘飘荡荡，阴森鬼气扑面而来。

阿栀吓得腿发软，跟在宋的身后，问他："我们真要上去吗？"

宋借来阿栀的手机照路，一边走一边说："你害怕的话，跟紧一点儿。幻世之境应该不是什么恐怖的地方，听树恒说，他爷爷觉得那里面更像是一个世外桃源。"

阿栀咬了咬牙:"但愿真如你所说吧。"

宋又说:"你不想去的话,就到外面等我吧。"

阿栀嘀咕:"我才不要一个人下楼去呢,跟着你好歹还有个伴儿。喂,一会儿真的看见幻世之境了,你要进去吗?那里面有什么?"

"不进去看看,怎么知道那里面有什么呢?"

"进去了真的还能出得来吗?"

宋说:"柴爷爷不是回来了吗?"

"那小瓷呢?如果小瓷真是被幻世之境带走的,可以自由出入的话,她为什么这么久都不回来?"

"就看你能不能见到那个朋友,亲口问问她了。"

他们边走边说着,来到了四楼。

走廊左侧尽头的那间房,房门是虚掩的,从门缝里透出来的光比从楼下看亮了很多。眼看目标近在咫尺,宋迫不及待地加快了脚步。阿栀跟在他后面,每一步都很犹疑。

宋走到门口,小心翼翼地推开了房门。

门内是一间书房。

书房里有一张长方形的写字桌,高背的扶手椅,还有一个放满了书和装饰物的金丝楠木书架。也有台式电脑、打印机、音响、书画缸、置物筐、台灯、笔架,连点缀的盆栽都有。这个房间麻雀虽小,但五脏俱全。

唐楼虽然破败不堪,但是这间书房却很新,而且十分整洁。

最重要的是,从门口看进去,书房窗外的天还是白天,天空很蓝,飘着朵朵白云,甚至还能看见鸟群飞过。

宋相信这里面就是幻世之境了。

他走了进去。

阿栀在后面想拉他,动作却慢了一拍:"宋淮萧!"她跺着脚喊他,站在门口不敢进去。

宋只是回头看了阿栀一眼,然后便开始打量书房内的陈设。

这时,房门"吱呀"扇动了两下,不知道被什么力量推着,开始缓缓地闭合。

阿栀还拿着那支羽毛笔,急得连声大喊宋淮萧。眼看着门缝越来越窄……越来越窄,最后"砰"的一声,房门关闭了。

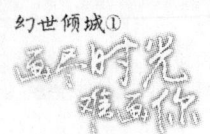

同一时间，心雅躺在沙发上，腿上搭着一条薄薄的毛毯，巨大的困意来袭，她渐渐睡着了。

厨房里的燃气炉上还烧着水。

她没有睡太久，醒来时觉得喉咙和鼻腔里好像都被塞进了什么东西，狰狞地撕抓着她，她不停地咳嗽起来，顿时清醒过来。她从沙发上一跃而起，通红的火舌正从厨房里面张牙舞爪地扑出来。

厨房着火了！

零点钟声敲响的那一刻，心雅披着毛毯，坐在楼下。整个小区都炸开了锅，消防车来了三辆，把楼下的左右两条车道都堵上了。心雅没有想到，自己的跨年夜会跨得这么惊心动魄。

家里从厨房到饭厅，还有半个客厅，以及挨着饭厅的书房，统统被付之一炬。

楼上的住户也受到了牵连，厨房的窗框被烧成了焦炭不说，和厨房连在一起的阳台上晒着的衣服、摆放的洗衣机，还有定制的储物柜和养了一架的多肉植物，也全都被烧得一片狼藉。

快到一点的时候，火才被扑灭。

第四部分

{我在新年的烟花下独坐，愿用一生为等你而蹉跎}

第十三章
哑 巴

新年的第一个夜晚，心雅是醒着度过的。

家里仿佛变成了一个硝烟过后的战场，弥漫着阵阵焦味。很多东西都被烧得只剩了副骨架，到处都是黑乎乎的。由于水、电、气都被临时切断了，也不方便打扫整理，心雅索性回卧室床上躺着。

可是，她躺了整晚也没有合眼。

这一整晚，她给阿栀打了好几次电话，想告诉她家里失火了，想问她有没有找到幻世之境，但阿栀的电话一直打不通。

天快亮的时候，阿栀终于回来了。可是，宋却没有和阿栀一起回来。

阿栀也不知道自己的电话为什么一直打不通，她觉得可能是因为靠近幻世之境，手机信号受到了干扰。她说，宋进了幻世之境以后，她就在门外等他，心想可能他弄清楚他想知道的事情以后就会出来。

她等他的时候，一直把笔放在身边，笔还一直发着绿光。

但是，大概到了凌晨五点钟，绿光忽然消失了。

阿栀意识到，绿光的消失可能是因为幻世之境已经不在笔可以感应的范围里了，她急忙打开了那道门，果然，门内出现的只是一个漆黑破烂的空房间，书房不见了，而宋也不见了。

阿栀感到很害怕，惊慌地从唐楼里跑了出来。

跑出来以后，她才想起她竟然把笔落在房间门口忘记带走了。然而，当她鼓起勇气回到唐楼里，她却找不到那支羽毛笔了。

新年的第一个清晨，天亮了，劫后余生的房间里有大把的光线涌进来，所有的黑色都变得更清晰刺眼了。

心雅听阿栀交代完事情经过，突然觉得心里面空落落的。

她失去了一支笔，也失去了一个人。但是，她仿佛失去的又不是一支笔和一个人，而是一个希望。

一个她不确定是不是希望的希望。

她站在客厅里觉得很冷，全身都很冷，心里更冷，她紧了紧身上单薄的睡衣，故作平静地说："阿栀，先不说了，饿了吗？我们出去吃早饭。"

阿栀像是仍惊魂未定，忽然上前来把心雅紧紧地抱住，将脸埋向她的肩膀。

心雅有点儿意外，阿栀虽然是个很感性的人，但是，这么郑重的拥抱，记忆里并不多。她问："你怎么了？"

"没什么，就想抱抱你。感谢你还好好的，没事！"

"我会有什么事？"

阿栀缓缓抬起头，盯着心雅背后那间已经被烧得焦黑的书房，眼神里闪过一丝暧昧不明："嗯，不会有事的。不会的。"

心雅觉得阿栀怪怪的，问她昨晚是不是还发生了别的什么事，她却说没有。

她们下楼吃了早饭，阿栀说怕家里人担心，匆匆地回家了，差点儿连包都落在早餐店里。那之后有颇长的一段时间，心雅都没有见过阿栀。

元旦这天，心雅回学校住了。别人都去过小长假了，只有她一个人还孤零零地住在寝室里。

假期一结束，就是紧张的复习备考，期末考试从月中开始，会持续到月底。

考完第一场那天，心雅从考场出来，碰到了景檐。

景檐正准备回寝室。天空飘着雨，前方人群里有一道瘦瘦的身影，因为没打伞而只能把衣服的帽子遮在头上，她怀里还抱着几本书，微微驼着背，缩着脖子，埋头往前冲。

景檐不禁想起了刚才考卷上的一句话：冷雨昏昏，见一朵因风而颤的小黄花，他于心难忍，千念万念都只汇成一念，想为她挡住这瓢泼的乱世。

他快步跟了上去，和她并肩而行。

心雅察觉到旁边忽然多出来一个人，扭头一看："景檐？"

景檐淡淡地应了一声："嗯。"

心雅见他没打伞，问他："你是不是只有晴天才带伞，雨天反而不带的？"

"是吧。解放双手。"

心雅笑了笑，没说什么。

景檐也没主动找话题，继续和心雅并行，保持着一致的步调。心雅感到有些奇怪，看了看他，没说话，又看了看他，还是没说话。

第四部分

{我在新年的烟花下独坐，愿用一生为你而蹉跎}

景檐问："怎么？"

心雅说："我还想问你怎么呢，你有事找我？"

"一定要有事才可以找你吗？"

心雅傻笑说："那倒也是哦，我真是废话。"她又问，"对了，你考试考得怎么样？"

景檐得意扬扬地说："不差。"

两个人边走边聊，心雅的脚步没那么急了，原本令她感到有点儿焦躁的冷雨好像也变得柔和了。

这时，后边有几个同班的女生赶了上来，跟心雅打招呼。有个女生还问她："心雅，下一场大后天才考，你这两天也不回家吗？"

心雅笑笑说："是啊，家里还没收拾好呢。"

待女生们走远了，景檐问道："郁心雅，你搬家了？"

心雅苦笑说："我家浴火重生了。"

景檐不明白。

心雅叹了口气："跨年那天，家里失火了。除了两间卧室还好，其余的房间都被烧得很惨。"

景檐听了直皱眉头："怎么会失火的？"

"是我自己大意，烧着水就睡着了。"

景檐其实听她说家里被烧了，有点儿心疼，但一说话就像管不好自己似的："郁心雅，看来平地摔跤还不是你最强的技能啊？"

心雅白了他一眼："幸灾乐祸非君子。"

景檐正色道："那现在你家里不能住了吗？"

"嗯，水、电线路都被破坏了，得重新走线装修，可是这段时间忙考试都忙不过来呢，只能往后拖一拖了，我暂时就住在学校里。"

景檐算了算日子，冷声说："拖？还有一个月就是春节了，再不赶紧弄，你打算除夕也住学校里？你爸呢？"

心雅说："我还没敢告诉他这事呢，他应该除夕之前会回来吧。大不了我们住酒店喽。"

景檐停下脚步，心雅跟着停下来，他把手一摊，说："钥匙给我。"

心雅吃惊："啊？"

"装房子的事，我帮你。"

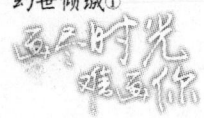

"不用了吧,你不也得考试吗?"

"考试的事,我从来不费力。"

"是因为学渣,破罐子破摔吧?"

"是不用费力也能成为学霸。"景檐还傲娇起来了,"刚才不是跟你说了我考得很好吗?"

心雅忍不住笑:"好啦,学霸,不过真的不用呢。"

"除非你信不过我。"

"我可没这么想。"

"那就给我,我一定会在春节之前把房子装好还给你。"

心雅还是拒绝:"真的不用麻烦你了,景檐,你干吗对我这么好?"

景檐像是被什么力量推了一下,脱口而出:"你想知道我为什么对你这么好吗?"

一瞬之间,四目相对,所有的雨丝仿佛都凝固在半空,整个世界都成了静止的。唯一还流动的,只有她和他交汇的眼神。

她看他一眼便逃到了千里之外;而他看她一眼,却哪里都去不了了。

那是心雅第一次担心景檐对自己好的原因会是她不想听的,是会破坏两个人关系的一枚重磅炸弹,她祈祷是自己想错了,飞快地往外套口袋里一掏,抓出一串钥匙,在景檐还没开口之前递了出去;堵住他的嘴:"喏!"

景檐满肚子的腹稿都被这串钥匙堵住了。

"那装修的事就拜托你了,花了多少钱你一定要记好账,回头我一分不少地还给你。朋友归朋友,账目一定要分明。"

景檐的眼底暗暗地闪过一丝失落。

所谓的朋友和分账,弦外之音,他听得懂。他接过钥匙,拿在手里掂了掂:"只是花多少给多少吗?我可不是你的免费劳动力。"他竟然也配合起她来了。

心雅心知肚明,说:"你那么有钱,难道我还要给你发工资?"

景檐反驳:"就是因为有生意头脑所以才有钱的,有生意头脑就意味着不能放过每一次赚钱的机会。"

"那你说我得给你发多少工资?"

景檐摸了摸下巴,说:"我考虑考虑吧,装修好了再一起跟你算,你做好心理准备就是了,我不会狮子大开口,但是也绝对不便宜,就算你想跟我打友情牌,我也一样会拿走我应得的那份。"

190

第四部分

{我在新年的烟花下独坐,愿用一生为等你而蹉跎}

心雅笑了起来:"好啊,怕你啊?"

这时,雨越下越大了,他们已经走到男生寝室楼前,景檐把钥匙揣进大衣的口袋里,迈开长腿跑进了楼里。有那么一个瞬间,他看到一个拿着雨伞的男生从二楼下来,他很想拦住那个男生,让他出去把伞给心雅,但是,转念一想,还是作罢。或许,于他和她的故事里,他的得不到才是一种得到吧?

得不到爱情,才能得到友情。

如果当哑巴就能留住她,他愿意一辈子都不说话。

景檐找的是景乐集团御用的装修团队,只用了半个月时间,就令郁家焕然一新了。不仅如此,连周围邻居因火灾而受到的牵连,他也一并处理得妥妥当当。楼上的邻居因此对景檐赞不绝口,心雅搬回家那天,邻居一碰到她,便使劲儿夸她那位朋友,什么好词都用上了。

心雅打电话把邻居的夸赞原封不动地转告给了景檐,景檐高兴得差点儿笑出声。

心雅问他:"你是不是这辈子都没听过别人这么夸你啊?你到底是怎么收买人心的?"景檐开玩笑说:"我这么有钱,要收买人心不是很容易吗?"

心雅拿着手机在家里转悠,看看客厅的墙纸,又看看书房的落地窗帘,无论巨细,每一样她都喜欢。

"是啊,你这么有钱,不会全都买的最高规格的装修材料吧?完了,我可能要欠下巨额债款了。"

景檐说:"账单在茶几左边的抽屉里,你自己拿出来看看吧。"

心雅打开抽屉,一看账单:"欸?"

他在那边喝着咖啡,轻轻地抿了一口,笑着问:"你欸什么?"

心雅用掩饰不住的开心的声音说:"完全在我的预算之内!不过我可没预算到这点儿钱能把房子装得这么好,你怎么做到的?"

景檐慢条斯理地说:"我不介意你再像你邻居那样夸夸我。"

她"咯咯咯"地笑:"你这个人已经够自大了,再夸你就是纵容你了,我还是让你多保持点儿清醒吧。哦,对了,我卧室里那个相框呢?我刚才找不到了。"

"在你衣柜下面第二格抽屉里。"

她跑去打开衣柜把相框拿出来,重新摆上梳妆台:"干吗给我塞到抽屉里?"

景檐心想,他才不会告诉她,是因为开工第一天装修工人就对相框里的女孩两眼

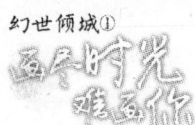

放光,不停地对她评头论足,他一生气,就把相框收起来了。

"呃,郁心雅——"景檐欲言又止。

"怎么?"

"你不感谢我吗?"

"好吧,你报个价,要多少工资?看在你不但没乱花钱,还替我省了很多钱的分儿上,允许你开价高一点儿。"

其实,以景檐的习惯,他只要跟装修公司说什么都用最贵的就行了,但是他知道心雅不喜欢这样。

这半个月,他精打细算,为了挑选最满意的装修材料,他试过一天之内跑遍了全城所有的家装市场。

这个家大到墙纸,小到茶几上的一个果盘,他都是花了心思的。也因为赶时间,装修公司被他逼着通宵开工,好几次通宵他都在;熬到后半夜,他困得倒在沙发上就睡着了。

他说:"工资就不用了,你答应我一个小小的要求吧?"

心雅忽然又有点儿紧张起来:"什么要求啊?"

景檐说:"除夕那晚,跟我说一声'新年快乐'吧?"

心雅想了想,说:"好啊!不过到时候我要祝福的人肯定很多,恐怕不能十二点一到就给你打电话,你不介意吧?"

景檐淡淡地笑了笑:"嗯,你把我排在第一百个也没有关系。"

景檐挂掉电话,又回到了班级微信群里,聊天话题还在继续。

刚才不知是谁先问:除夕之夜你收到谁的新年祝福是最高兴的?

有人说是父母,也有人说是自己喜欢的人,还有人说想要收到明星的祝福,看着大家各抒己见,景檐才发现,他的答案是,没有谁。

从小到大,谁的新年祝福都不会令他有喜悦的感觉。

他从来没有像别人那样,因为收到一条新年祝福而高兴得像得到了全世界。他看别人在群里聊得眉飞色舞,以前他可以很轻蔑地把手机扔到一边,嘲笑他们矫情无聊,但现在他却羡慕起他们来了。

他也想体会一下,某个人是怎样用一声"新年快乐"点亮全城的烟花的。

而对他来讲,这"某个人"只能是郁心雅。

第四部分

{我在新年的烟花下独坐，愿用一生为等你而蹉跎}

把他排在第一百位的郁心雅，强行地给他的人生字典里添上了"卑微"二字的郁心雅。

回家住的第一个夜晚，是一个辗转反侧的夜晚。

第二天一早，心雅便去公司开例会，参与了新一期杂志的讨论和任务分配。例会结束以后，她才发现几天不见，她桌上那盆绿萝竟然有凋败的迹象了。她赶紧打电话向小叔取经，小叔建议她把绿萝带到花圃，让花圃的员工帮她照料。

这天下班，心雅便带着绿萝去了郁家花圃。

D市植物园周围两公里范围以内全都是私人花圃和农庄。出了地铁站以后，往西走十分钟，就到郁家花圃了。这天的天气很好，夕阳和晚霞都在，把沉闷的冬日变得鲜活起来。

心雅抱着绿萝，闲庭信步，金光暖洋洋地裹在身上，她莫名地有一种去异乡度假的幸福感。

就在这时，远远地开过来一辆蓝色的小货车，小货车上装的全都是铁树，估计是附近花圃的运输车。

小货车快要开到心雅面前的时候，路旁的绿化丛里突然蹿出一只小野狗，几乎是直冲车头而去的。司机慌忙踩了刹车，小货车紧急停了下来。待野狗跑开了，那车才又启动。

车子启动的一瞬间，心雅抱着绿萝的手突然有点儿发抖。

装绿萝的花盆从她的手指间一滑，"哗啦"一下跌碎在地上。她没有管绿萝，转身拔腿就朝那辆小货车追去。

发抖的不只是她的手，还有她的两条腿，及至全身。

她不确定自己刚才有没有眼花，她好像看见坐在副驾驶位上的那个人是宋淮萧！

她想追上小货车看个清楚，但是，车在前面开，她在后面跑，距离越来越远，最后，一个转弯，她被彻底甩开了。

她两腿一软，扶着路边的花台蹲下去，有一种近似被掏空的虚脱，好久都站不起来。

恍恍惚惚地走到小叔家的时候，饭菜刚上桌。小婶知道心雅要来，所以做的都是她喜欢的菜。

小叔见她空着手，问她绿萝怎么没带来，她想了又想，说："救不活了，不用救了。"

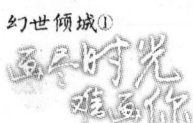

小叔和小婶都觉得心雅脸色不好，人看起来也瘦了一圈，吃饭的时候便使劲儿地给她夹菜，不过心雅胃口不佳，没吃多少。

吃完饭，小婶问她晚上要不要留在花圃过夜，她本来没这个计划，但是一时走神随口就应了一句"好"，就那么留了下来。

又是一个睡得不太好的夜晚。

小叔和小婶就住在花圃旁自建的小别墅里，别墅旁边还建了一座带园林景观的庭院，作为办公区和员工宿舍。

心雅住在别墅一楼的客房里，窗外是一块存放各种工具的平地。第二天一早，天刚亮，她就被窗外搬东西的声音吵醒了。

洗漱的时候，她站在卫生间里，隐约听到庭院那边有人在放歌：

闻说你时常在下午来这里寄信件，

逢礼拜流连艺术展还是未间断，

何以我来回巡逻遍仍然和你擦肩，

还仍然在各自宇宙错过了春天。

……

是她熟悉的歌曲，但听起来却比以前任何一次都更伤感。她想，大概是天气不好，而这里又比城里更冷清的缘故吧？

心雅换好衣服，把房间整理了一下，因为着急赶稿，她这就打算回家了。

她一出去，就听花圃的员工说老板一早就去送货了，而老板娘有晨练的习惯，按惯例，她这会儿应该在附近慢走。

心雅打算出去碰碰运气，能碰到小婶就当面和她道别，碰不到的话就到了地铁站再给她打电话。

植物园和周边地区常年都很静，这也是喜静的小婶把花圃选在这儿的原因。

心雅一边走一边张望，寻找小婶的身影，在经过一座已拆待建的花圃时，她突然听到很细微的人声。

她全身的汗毛都倒竖了起来，因为她似乎听到有人在喊"救命"。

那间花圃被铁栏杆围着，栏杆已经生了锈，有些还被人掰歪了。透过铁栏杆能看到里面有一座大房子，是敞开式的，只有屋顶和三面墙，想来这房里以前应该是摆放各种植物，供客人挑选的。

房子两侧没有太大的空间，各有一条三两米宽的水泥路。求救声好像是从房子后

第四部分

{我在新年的烟花下独坐，愿用一生为等你而蹉跎}

面发出来的。

心雅屏住呼吸，又再仔细听了听，却听不到任何声音了。

就在她怀疑自己产生幻听的时候，忽然又有更微弱的声音传了过来！

这一次不是求救了，更像是一个人有气无力地在和另一个人吵架，而且那声音还有点儿耳熟，有点儿像——

有点儿像小婶的声音？

心雅登时一紧张，绕到房子后面一看，那里是一块杂草丛生的空地，有两棵皂角树，还有一条几乎被杂草覆盖的石板路，一个穿着酒红色大衣的女人正背对着心雅，站在石板路中间。而她的小婶就趴在女人的脚边，一脸煞白，表情十分痛苦。

心雅失声喊道："小婶！"

穿酒红色大衣的女人背影一颤，似乎是被心雅的突然闯入吓了一大跳。心雅什么都顾不上，飞扑到了小婶身边。

小婶的心脏病发作了，因为痛苦而面容扭曲，一句完整的话也说不出来。她一把抓住心雅的手臂，指甲险些把心雅的皮肤抓破。

"药——"她嘶声道，"我的药！"

"药？"心雅如梦初醒，"药在哪里？"她赶忙去翻小婶的衣服口袋，小婶却很无力地推了她一下，"药——"她缓缓抬起手臂，指向心雅背后。

心雅回头一看，只见那个穿酒红色大衣的女人的手里正紧紧抓着一个小药瓶，她还下意识地往后退了一步。

心雅的视线顺着女人的手臂上移，在看清楚这个女人的脸的时候，她不禁大吃了一惊："蓝阿姨？"

蓝倩也像失了魂一样紧紧地盯着心雅。她和心雅只有一面之缘，对心雅的印象远不如心雅对她那么深。她只觉得心雅很眼熟，一时间却忘了到底在哪儿见过她。

"你……"

心雅忙说："我是景檐的同学，蓝阿姨，那个药瓶是我小婶的，您把药瓶给我！"虽然不清楚这两个女人之间到底发生了什么事，但是，蓝倩眼睛里有凶光她是能看出来的，心雅不无警觉。

蓝倩一愣，哆嗦着手把药瓶递了出去："哦！你……你赶紧拿药给你小婶吃……她心脏病发了！"

心雅接过药瓶，又背向蓝倩跪在小婶身边，拧开药瓶盖子，慌张地倒出一颗药丸。

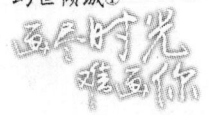

"小婶，吃几颗啊？"

小婶吃力地比出两根手指："两……"

"哦，两颗！来——"

心雅只顾着给小婶喂药，却没有留意到背后那双虎视眈眈的眼睛。药丸刚送到小婶嘴边，心雅忽然听见了"砰"的一声。那声音仿佛是从她的身体里面迸裂发出的，她的后脑一阵温热。

四周的冷空气像是找到突破口一般，窜入她的身体，如一道冰封的力量渐渐游遍全身。

她整个人都僵住不动了。

温热的液体缓缓地流到脖子上，她感到天旋地转，倒在了小婶的身旁。

掌心里的药丸和药瓶骨碌进了草丛里。

和药丸一起滚进草丛的，还有一块染血的砖头。蓝倩就是用那块砖头狠狠地砸在了心雅的后脑勺上。

行凶之后的蓝倩眼眶一红，捂住嘴巴哭了起来。接着她又扑进草丛里，捡起了那两颗药丸和药瓶。

心雅感到全身发寒，眼睛越来越睁不开，视线模糊到只能感应一片灰蒙蒙的光线了。她伸手向旁边摸了摸，小婶的身体已经一动不动了。

铺天盖地的恐惧感瞬间淹没了她，眼泪瞬间涌了出来，很快，她就昏死了过去。

蓝倩深吸了一口气，把药丸和药瓶都揣进了大衣的口袋里。地上的两个人一个趴着一个躺着，她的视线在她们身上游走了一遍，缓缓地挪向了空地一侧的皂角树上。

这间花圃她来过，几年前，景家别墅每次更换绿植，她都是到这家来买。她知道那棵皂角树后面有一个排水坑，那里有杂草遮掩，位置很隐蔽。

她戴上皮手套，架住心雅的胳膊，拽着她朝那个排水坑拖去。

刚拖到坑边，她忽然听到房子的一侧传来急促的脚步声。有人大声地喊了她一声："妈！"

她没理，眼色一厉，把心雅推进了那个排水坑里。

景皓看着那一幕，如遭晴天霹雳，整个人都傻了。

"郁心雅？"

回到车里，蓝倩的情绪已经平复了很多，虽然还是冷汗直冒，但之前混沌一片的

第四部分

{我在新年的烟花下独坐，愿用一生为等你而蹉跎}

大脑现在开始清晰了。

她拿起一瓶矿泉水，拧开猛灌了两口，她擦擦嘴，又看了看景皓："开车啊！"

景皓像游魂似的把车开走，绕着植物园兜了一个大圈才找到回城的主路。

蓝倩调低了椅背，人微微后仰，闭上了眼睛。

过了一会儿，她说："赌运气吧。"

景皓没吭声。

蓝倩用手背压着额头，说："她们运气好的话，我认。如果是我运气好，那她们就只能怪这天不公平了。"

景皓一咬牙，急踩了一脚刹车，车子停在路边。他咆哮道："为什么会这样？"

蓝倩突然哭了起来，但是哭着哭着却又在笑："小皓啊，你要记着，就算我有事，你也是清清白白的，知道吗？"

景皓红着眼睛，恨铁不成钢的样子："妈！"

蓝倩伸手来摸儿子的脸，哭笑着说："你明明一直都知道的，为什么不告诉妈妈呢？你为什么要插手啊？"

是的，景皓升中学那年就知道了，他的妈妈蓝倩这么多年来一直藏着一个秘密。那个秘密在不久前还被景檐揭发了。

但是，蓝倩在景国霖和景檐爷孙俩面前说的依然是个谎言。景坤的死，其实是她见死不救造成的。

景坤出事的那晚，蓝倩并不是像她说的那样，只是把车开进了别墅，又立刻出去找她的朋友。就连她那两个朋友也是和她串通一气的，甚至还骗过了景国霖请的私家侦探老傅。

出事那晚，蓝倩进过客厅，她看见景坤躺在地上，那时的景坤就像刚才心雅的小婶庞昕那样，在垂死的边缘向她求救。她险些就要打电话叫救护车了，但是，手指快要碰到通话键的时候，她却犹豫了。

蓝倩深知，自己的丈夫已经不在了，景家的产业将来会由景坤一个人继承，景坤一旦成为一家之主，自然会偏袒他的儿子景檐，那自己和小皓的处境往后就只会越来越艰难。这是蓝倩从丈夫下葬那天开始就一直在担心的一个问题。但是，如果景坤也不在了，景家只剩下两个孙子，这局面大概就又能平衡了。

于是，蓝倩选择了袖手旁观。

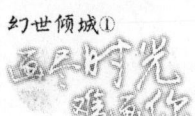

她看着景坤痛苦喘息，直到气息全无，她有一种被厉鬼缠身的恐惧，但是，也有浴火重生般的张狂。

就在蓝倩确定景坤断了气，准备离开别墅的时候，用人甘凤萍却回来了。

整个事件里，说谎的不止蓝倩一个人，景家的用人甘凤萍其实也说谎了。

蓝倩收买了甘凤萍。

甘凤萍给警方的口供都是蓝倩教她说的，她帮蓝倩瞒过了所有人，得到了巨额的回报，没过多久便找借口从景家辞了职，几年后，还跟女儿移居到国外了。

而甘凤萍有一位好友，她们是在景家别墅做园艺装修的时候认识的。那位好友是一名园艺师的妻子，名叫庞昕，也就是心雅的小婶。

有一次，甘凤萍不小心在庞昕面前说漏了嘴，庞昕知道了蓝倩收买甘凤萍隐瞒真相一事。恰好那时，庞昕和丈夫郁政的感情出现了危机，他们搬到郊区，但郁政却不满郊区的生活，想搬回城里，夫妻俩常常为此争吵不休。庞昕知道丈夫一直很想拥有自己的花圃，那样既能赚钱营生，又能兼顾他对植物园林的爱好，但是，他们积蓄有限，郁政的这个心愿一直无法达成。

庞昕思前想后，认为开花圃是挽救夫妻关系最好的方法。于是，她便大着胆子找上了蓝倩。

蓝倩给了庞昕三十万元，算是封口费。

那年听说小叔和小婶突然要开花圃了，心雅和爸爸还都觉得很奇怪，不知道他们从哪里借到了资金。

庞昕连自己的丈夫也瞒骗了，说钱是她跟一个关系特别好的朋友借的，朋友炒房赚了钱，不在乎那区区三十万元，肯无息借给他们。后来的几年，庞昕演戏演全套，还一直假装在还钱给那位朋友，实则把钱都存成了自己的私房钱。

郁家花圃开业没多久就不断接到大生意，也是庞昕找蓝倩帮她搭的桥。而心雅落水的那次，花圃为景乐城布置圣诞表演场地，这笔生意也是庞昕软磨硬泡，蓝倩才不得已用了私权，让集团公关部找上了郁家花圃。

这些年，蓝倩不敢得罪庞昕，怕她爆出真相，只好对她一忍再忍。

原以为钱可以解决的问题都不是问题，但是，人的贪婪一旦被纵容，欲望就会无穷无尽。

最近，庞昕听闻景乐又要出一个大项目，她又想分一杯羹，从这个项目捞点儿油水。蓝倩觉得庞昕的要求太过分，实在忍无可忍，这天，便让景皓开车带她来花圃，想找

第四部分

{我在新年的烟花下独坐，愿用一生为你而蹉跎}

庞昕当面谈谈。还没到花圃，就碰上了在晨练的庞昕。

其实蓝倩并没有预谋要对庞昕不利，只是庞昕恰巧在那时心脏病发作，需要吃药，蓝倩才动了阻止她吃药的念头。

那一刻，蓝倩觉得，似乎历史总是惊人的相似，上天就像在故意帮她，先让景坤死在了她面前，现在，又轮到了庞昕。抢过药瓶的时候，蓝倩还怀疑自己是不是疯了。但是，她认为是庞昕把她逼疯的。

因为这天，庞昕告诉蓝倩，一直以来，景皓其实很清楚她们俩之间的关系。

景皓去德国读书的第一年，有一次假期他曾回来过。当时蓝倩到外地出差，出差时间较长，其间庞昕遇到麻烦，想找蓝倩借点儿钱，解决燃眉之急。她找不到蓝倩，便找了景皓。

景皓不想让妈妈知道自己其实已经看见了她肮脏不堪的一面，所以他没有说，也要求庞昕对那次借钱的事只字不提。

蓝倩和庞昕大声争吵，庞昕为了能继续要挟蓝倩，便把那次景皓借钱给她的事说出来了。

她们俩可以拼得鱼死网破，但是，景皓呢？

银行是有转账记录的，而且狡猾如庞昕，她也保存了每一次跟蓝倩，包括跟景皓之间的金钱往来的凭证。一旦她把所有的事情告诉景国霖，蓝倩原形毕露或许还不是最糟糕的，最糟糕的是，景国霖知道景皓包庇母亲，为虎作伥，他会不会也迁怒于景皓呢？

蓝倩听庞昕那么一分析，脸色都变了。

庞昕看蓝倩的反应便知道，自己果然抓住对方的软肋了。但是，她没有料到，她抓在手里的软肋，却也是她自己的催命符。

蓝倩说，要是庞昕不告诉她，景皓也卷入进来，她还不至于那么歇斯底里。

她把事情的来龙去脉都告诉了景皓，说话时因为情绪激动，还总是用拳头捶自己的腿。

"看见她病发的那一刻，我忽然就想，要是她死了多好啊！她死了的话，就没人知道小皓也参与过这件事了……"

景皓听完蓝倩的讲述，已经不知道说什么了。想当年，从庞昕嘴里得知蓝倩也有份害死小叔，他躲在卫生间里号啕痛哭，开着淋浴，用"哗哗"的水声来掩盖自己的

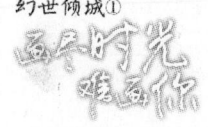

哭声。他食难下咽，寝难安稳，最后还提前结束了休假，逃回了德国。

他很努力才说服自己接受现实，接受自己有这样一个狠毒贪婪的母亲。

他怨她，但是，他不恨她。无论她的做法多么荒诞，她都是他在这世间唯一的至亲。他对她的爱是盲目的。

可是景皓没有想到她竟然会故技重施，刚才的那一幕刺激得他险些失去理智，他很想骂她，不顾亲情地骂她，就像小时候，被人弄坏了玩具那样毫无顾忌地撒野、发脾气。

然而，当她说完这一切，他忽然意识到，她之所以那样对庞昕，其实是因为想保护他，他的心又软了。

他看她总是用拳头捶打自己，终于忍不住张开手臂抱住了她："妈妈……"

蓝倩轻抚着儿子坚实的后背，像是树立了某种意念般，定定地看着前方，说："你只要记住，你什么都不知道。你不认识庞昕，今天你也没有陪我来这里……来找庞昕的人，只有我一个，你明白吗？"

景皓咬着嘴唇，嘴唇微微有点儿发抖。

蓝倩又说："如果我运气不好，被发现了……但是你……小皓，只要庞昕一死，就没人可以往你身上泼脏水了！你得清清白白地去接手景乐集团，不可以让爷爷和股东们对你有任何不好的看法……你得和景檐争，有多少争多少！你明白吗？如果以后妈妈没希望了，你的希望就是我的希望，你明白吗？"

景皓闭上眼睛，深吸一口气："我明白！"

蓝倩勉强挤了个笑容："明白就好，开车吧，先回家，今晚还有个重要的团年宴呢，别多想了。"

景皓两只手紧紧地抓住方向盘。踩下油门的那一瞬，他又想到了那条阴暗的排水沟。他没有注意到，那一刻自己的眼睛里流露出的一种情绪，叫作痛苦。

这天，虽然离除夕还有十来天，但是因为景家和乐家在年末的这段时间都各有安排，所以，他们唯一能在年前同时抽出的空当儿只有今天，于是，两家人便约好了要一起提前吃顿团年饭。

景皓是第一个到场的。

一个人对着一张空荡荡的大圆桌，看着两家的亲朋好友陆续到场，看着宴会厅里鬓影衣香，而后长辈们再次将他和乐诗的婚事搬上了台面。乐妈妈甚至假装开玩笑，说如果孩子们觉得结婚尚早，可以先订婚。

这时，乐诗突然端着酒杯站了起来，景皓也同时端着酒杯站了起来。

当时餐厅里的光线有多明亮，而自己的心里有多黑暗，景皓记得清清楚楚。他更加忘不掉，乐诗端起酒杯，对大家说的是："其实叔叔阿姨们都误会了，这年代咱们也不兴乱点鸳鸯谱了，我一直都只把景皓当成一个哥哥，我不喜欢他，景皓他也——"

景皓没等乐诗说完就自然而然地接住了那句话："景皓他也不是不喜欢乐诗。"他望着她说，"只是，一方面他尊重乐诗不喜欢自己这个事实，但另一方面，他也不会放弃追求乐诗。"他举高了酒杯，"叔叔阿姨们也别担心，我会对阿诗好，把她追到手的！"

乐诗瞪大了眼睛，一脸不可置信地望着景皓。

那之后，景皓便放下了酒杯，走进了洗手间。

打开水龙头，"哗哗"的水声响起，他猛然感到胸口有一阵撕裂的剧痛，他捂着胸口，放声哭了起来。

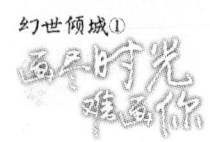

第十四章
新 年

心雅好像做了她这辈子最长的一个梦,在梦里,她被关在一个黑暗而湿冷的地穴里。她想呼救,但是,喉咙里发不出任何声音。她的身体动弹不得,只能等死般仰躺在那个地穴里。

上方的天空有巴掌大的一团亮光,亮光里依稀有个模糊的人影。

她时而觉得那个人影像景檐,时而又觉得,那是宋淮萧。可她无论多努力向那个人影伸出手去,对方却看不见她。

周围的空气变得越来越冷,亮光也越来越暗,她像在不断下坠,坠入无底的深渊——不,那不是下坠,那是奔向死亡!

仿佛有个从天际飘来的声音在告诉她,她就要死了。她急得哭了起来,就在这时,她突然感到脸上一阵温热,好像有一双宽大的手掌正抚过她的脸,在为她擦去眼泪。

她心摇意动,想追逐那掌心的温度,忽然就睁开了眼睛。

看见的是宋淮萧的脸。

她凝视着他,他也凝视着她。好一会儿,她说:"是我到你的世界里来了吗?这一次我们不会来不及了吧?"

年轻的男人什么也没说,急忙按了按床头的呼叫器,穿着白大褂的医生很快就到病房里来了。

待心雅的意识清醒一点儿,她才知道,她获救了。

那天,她在去小叔家的路上为了追小货车而打碎的那盆绿萝,一夜之后依然还躺在那个地方。她是在清晨出的事,而午后,头一天差点儿被小货车撞到的那只野狗又在马路附近晃悠,并且叼走了绿萝。野狗把绿萝叼在嘴里的时候,有一个路人正好看到了那一幕。出于对绿萝的喜爱,他判定那盆绿萝还可以养活,于是便想哄野狗放开那盆绿萝。

野狗叼着绿萝跑进了那个废花圃,一直跑到房子后面的排水沟处,才把绿萝放下。就那样,路人发现了心雅。

而那个路人不是别人,正是"宋淮萧"。

第四部分

{我在新年的烟花下独坐,愿用一生为等你而蹉跎}

只不过,他并不是那个已经去世的宋淮萧,而是宋。

虽然七十二小时的生命期早已经过去了,但宋并没有消失。那天心雅也没有看花眼,坐在小货车上的人就是宋。这段时间,他就在郁家的花圃里,是花圃的新员工。虽然他除了号称自己名叫丁承屿以外,没有任何可以证明身份的东西,但小婶却看重他对植物有一定的了解,而且他要求的工资也很低,小婶便大着胆子请了他。

宋在这里工作,目的有两个。一来,花圃在郊外,远离市中心,还提供食宿,宋待在这里,可以避免撞见熟人。二来,他也需要赚钱来为自己办理各种身份手续,等时机成熟,他便离开D市。

他并不知道郁政夫妻俩和心雅的关系,也没想到自己会阴差阳错地救了心雅。心雅已经昏迷将近半个月了,这半个月里,受老板的嘱托,他偶尔会代替老板来医院探望心雅。心雅听完他的解释,忽然有一种很不好的预感:"你说……小叔他没空来医院?他在忙什么?小婶呢?"

宋的眼神一暗,低头说:"你刚醒,先顾好自己,多休息吧。"

心雅不依不饶:"我小婶呢?"

宋抿了抿嘴,说:"我发现你们的时候,只有你还活着。"

心雅惊恐地瞪大了眼睛:"你是说……小婶她……"

宋沉重地说:"老板要办理她的身后事,这段时间……还有花圃的生意,他也得兼顾,所以……"

心雅嘤嘤地抽泣了起来,无力地抓着宋的胳膊:"怎么会这样?小婶……小婶……"

宋看心雅想哭却还故作坚强地忍着,他不禁心疼,安慰她说:"你先别激动,有什么等你好点儿再说,嗯?"

"我……"

"心雅……"这时,病房外传来了爸爸的声音。

郁图一手提着行李袋,一手还拖着个大箱子,风尘仆仆地站在门外。心雅突然再也忍不住了,"哇"地大哭了起来。

正月初五,年味尚浓,景檐站在窗边,仍能听到楼下客厅的电视里播放着喜庆的歌舞节目。不远处忽然有烟花腾空而起,大朵大朵地"盛开"在天幕下,姹紫嫣红地开遍,最后却只落下寂灭的余灰。

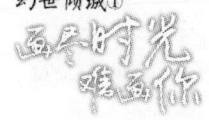

一辆警车停在了别墅大门口。

十分钟后，警察带走了蓝倩。

蓝倩被带走的时候，神色很坦然。景檐走到二楼的栏杆旁看着她被戴上手铐，他的表情也很坦然。

景檐的坦然里带着因恨而生的冷漠，而蓝倩的坦然里，却暗藏着苦中作乐的庆幸。

她会承认一切罪行，从她得知心雅获救的那一刻起，她就知道，到底还是对方的运气比自己好，她输了。

但是，也正如她所言，她所做的一切都不是为了自己，而她拼命想维护的那个人，依然还有似锦的前程，这就够了。

当晚，蓝倩便把景坤和庞昕之死的前因后果和盘托出，表示自己愿意为自己的罪行承担一切后果。

第二天，景皓从警局回来，像游魂似的敲开了景国霖的房门。他扑在爷爷的肩头大哭了一场，说没有想到自己的妈妈会做出那些恐怖的事情。

景国霖轻轻地抚摸着孙子的后背，一开始觉得千言万语无从说起，后来还是难以克制地掉了泪。他说，蓝倩是罪有应得，她害死了他最心爱的儿子，就算她被判死刑，他也不会为她感到难过。但是，蓝倩造的孽跟景皓无关，景皓依然是个好孩子。向来高高在上的一家之主在那一刻完全放下了架子，还亲手给景皓擦眼泪。

"好了！别哭了——"景国霖说，"男儿泪，不轻洒，哭过了就要振作。以后就算你没有母亲了，这个家也依然是你的家，爷爷也不会因为她的所作所为而对你有任何看法，你要争气啊，小皓。"

景皓点了点头："知道了，爷爷。"

那一瞬，他从一面纯银的雕花装饰盘的一角看到了自己被映出的脸，由于装饰盘是弧形表面，所以他的脸看起来是变形的。他觉得自己真扭曲。

从景国霖的房间出来，见景檐正站在走廊尽头，景皓打起精神，缓缓地走过去。

走到景檐面前，景皓正犹豫着不知道用哪句话做开场白，景檐倒先开口了："哥，我分得清。"

这接踵而来的善意令景皓的鼻头猛然泛酸，他几乎又想落泪。景檐搭着他的肩膀，说："男儿泪，不轻洒，爷爷应该跟你说过。"

景皓使劲儿地点头："嗯！"

景檐想了想，又问："一会儿跟我去医院看心雅吗？"

第四部分

{我在新年的烟花下独坐，愿用一生为等你而蹉跎}

景皓的眼神一颤，盯着景檐："你去吧，我不去了。"

"心雅是明事理的人。"

"是我自己还不知道怎么面对她。你替我带句话吧，祝她早日康复。还有——"他认真地看着景檐，"对不起！"说完，他便回房间关上了门。

景皓听到脚步声渐远，渐至无声，他感觉疲倦到了极致，躺在床上，两眼发直地盯着天花板。

谢天谢地，她没事！

只有景皓自己知道，他其实并不是不能面对自己的母亲险些杀害心雅这件事，而是不能面对自己眼睁睁地看着她送死，弃她而去。他又想起了和她的最后一次长谈，她说他们不是同路人，他一度觉得她太天真，然而，他现在竟然羡慕起她的天真来了。那样的天真，他这辈子都不会有了。

景皓闭上了眼睛，在心里一遍遍地念着她的名字：郁心雅，郁心雅。

郁心雅。

——我曾经是初雪时离她最近的人，可是，从现在起，却要做无论何时都离她最远的人。

还好我并不是那么喜欢她，他一遍遍地对自己说：还好，还好！

景檐给心雅打电话，结果电话被医院的护士代为接听了，他才知道她出了事。心雅昏迷的这半个月里，他和宋——应该说是丁承屿，这是宋想方设法找人为自己弄来的一个新身份——常常前后脚轮流来病房里看她。有一次景檐跟丁承屿正面遇上，逼问之下，景檐才知道他存在的前因后果。

景檐到医院时，心雅刚睡着。他没有叫醒她，而是去了主治医生的办公室，咨询她的康复进展。

心雅睡得很浅，没多久就有几个顽皮的小孩子撞门吵醒了她，她一睁开眼睛就看到丁承屿正站在床头，把一束百合插进花瓶里。

"吵醒你了？"

她轻声问："你来多久了？"

"刚来。"他一边摆弄着花一边说，"老板让我带来的，他今天去警局了。"

心雅平静地问："蓝倩认罪了吗？"

"认了，态度还很好，大概是想坦白从宽吧。"丁承屿插好花，擦了擦手，打开

了保温餐盒,"来,把粥喝了,上回你说太清淡,这次小胡就加了点儿虾皮调味。"

小胡是郁家花圃的员工,主要负责大家的伙食。

心雅又问:"为什么是你送饭,我爸爸呢?"

"在陪你小叔喝酒,说一醉能解千愁。老板今天因为见到了蓝倩,情绪很不好。"

"希望他快点儿好起来吧。"心雅接过丁承屿递来的稀粥,一口一口慢慢地吃着。

丁承屿一直站在旁边。

心雅让他坐下,他才坐下,在她面前,他总是不经意就会流露出一丝拘谨。

当初因为伤势严重,心雅住的是加护病房,一人一间,此刻病房里只有她和丁承屿。

心雅轻声问:"我这两天还没顾得上问你,你为什么……还会'在'?"

丁承屿笑着说:"我就知道你迟早会问我的。"

心雅有一些激动:"你去过幻世之境了?"

"嗯。"

"那里是什么样的?"

丁承屿反问:"你还记得柴爷爷吧?"

心雅点头。

丁承屿又说:"我们之前不是说,不明白柴爷爷为什么没有早点儿告诉大家他失踪的真相,要到临死前才说吗?郁心雅,我也不能告诉你。"

心雅没听明白:"什么?"

丁承屿进一步解释说:"关于幻世之境的一切,我看见的、听见的、经历过的,统统不能说。所以……我为什么没有消失,原因也跟幻世之境有关,我也不能说。"

心雅诧异:"为什么不能说呢?"

"因为他如果说了,就真的会消失了。"门外有人插话。

景檐推开门进来了。

虽然都很疑惑景檐为什么会知道幻世之境,但心雅和丁承屿都安静地等他解释。

景檐说道:"每一个进入过幻世之境的人,在离开那里之后,都不可以对别人提起自己的所见所闻。一旦提起了,就会再次被幻世之境带走,并且终生困在那里,再也无法离开了。"

景檐说完,心雅看了看丁承屿,丁承屿以眼神示意她,景檐说得没错。

心雅想了想问:"景檐,你也去过幻世之境?你现在把这些告诉我们,那你不是会……"

第四部分

{ 我在新年的烟花下独坐，愿用一生为你而蹉跎 }

景檐摇头："是别人告诉我的。我没去过幻世之境，所以无论我说什么，都不会受到影响。"所以当初的柴树恒可以把关于幻世之境的信息告诉宋淮萧，而不怕受到惩罚，也是这个原因。

心雅这才放下心来。同时她也明白了柴爷爷之所以拖到临终前才告诉孙子自己那段经历，是因为人之将死，他也没什么好怕的了。

景檐接着说："所以我也不知道幻世之境里面究竟是什么样，我只知道，他之所以还留在这个世上，是因为你家那次失火。"他看着丁承屿。

"失火？"心雅诧异。

景檐道："被赋生笔赋予了生命的人或者事物，如果在他们尚未消失之前，把赋生他们的文字烧掉，他们就能留下来了。假如是人的话，他就会像普通的人一样，有生老病死，植物、动物亦然。"

"赋生笔？"心雅轻念，"那支笔叫赋生笔？"

"嗯。赋生，赋予生命。"

"笔都不在我这儿了，我现在才知道它的名字。"心雅无奈地笑笑。

"这大概是赋生笔的最后一条法则了吧，我们总算是把它摸透了。"景檐也觉得世事弄人，"知道这条法则以后，我才想起来，我爸爸去世后的第二天，我在家里发脾气，把很多玩具都扔了，撕了书，还烧了书，那本《木马人》就被我烧掉了。"这就是十几年前宋淮萧没有消失的原因。

心雅恍然大悟："我家失火的时候，整个书房都被烧了，那本杂志也被烧了。哦，原来是这样！"

心雅只顾思索，没注意到景檐的表情已经起了微妙的变化，倒是丁承屿发现了，问景檐道："你还知道些什么吗？"

景檐轻轻地叹了一口气，心里想着有些事情早晚是要说的，瞒也瞒不住，他郑重道："虽然烧书是一件很简单的事情，但是，烧书的后果却不简单。谁烧掉文字，令一个原本不存在的事物存在了下来，谁就会付出一定的代价。"

心雅不由得紧张地问："什么样的代价？"

景檐正色说："老、病、死，任何一种劫难。"

"也就是说，是我大意搞得家里失火，那本杂志才会被烧掉，劫难就会应在我身上？"

"嗯，我想主观的和非主观的纵火应该都算吧。"

丁承屿倒不担心，说："你已经应劫了。"

景檐的想法和丁承屿一样，心雅这次被蓝倩迫害就是个大劫，她已经到鬼门关前走了一趟了，但愿这就算付出代价了。

景檐又说："我想我的代价就是'病'吧。当初被确诊患上日光性皮炎，医生说像我这样严重的病例已经很罕见了，更不会像我这样，用任何药物都不会有一丁点儿好转。"他不禁调侃自己，"早知道是这个原因，我就不挣扎了，还能少吃点儿药，少受点儿罪。"

说到这里，护士进来了，给心雅量了体温，换了输液瓶。

待护士离开，心雅才问："景檐，你是怎么知道这些的？"

景檐原本双手抱胸，靠着窗台站着，心雅这样一问，他便缓缓站直身子，走到病床边，低下头神色肃然地看着她："我今天来是有两件事打算告诉你。一是蓝倩已经认罪了，而第二件事，是关于阿栀的。"

景檐一字一顿道："阿栀失踪了。"

心雅和丁承屿都吃了一惊，心雅更是激动："你……什么时候的事？失踪？怎么会失踪的？在哪里失踪的？报警了吗？警察怎么说？"

一连串的问题，景檐都耐心地回答了："大概是在你出事后的一个星期。不知道她是在哪里失踪的，也不知道怎么失踪的。只是已经很多天联系不到她了，连她的家里人都没有她的消息。简家报了警，警察也在找。但是……他们可能……找不到她了……"

心雅隐隐觉得景檐话里有话，果然，景檐又缓缓道："心雅，阿栀去过幻世之境。"

阿栀和丁承屿一起找到幻世之境的那个晚上，她其实并不像她自己说的那样，在门外等了丁承屿一个通宵。丁承屿进入幻世之境以后，阿栀很害怕，她原本打算立刻离开那栋唐楼。但是，就在她准备离开的时候，她忽然看到走廊另一头的窗口浮动着几团飞舞的绿光，同时她好像还听到了脚步声。

像是高跟鞋踏在木楼梯上的声音，笃——笃——笃——

黑暗里，每一缕扑面而来的寒风都像是鬼怪之手，撕扯着阿栀，她吓得魂都丢了一半，她甚至觉得刚才那个敞亮安静的书房比唐楼更安全，于是，她又打开了那道门，躲了进去。

绿光和脚步声是从何而来的，已经不可考了，关于唐楼发生的怪事，也一度成为

第四部分

{我在新年的烟花下独坐，愿用一生为等你而蹉跎}

D市的热议话题，这是后话。

阿栀相信自己即便进入了幻世之境，也能像柴爷爷那样安然无恙地离开，事实证明也的确如此。但是，她唯一没有料到的，就是当她走到那个放了满满一柜书的书架前面的时候，那些奇怪的书名吸引了她：《隐身结》《焕颜粉》《唇语眼镜》《回忆匣》《织梦枕》……

看着看着，有两本挨在一起的书牢牢地吸引了阿栀的目光——《心音耳钉》和《赋生笔》——前者令她想到了柴树恒，而后者则令她想到了心雅。最后，她犹豫着从书架里抽出了那本《赋生笔》，翻开一看，原来那是一本使用说明书。书架上的书全都是说明书，每本书对应了一件拥有超自然力量的物件。

所有关于那支神笔的使用法则和注意事项，在说明书里都写得清清楚楚。内容不多，阿栀很快就看完了。

刚一看完，书架忽然震了震，阿栀吓得一个劲儿后退。书架缓缓地下沉，像是没入了地底，而书架后面，另一个房间出现了。

那是一个像中世纪教堂般华丽而宽敞的大房间，房间里有很多道门。阿栀怀疑丁承屿就在其中的一道门里，她大声地喊了喊他的名字，声音在这个极度空旷又安静的环境里显得十分突兀，她莫名地感到恐慌。

就在这时，有一道门打开了。一个穿着白裙子的女孩走了出来，她看见阿栀，先是一愣，然后立刻跑了过来。

"阿栀？"

"贝小瓷？"

那个晚上，阿栀终于见到了失踪已久的贝小瓷。

贝小瓷告诉阿栀，在这次之前，幻世之境还曾有两次出现在D市。第一次就是贝小瓷失踪的那次，九瑶山上那座神秘小木屋，就是幻世之境所变化出的形态。贝小瓷自从失踪以来，她就一直身在幻世之境里。

而幻世之境第二次出现，是在去年夏天。

其实幻世之境两次在D市出现，神笔都发出过绿光，只不过那两次心雅都没有把笔带在身边，所以直到第三次她才看见绿光。

关于幻世之境的第二次出现，贝小瓷说，这里面有一个很大的巧合。那一次，幻世之境依旧选择了停留在九瑶山中，和第一次的方位差不多。当时，有一个贝小瓷认

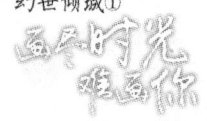

识的人来到了幻世之境。

那个人就是景檐。

但是,后来通过跟那个人交谈,贝小瓷才知道他并不是真正的景檐。他是一个赋生人。

所谓赋生人,就是指那些因为赋生笔而得到了短暂生命的人。他告诉贝小瓷,赋生他的人就是郁心雅。

直到这时,阿栀核对幻世之境第二次出现的时间,正好是她住院期间时,景檐来探望过她以后,她似乎明白了什么。

当"白衬衫"在医院看见报纸上提到的神秘小木屋以后,他觉得小木屋突然出现又突然消失,很像他认知世界里的幻世之境,他便想去找这座木屋,证实自己的猜想。而他找幻世之境的目的跟巫木差不多,他即便并不知道有一个赋生人打破了七十二小时定律,留在了这个世界上,但他却有自己的想法,他也期盼可以对赋生笔有更多的了解,他甚至希望直接依靠幻世之境,令自己活下来,不消失。所以他才匆匆离开医院,赶去了九瑶山。

虽然报道中的小木屋只是媒体和景区的联合炒作,但是,阴差阳错,那晚天黑以后,幻世之境也的确在九瑶山出现了,而且也是以木屋的形态出现在那座人造木屋的附近。

"白衬衫"先看见了幻世之境,并且进入了幻世之境。当心雅再赶到九瑶山上时,却晚了一步,幻世之境已经不在那里了,山上就只剩了那座人造木屋。

幻世之境是一个会不断变换形态,也不断变换存在的地方的超自然空间,而这个移动变换,有一定的规律,但贝小瓷觉得这个规律太复杂了,她认为没有必要告诉阿栀。贝小瓷只告诉她,要离开幻世之境,只要回到来时的那间书房,打开书房门走出去就行了。

一个人是从哪里进入幻世之境的,他离开后,也会回到那个地方。这和幻世之境后来移动到了哪里无关。

留在幻世之境是贝小瓷自己的选择,她本来就是一个神秘文化发烧友,起初她只打算用一个星期的时间待在幻世之境,但是后来因为一些突发的状况,她便留到了现在。

"每个人正常进入幻世之境的机会只有一次,一旦我走出这里,就再也进不了幻世之境的大门了。我还有件事情没有做完,所以现在还不能离开。但我很快就会完成,就会回到你们身边的!"贝小瓷是这样对阿栀说的。

阿栀问她要做什么事,她想了想说,觉得阿栀还是知道得越少越好。

第四部分

{我在新年的烟花下独坐，愿用一生为等你而蹉跎}

当初，"白衬衫"来到这里，贝小瓷偶遇他，托他转交一张卡片给心雅报平安，他也问过她同样的问题：到底因为要做什么事而留在这里？为什么不回去跟家人朋友团聚？

贝小瓷说她的家人已经不在了，她只有心雅和阿栀两个好朋友，她留在这里的原因她并不想透露。贝小瓷只是告诉"白衬衫"，如果有机会见到心雅，就把卡片给她，但什么都不要说。如果她问卡片是怎么来的，也不要说。

"白衬衫"和阿栀都得到过贝小瓷的警告，他们都知道不可以对别人透露自己在幻世之境的经历见闻。而那次"白衬衫"也阅读了赋生笔的说明书，知道烧掉文字可以让自己活下来，所以他才会去找心雅，只不过他们还是错过了。

说明书上明确地写着，烧掉文字的人会因为破坏自然规律而令自身的运势大损，进而付出相应的代价，通常都会遭受病痛或者血光之灾，最为严重的，会有死亡的危机。

阿栀一开始担心丁承屿比自己早一步入幻世之境，或许他也看过了说明书，知道了生存的方法。她怕他会去找心雅，如果心雅懵懂不知，替他烧了杂志，那灾难岂不是会报在心雅的身上？

贝小瓷说她并没有看见丁承屿进来，但这里有这么多的房间，每一个房间都别有洞天，她在幻世之境这么久，连这里面有多少人都没有数清楚过，她没看见丁承屿，也就不奇怪了。

阿栀很担心心雅，便匆匆地告别了贝小瓷，离开了幻世之境。

不过，当阿栀离开幻世之境的时候，丁承屿还在另一个房间里。

幻世之境里有那么多的房间，他偏巧进了最像迷宫的一间，他找不到出路，急得像热锅上的蚂蚁。他也看过赋生笔的说明书，知道了生存方法，他很想赶紧离开，找心雅要那本杂志。虽然他曾为找谁替他烧掉杂志而苦恼过，因为赋生人自己来做这件事情是无效的，他必须借他人之手，但是，借谁的手就是害了谁，他内心很矛盾，不过不管怎么样，他至少得拿到杂志再说。可是，那个迷宫般的房间却困了他三天。

三天之后，丁承屿终于能够离开幻世之境时，他发现自己竟然没有消失。

他回到郁心雅家小区的时候，才知道郁家失火，书房被烧，他猜这就是他活下来的原因了。

他为自己感到庆幸，但是，也为导致了这场火灾的心雅感到担忧。

后来，在排水沟里发现奄奄一息的心雅时，丁承屿便觉得，那就是赋生笔的力量

在向她讨债了。他奋不顾身地救了她，还总是到医院看她，其实并不全是因为老板的嘱托，他也是真的担心她。

心雅迟迟没有度过危险期，昏迷不醒，丁承屿便总觉得有愧于她。

有一天，景檐来医院看心雅，听到阿栀在病床前喋喋不休，说了一些奇怪的话。他质问她，发现她言辞闪烁，似乎很心虚，他怀疑她又在背后搞了什么小动作，于是便设计向她套话。

阿栀在意识不太清醒的情况下，反而吐露了真言，说出了幻世之境的秘密。

而那之后没多久，阿栀便失踪了。

心雅听完景檐的讲述，两眼呆呆的，抓着被角的手紧握成拳，后面的话景檐不说她也明白了。

阿栀失踪了。

是因为泄露了幻世之境的秘密而失踪的，应该是被困在了幻世之境里的某个地方。

而逼她泄密的人就是景檐。

景檐在阿栀断断续续的讲述里才明白自己这样做会产生多严重的后果，但是，话已经出口，事已成定局，无法挽回了。

那之后景檐也很不安，所以他才会给阿栀打电话，问她近况。以前阿栀盼着能接他的电话，但现在，电话通了，听到景檐的声音的，却不是阿栀本人，而是她的表姐。景檐那时才知道，阿栀已经失踪好几天了。他即便再讨厌阿栀，也不愿意看到发生这样的事，他也后悔不已，但是已经于事无补了。

景檐看心雅的反应，知道她很难过，他就比她更难过了。可他始终是一个不习惯对人低声软语的人，他便还是用一贯平淡的语气对她说道："郁心雅，你有权责怪我。"

心雅闻言，缓缓地看向他，毫无避讳地对上他的目光。她什么也没说，像在看他，却又不像在看他。

过了一会儿，她把竖着的枕头放平，躺了下去，微微侧过身，用背对着景檐。

眼泪"吧嗒吧嗒"地落在枕头上。

那一刻，心雅觉得自己对景檐似乎有责怪之意，但是，又似乎没有。她觉得她可以把阿栀失踪的责任归到景檐身上，但是，不知者无罪，他既没有恶意，似乎又没有责任。她心里很乱，不知道怎么面对他。

心雅背对着景檐的时候，正好是面对丁承屿的。

第四部分

{我在新年的烟花下独坐，愿用一生为你而蹉跎}

丁承屿看见心雅在哭，她闭着眼睛，咬紧牙关，尽量使自己不哭出声音，那模样大概谁见了都会心疼。他那时心中不由得想到了他曾经给过阿栀一个忠告，他觉得阿栀对心雅并不坦诚，现在看心雅为阿栀的失踪难过成这样，他有点儿怀疑她的难过是否值得。但是，这个时候，却已经不适合再谈论阿栀了，所以他什么也没说。

景檐的想法和丁承屿一样，所以，刚才在言语间他也从未说过阿栀任何不好。他没有再说什么，悄悄地离开了病房。

心雅在医院里又住了半个月，病情稳定下来后，医生终于批准她出院了。

出院的那天，病房窗外的泡桐树开了今年的第一朵花。

她拎着行李下楼，站在泡桐树下等了一会儿，来接她出院的丁承屿才姗姗来迟。

但总归是来了。

她远远地看见他小跑而来，便悄悄地对自己说：他终于来接我出院了。

仿佛完成了某个神圣的仪式。

他跑到她面前，接过她手中的行李，不无抱歉地说："不好意思，堵车，我来晚了。"

是她自己主动开口向他要求的，希望他能来接自己出院，心雅很礼貌又很疏离地说："没关系，麻烦到你了。"

"好歹你也是我老板的侄女，我身为员工，得讨好上级不是？"

心雅笑了笑，笑得有点儿勉强。

丁承屿看到她不自然的表情，赶紧说道："开玩笑的，以后还有什么我能帮得上忙的，就尽管找我。咱们走吧？"

心雅和他并肩走着。

她之前已经跟他解释过了，但还是又解释了一遍："我爸爸今天正好有事，要不然也不用麻烦你了。"

"没关系。"

"哦，对了，那天我爸看见你，还以为你是他认识的那个人。"那天丁承屿看郁图回来了，还有点儿慌张，跟郁图寒暄了几句以后，就匆匆离开了病房。"后来我告诉他，他才知道那个人已经不在了。"

"你怎么跟他说的？"

心雅说："我就说你是他表哥，本来是想来投奔他的，没想到却遇上这种事，还说你们家里人以前就觉得你俩不像表兄弟，像亲兄弟。我这样说合适吗？当时仓促了点儿，我没有想得太周全。"

丁承屿问："你爸信了？"

心雅笑着说："对我来说，这个世界上还有比我爸更好糊弄的人吗？再说了，他要是不相信，还能有什么理由呢？"

丁承屿也笑了："那也不一定，你爸爸的想象力可不能小觑。我虽然不是宋淮萧，但我有他二十几年的人生记忆，你爸爸的文章我也算拜读过了。"说着，他有点儿严肃地嘬了嘬嘴，"不过，我还是觉得你这样说不妥。"

心雅眉头一皱："呃，我是自作聪明了吗？"

丁承屿看心雅就像个犯了错的乖学生，绷不住，笑了："你应该说我是他表弟，这样显得我更年轻点儿。"

心雅这才知道他是在开玩笑，这样的性格，分明和那个人如此相似。她又感慨了一下。

丁承屿把心雅送到小区楼下，把行李袋递给她："你能拎上去吧？"

她习惯性地"嗯"了一声。

"好，那我就不上去了。"

"不上去坐会儿吗？试试我爸从新西兰带回来的红茶吧？"心雅又说，"如果你想喝汤的话，我们还可以叫外卖。"

丁承屿抿了抿嘴，说："可能是我的潜意识希望和宋淮萧有所区别吧，来到这里之后，一碗热汤的意义对我来讲不那么重要了，我现在更喜欢喝咖啡了。"

心雅听得懂他话中有话，他是希望自己和真正的宋淮萧区分开，她虽然也有同样的想法，可是，话从他嘴里说出来，心雅还是觉得如针刺般难受。但她能怎么样呢？除了忍痛接受，还能怎么样呢？

心雅便说："我倒不是不喝咖啡，只不过喝得比较少，家里已经好久没买过咖啡了，这还真不能招待你了。"

"回家好好休息吧。"

"今天谢谢你来接我出院。丁承屿。"

他第一次听她喊自己的名字，丁承屿，而不是宋淮萧，他心里放松了不少，笑着说："那我走了。"

心雅挥了挥手："再见。"

"再见"是一句很正式的告别语。

第四部分

{我在新年的烟花下独坐，愿用一生为等你而蹉跎}

适用于和往事划清界限。

她心里很清楚，她是真的要和那个人说再见了。

再见，宋淮萧。

别人的再见是再相见，而我们的再见，却是再也不见。

三月底的时候，心雅看新闻得知，位于 A 市的景乐第七城终于完工了，并且会在今年夏季对游客开放。新闻里，景国霖接受记者采访时，景檐与景皓一左一右，也都入了镜。

出院以后，这还是心雅第一次看见景檐。而失踪的阿栀依然音信全无。鉴于景檐提到的幻世之境的惩罚，心雅知道，恐怕她即便不愿意接受那个残酷的事实，也不得不接受，阿栀再也回不来了。

新闻播出后不久，在 D 市的景乐城里举办了一场大型的露天音乐会，表演嘉宾里，有好几个风头正盛的偶像歌手，景乐城被围观的路人和热情的粉丝们堵得满满当当，热闹非常。

心雅和几个同班的女生也约着去了音乐会，大家挤在人山人海里，身体随着音乐的节拍摇摆。

在某个瞬间，心雅恍惚看到了景檐也在人群里，但眨眼的工夫那道身影就消失了。

而同一时间，景檐也恍惚看到了心雅在人群里，但是，眨眼的工夫那道身影也消失了。

就像上次的演唱会一样，同一个旋律，同一个场地，他们再一次错过了对方。

而这天晚上，景皓和乐诗也在景乐城里。

他们坐在景乐酒店顶层的花园餐厅里，一边听着楼下飘来的音乐，一边喝着咖啡。

乐诗嫌下面人多拥挤，空气不好，所以景皓便带她上来了，还要了餐厅里观景的最佳位置。

远处市区的灯火云蒸霞蔚，梦幻得不真实，乐诗托腮凝视，整个晚上，被家里人催促着出来和景皓约会的她，几乎没有用正眼看过对方。她看着风景，对方看着她，正应了别人常说的：咫尺之距，天涯之远。

过了一会儿，楼下舞台的电子屏幕上显示了接下来即将登场的歌手的名字：

柴树恒。

观众们的欢呼声并不太大，因为他只是一个刚出道的新人歌手，还没有什么人气。

但因为他的名字，心雅很专注地看向了舞台。只见大屏幕上，一个眼窝微陷、鼻梁高挺，颇有点儿混血感的英俊男生站在升降台上，缓缓出现在观众的视野里。他的左耳上，戴着一枚闪亮的耳钉。

柴树恒唱了一首自己创作的歌曲，歌曲的名字叫作《新年快乐》——因为这首歌，已经走到人群最外围，正打算离开的景檐忽然停下了脚步。就像歌里唱的那样，有人还欠他一句"新年快乐"。

这是他无法底气十足地去讨要的一笔欠账。他想，那就欠着吧，欠着，总比两清的好。

歌手深情款款，听歌的人心事重重。

世界流光溢彩，又千头万绪。

这时候，不远处的观景台有大朵大朵的烟花腾空而起，赤橙青蓝紫。

歌手唱道："我在新年的烟花下独坐，愿用一生为等你而蹉跎……"

可是，你是谁呢？

或许是夜色太迷离了，人心也渐渐迷离。

那一刻，他们都在想，那个我愿意用一生去为之蹉跎的人，到底是谁呢？

我还能等到吗？

——本季完——

意林·轻文库 江湖萌新再出发

千金逍遥纪
① 少主出山

欢乐"坑妹时代"来袭 颠覆"兄控"新诠释!

萌晞晞 作品

天然萌呆 **少主** VS 腹黑自恋 **神偷**

驯"盗"少女终于一展"高深"武艺,
从此快意江湖,做最拉风的女侠!

实力证明:一切不是浮云!

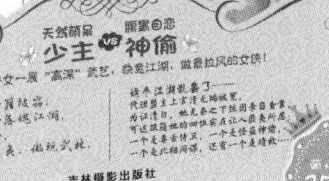

这个江湖乱套了——
盟主失踪,武林秘籍被盗,
各派弟子失踪入魔,质疑声四起,
说她监守自盗,残害兄长,
代理盟主上官清被赶出家门!
为证清白,她无奈只能组团亲自查案,
可这跟随她的四个人实在让人匪夷所思:
一个是毒舌侍卫,一个是怪盗神偷,
一个是北翔间谍,还有一个是暗敌……

千金少女如今落魄江湖,未来迷茫惊险,
她能否化险为夷,傲视武林,收获真爱呢?

《赝妃传奇》

西西东东/著

真假太后 X 真假恩人　真假青梅 X 真假皇子
真假父子 X 真假龙种　真假情趣 X 真假妃嫁

唯美分享价：
25.00元/本

从乡野丫头变作宫中贵妃，
再从万千荣宠到百无一用，
为了寻找未婚夫婿，白穆一路波折，步步危机。
那年连理树下的少年，如今竟变身少年皇帝！
可曾经日夜相伴的他，如今却全然失忆？
突然出现的慕白，
藐视皇帝，却对白穆格外关心，
难道是因为二人名字相似，曾有渊源？
慕白想要的，可没那么简单……

这个女子
杀过狼、说过书、中过刀，
险些葬身火海，父母含冤入狱，
凭着一手可以改变容貌的绝技，
能否得爱人真心，护亲人周全？
她的后宫险途，分秒必争，步步惊心！